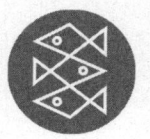

W0052440

Sie hatten sich an der Universität von Essex kennengelernt: Theo, aus guter englischer Familie stammend, und der charismatische Exilchilene Antonio. Dessen unangepasster Blick und kämpferische Reden eröffnen Theo eine neue Welt, und zwischen den beiden Männern entwickelt sich eine intensive Freundschaft, in der kaum Platz für andere Menschen bleibt. Antonio, der vermeintlich Starke, ist besessen von dem Gedanken, in sein Heimatland zurückzukehren und dort wie sein vom Militär getöteter Bruder gegen die Diktatur zu kämpfen. Gerade er aber trägt schwer an der Liebesbeziehung zwischen seiner engsten Freundin, der Tänzerin Clara, und Theo. In einer rauschhaften Nacht begeht Antonio nicht nur Verrat an Theos Freundschaft, er stellt ihn auch vor die schwierigste Entscheidung seines Lebens.

Carla Guelfenbein, geboren 1959 in Santiago de Chile, gehört zu den erfolgreichsten Autorinnen ihres Landes. Als Reaktion auf das Regime Pinochets verließ sie als junge Frau Chile und studierte in England Biologie und Design. Heute lebt sie als Schriftstellerin und Drehbuchautorin wieder in ihrer Heimat. Ihre Romane wurden in zahlreiche Sprachen übersetzt.
Bei S. Fischer sind bereits erschienen »Der Rest ist Schweigen«, »Nackt schwimmen« und Guelfenbeins letzter Roman, »Stumme Herzen«, für den sie mit dem renommierten Premio Alfaguara ausgezeichnet wurde.

Thomas Brovot übersetzt aus dem Spanischen und Französischen (u. a. Juan Goytisolo, Federico García Lorca, Mario Vargas Llosa, Severo Sarduy) und lebt in Berlin. Seine Arbeit wurde mit dem Übersetzerpreis der spanischen Botschaft und dem Helmut-M.-Braem-Übersetzerpreis ausgezeichnet.

Weitere Informationen finden Sie auf www.fischerverlage.de

CARLA GUELFENBEIN

Die Frau
unseres Lebens

Roman

Aus dem Spanischen
von Thomas Brovot

FISCHER Taschenbuch

Erschienen bei FISCHER Taschenbuch
Frankfurt am Main, April 2018

Die Originalausgabe erschien 2005 unter dem Titel
»La mujer de mi vida« bei Alfaguara/Aguilar Chilena
de Ediciones S. A., Santiago de Chile
© 2005 by Carla Guelfenbein. All rights reserved.

Für die deutschsprachige Ausgabe:
© 2018 S. Fischer Verlag GmbH, Hedderichstr. 114,
D-60596 Frankfurt am Main

Satz: Fotosatz Amann, Memmingen
Druck und Bindung: CPI books GmbH, Leck
Printed in Germany
ISBN 978-3-596-29794-8

Für meine Eltern und meine Kinder
Isidoro, Eliana, Micaela und Sebastián

Antonio singt, Theo singt, ich singe. Alles leuchtet auf und verschwindet auf unserem Weg, die Gärten mit ihren Lauben, die Kastanienalleen, die Blätter im Spiel des Lichts. England gleitet vorüber wie ein flüchtiger Vorhang. Ich gebe mich der Freude hin, dass ich lebe, genieße das Gefühl, dass wir Freunde sind. Viele Gewissheiten habe ich nicht, aber eins weiß ich sicher: wir sind zu dritt, und dieser breite Strom der Zeit, der vor uns hinfließt, ist mächtig, und er gehört uns.

Claras Tagebuch, Juli 1986

I

Dezember 2001

Zwei Männer ließen Antonios Sarg in die Grube hinab und bedeckten ihn mit Erde. Clara pflückte eine Blume und warf sie ins Grab. Ich wollte sie umarmen, aber etwas an ihr hielt mich zurück. Besser gesagt, alles an ihr hielt mich zurück. Ich steckte die Hände in die Hosentaschen, um dem Drang zu widerstehen. Der Wind frischte auf, in der Ferne begann der See Wellen zu werfen. Ein Blitz kündigte das Gewitter an. Wir stiegen den Hang hinab, auf einem von Efeu überwachsenen Pfad, Clara vorneweg, mit erhobenem Kopf und unerforschlicher Miene. Ohne den Regen hätte man uns wahrscheinlich für Ausflügler gehalten. Ich ging langsamer, um mich von den anderen zu lösen. Hätte jemand mein Schweigen durchbrochen und mich gefragt, warum ich hier sei, hätte ich ihm nicht sagen können, dass Antonio der beste Freund war, den ich je hatte, dass wir uns vor fünfzehn Jahren verraten und seitdem nicht mehr gesehen hatten.

Hinter einer Wegkehre blieb unsere kleine Gesellschaft stehen. Clara drehte sich um und schaute mir in die Augen. Den ganzen Tag hatte ich darauf gewartet, dass sie mich wahrnahm, aber in dem Moment wusste ich nichts anzufangen mit diesem Blick. Wenige Sekunden nur, dann ging sie weiter. Kaum hatte sie ein paar Schritte getan, quoll ihr etwas Gelbliches aus dem Mund. Ihre Mutter versuchte noch, sie zu stützen, während wir anderen verdutzt dastanden und zusahen, wie Clara in den Matsch fiel. Ich hätte nie gedacht, dass etwas so weh tun kann.

Drei Tage vorher hatte ich ein Flugzeug nach Chile genommen. Es war das erste Mal, dass ich in Antonios und Claras Land reiste. Als Reporter hatte ich öfter die Gelegenheit gehabt, aber jedes Mal drückte ich mich und schaffte es, den Erinnerungen aus dem Weg zu gehen. All die Jahre hatte ich mir den Kopf mit unmittelbareren Erlebnissen vollgeschlagen. Doch eine einzige kleine Geste genügte, und meine Entschlossenheit fiel in sich zusammen. Eine Geste, der ich machtlos gegenüberstand wie einem Naturereignis. Ich begriff es, kaum dass ich ihn hörte, plötzlich am Telefon, nach fünfzehn Jahren, Antonio mit seiner drängenden Stimme.

»Theo, weißt du nicht mehr, wer ich bin?«, fragte er, als ich schwieg.

Bald hatte sich meine Verwirrung so weit gelegt, dass ich die üblichen Fragen stellen konnte. Und während ich ihm zuhörte, kamen die Erinnerungen auf schneidenden Schwingen herbeigeflogen, klar wie am ersten Tag. Einmal wollte ich schon auflegen, tat es aber nicht. Vielleicht aus Höflichkeit, vielleicht aus Neugier, oder es war meine Schwäche, die mich zurückhielt. Ich hörte nicht nur weiter zu, ich nahm auch seine Einladung an, die Weihnachtstage in Chile zu verbringen.

Ich war drauf und dran, mich zu rechtfertigen und ihm zu sagen, dass das Fest ohnehin vor der Tür stand und ich dann wahrscheinlich allein sei. Rebecca, die Mutter meiner Tochter Sophie, hatte mir ein paar Tage vorher eine Mail geschickt und mit Hunderten von Wörtern, wo zehn genügt hätten, erklärt, dass Sophie dieses Jahr Weihnachten nicht bei mir in London verbringen könne. Russell, der wohlhabende Texaner, mit dem sie in Jackson Hole lebte, feiere seinen sechzigsten Geburtstag. Es sah ganz so aus, als würde mein Weihnachtsfest zu einer winterlichen Reise durch die kläglichsten Aspekte eines Lebens als Single.

Ich sagte ja, ohne zu überlegen oder die Folgen zu bedenken, ohne mich zu fragen, warum Antonio mich nach all diesen Jahren ans Ende der Welt einlud, wie er es nannte. Ich sagte ja, ohne mich an die Mühe zu erinnern, die es mich gekostet hatte, das alles zu vergessen, ohne mich auch nur zu fragen, ob Clara auch da sein würde.

*

Zwei Wochen später schloss ich meine Wohnungstür und reiste nach Chile. Im Flugzeug trank ich gleich ein paar Whiskys und nahm eine Schlaftablette. Nach einem Zwischenstopp in Santiago landete ich an einem Nachmittag in Puerto Montt. Es war der 24. Dezember. Während ich am Gepäckband auf meinen Koffer wartete, wurde mir klar, dass die Heftigkeit, mit der mir das Herz durch die Brust jagte, einen Grund hatte. Ich war nicht vorbereitet auf das, was mir bevorstand. Nicht auf die Begegnung mit Clara und noch weniger darauf, sie zusammen zu sehen. Warum hatte Antonio sie nicht erwähnt?

Als ich sie kennenlernte, war sie erst zwanzig gewesen. Jetzt, fünfzehn Jahre später, war ihr Körper einer Tänzerin noch der gleiche, nur ihre sanften Züge waren gereifter, ausgeprägter. Ich umarmte sie höflich. Alle Gefühle waren aus meinem Körper gewichen, ein Schutz gegen die Lächerlichkeit.

»Ich kann es kaum glauben, dass du da bist«, sagte sie und zog mich an sich.

Antonio klopfte mir auf die Schulter, und wie aus einem Impuls heraus umarmte er mich. Wir besahen uns, erforschten uns, wünschten uns mehr oder weniger bewusst, es möge der andere sein, an dem die Zeit die tieferen Spuren hinterlassen hatte. Antonio war immer noch eine imposante Erscheinung. Zwar hatte er nicht zugenommen, doch eine gewisse Schwere in seinen Bewegungen deutete auf ein gesetztes Leben.

Wir stiegen in einen Pick-up und sprachen während der Fahrt von meinem Flug, von dem Ort, zu dem wir fuhren, und wie angenehm es doch war, die Feiertage fern der Stadt zu verbringen. Clara saß auf dem Rücksitz. Als ich mich zu ihr umdrehte, blitzte die Abendsonne auf ihrer dunklen Brille, und ich konnte ihre Augen nicht sehen. Bei der ersten Gelegenheit erzählte ich ihnen von meiner Tochter. Ich zeigte ihnen sogar ein Foto von Sophie. Ich musste es tun. Beide sollten wissen, dass ich nicht allein auf der Welt war. Außerdem wollte ich gleich die Karten auf den Tisch legen und wünschte mir, sie täten es auch. Doch nichts von dem, was Antonio sagte, gab mir eine Vorstellung von ihrem Leben oder davon, was sie heute verband. Er erzählte scheinbar unbedeutende Anekdoten und verlor sich in Einzelheiten, an denen er seine Freude zu haben schien, die für mich aber keinen Sinn ergaben. Es war, als beträte ich ein Labyrinth, ohne einen Faden, der mich wieder herausführte. Derweil schien Clara, ein stilles Lächeln auf den Lippen, meine Verwirrung zu genießen, die Fallen, die Antonio mir wie Minotaurus stellte, um mich, seine Beute, zur Verzweiflung zu bringen. Seit ich sie im Flughafen gesehen hatte, folgte ich jeder ihrer Bewegungen, wartete nur darauf, dass ihre Körper sich berührten, dass ein Blick mir verriet, welcher Art ihre Beziehung war. Immerhin erfuhr ich, dass Clara das Tanzen aufgegeben hatte und nun Kinderbücher schrieb und illustrierte. Ich musste an die vielen Zeichnungen in ihrem roten Tagebuch denken, das sie immer bei sich gehabt hatte.

Die Straße wurde zu einer kaum befestigten Piste, einem Auf und Ab durch eine Hügellandschaft mit Wäldern und Wiesen. Die Sommerhäuser verschwanden und wichen einer Hütte hier und da, aus deren einzigem Fenster uns ein dunkles Augenpaar vorbeifahren sah. Nach unzähligen Kurven und Steilstücken kamen wir auf eine Anhöhe, wo ein kleines Holzhaus stand. Unter uns sah ich den blauen Spiegel eines Sees.

Wenn Antonio mich zu seinem Refugium brachte, dem Ort, den er mit Clara teilte, wollte er sich vielleicht an mir rächen, ging es mir durch den Kopf.

Im Haus erwarteten uns Marcos, ein alter Freund von Antonio, den ich in London kennengelernt hatte, und Pilar, seine Frau. Sie waren in fröhlicher Stimmung, offenbar hatten sie schon vor einer Weile mit dem Weihnachtsfest begonnen. Das Haus war nicht sehr groß, auch wenn die Fensterfront, die zum See und zu den Hügeln hinausging, einem das Gefühl von Weite gab. Gewöhnt an die schmalen Fenster der englischen Landhäuser, war mir diese plötzliche Offenheit fast unangenehm. Ein Sofa mit allerlei bunten Kissen dominierte das Wohnzimmer. An einer Wand hing das Blatt eines Flugzeugpropellers.

Marcos stürzte mit einer so unbeherrschten Bewegung auf mich zu, dass er beinahe das Gleichgewicht verlor. Mit seinem lässig über die Schulter geworfenen Pulli, der gebräunten Haut und dem vollen grauen Haar hatte er etwas von einem gereiften Gigolo, ganz anders als der Revolutionär, den ich in London kennengelernt hatte.

Kurz drauf zeigte Antonio mir mein Zimmer. Nur ein Bild hing in dem Raum: ein Stich, Darwin im Gespräch mit den Eingeborenen Patagoniens. Zwei ovale Spiegel an den Türen eines Schranks spiegelten unsere Körper. Während ich ein paar Sachen aus dem Koffer nahm, setzte sich Antonio aufs Bett und schaute aus dem Fenster.

»Ich weiß nicht, warum ich mir das immer vorgestellt habe«, sagte er.

»Was vorgestellt? Den Ort hier, unser Treffen?«, fragte ich verwirrt.

»Bestimmt habe ich dir einmal das Gedicht von Horaz vorgelesen, das er an seinen besten Freund schrieb. Darin erzählt er von einem Ort, Tibur, wo er im Alter einmal zur Ruhe kommen will. Erinnerst du dich?«

»Ja, zum Teil. *Würdest du mich nach Gades begleiten ...*«

»*Nach Kantabrien, zu den wilden Syrten ...* Ans Ende der Welt. Erinnerst du dich an den Schluss?«

»Ehrlich gesagt, nein.«

»*Dort wirst du die warme Asche deines Dichterfreundes einst mit schuldgen Tränen netzen.*«

»Du und deine Klassiker. Du hast dich kein bisschen verändert«, sagte ich.

Er lachte schallend, stand auf und umarmte mich.

»Zum Glück, meinst du nicht? Auf dass manche Dinge sich niemals ändern«, sagte er und machte ein zufriedenes Gesicht.

3

Ich bin sicher, dass jeder Moment alle zukünftigen in sich birgt, nur dass wir sie noch nicht entziffern können. Erst im Rückblick tritt zutage, wie die Dinge sich im Verborgenen fügen, und dann sagen wir uns, dass alles auf die Art geschehen ist, wie es geschehen musste. Ein aufmerksameres Auge, das in der Lage wäre, das Unsichtbare zu durchschauen, hätte die Zeichen wahrgenommen. Doch abgesehen von dem kryptischen Gespräch mit Antonio deutete nichts darauf hin, was Tage später geschehen sollte.

Kaum hatte Antonio mich im Zimmer allein gelassen, rief ich Sophie an, um ihr frohe Weihnachten zu wünschen. Begeistert erzählte sie, dass es bei Russells Fest ein Feuerwerk und Musiker gebe und dass der Weg zum Fluss dann mit bunten Sternen beleuchtet sei. Sie fragte mich, ob mein Geschenk noch heute komme oder ob sie bis morgen warten müsse. Bei all der Hektik meiner Reise nach Chile und der Unruhe, in die sie mich versetzte, hatte ich vergessen, es ihr mit einem Paketdienst zu schicken. Das passierte mir nicht zum ersten Mal. Ihre Stimme wurde schärfer. Ich sah sie vor mir, wie sie im Stolz ihrer acht Jahre die Nase reckte. Sie sagte, sie müsse jetzt noch etwas fertig machen, ich solle sie später anrufen. Sophies Stimme und ihre verdeckten Vorwürfe, wie sie für Erwachsene so typisch sind, verstörten mich. Es war nicht leicht, aus der Ferne Vater zu sein. Jede Nachlässigkeit, jedes Wort, im Alltag ohne größere Bedeutung und jederzeit umkehrbar, bekamen ein Gewicht, das ich nur schwer wieder ausgleichen konnte.

Antonio, Marcos und Pilar erwarteten mich auf der Terrasse. Clara war zum See hinunter schwimmen gegangen.

»Hier, von Clara«, sagte Antonio und reichte mir einen Pisco Sour, »hat sie extra für dich gemacht.«

Von weitem sah ich Clara ins Wasser steigen. Ich musste an ihre wohlgeformten Tänzerinnenbeine denken, ihren Bauch mit den festen Muskeln an den Seiten und ihre wunderbaren Brüste. Nichts davon konnte ich auf die Entfernung erkennen, aber es kam mir in den Sinn wie Tausende Male zuvor in all diesen Jahren.

Die untergehende Sonne entflammte die Landschaft und enthüllte jedes Detail: die rötlichen, gewundenen Stämme der Myrtenbäume, das satte Grün der Boldosträucher, das Filigran der Südbuchen, deren Namen Antonio aufzählte, als nähme er sie mit dem Bezeichnen in Besitz. Dann sahen wir Clara den Hang heraufkommen, und so, wie er es mit den Bäumen getan hatte, nannte Antonio ihren Namen: »Clara.« Er nahm sein Glas am unteren Ende, hielt es sich vors Auge und folgte ihr durch das trübe Glas.

»Alles in Ordnung?«, fragte sie in die Runde, als sie zu uns auf die Terrasse kam. Und dann, zu mir gewandt: »Entschuldige, dass ich einfach gegangen bin, Theo, ich dachte, ihr wollt bestimmt einen Augenblick allein sein.«

Ich merkte, dass sie es war, die erst einmal allein sein musste. Vielleicht war die ganze Situation für sie genauso schwierig wie für mich. Mir gegenüber war sie jedenfalls im Vorteil. Sie hatte von meinem Besuch gewusst, während ich es immer noch nicht schaffte, ihren unerwarteten Anblick zu verdauen.

Clara und Pilar gingen in die Küche. Ich trank meinen Pisco Sour und folgte ihnen. Ich dachte, ich könnte ihnen helfen, aber beide winkten ab. Durchs Fenster sah ich die weiten, grünenden Wiesen.

»Habt ihr das Häuschen schon lange?«

»Etwa fünf Jahre«, antwortete Clara. »Marcos und Pilar haben uns zum ersten Mal hierher gebracht.«

Pilar erzählte mir die Geschichte der Gegend. Voller Genugtuung versicherte sie, Marcos und sie seien die ersten Fremden gewesen, die sich hier niedergelassen hätten.

»Wir machen mal einen Ausflug zu ihrem Haus, du wirst staunen«, sagte Clara, während sie weiter hantierte.

Dann drehte sie sich um und schaute mich lange an, als wollte sie nach einer Erinnerung haschen.

»Du hast dich verändert, Theo«, sagte sie lächelnd.

Letzten Endes lief alles darauf hinaus, herauszufinden, was heil geblieben und was mit der Zeit kaputtgegangen war, als könnten wir unser eigenes Leben erst im Vergleich mit dem gelebten Leben der anderen beurteilen. Ich hätte ihr gern gesagt, dass sie sich nicht sehr verändert hatte, aber das hätte bedeutet, dass meine Gefühle sich auch nicht geändert hätten. Ich machte eine resignierte Miene, die lustig sein wollte, und verließ die Küche.

Ich setzte mich zu Antonio und Marcos. Sie blickten ins Dunkel der Landschaft. Aus dem Kamin drang die Hitze der brennenden Scheite. Antonio füllte mein Glas nach. Er erzählte von seinen Plänen, die Stadt zu verlassen und hierher zu ziehen, wo er weiter seine Kolumnen für verschiedene Zeitungen schreiben wollte. Als ich wissen wollte, welche Art Kolumnen er schrieb, lachten beide. Offenbar beschäftigte er sich hauptsächlich damit, gegen Gott und die Welt vom Leder zu ziehen. Dann versuchte ich in Erfahrung zu bringen, was aus seinen Idealen geworden war, aber er wich meiner Frage aus und sprach von den Klassikern, die, wie es schien, von einem Hobby aus Studententagen zu einer echten Leidenschaft geworden waren.

»Cicero unterteilt die Menschen in solche, die nach Ruhm streben, die kaufen oder verkaufen, und solche, die das Geschehen und die Art, wie es geschieht, betrachten. Offenbar gehöre ich mittlerweile zu Letzteren«, sagte er mit einem ironischen Lächeln. »Was meinst du, Marcos?«

Marcos machte eine vage Handbewegung, die durchaus Zustimmung bedeuten konnte, und stand auf, um das Feuer zu schüren. Antonio zündete sich eine Zigarette an. Der Mond beschien die im See versinkenden Hänge.

»Und dein Vater?«, fragte ich, wohl wissend, dass seine Erwähnung eine für uns beide unbequeme Erinnerung heraufbeschwören musste.

»Er ist vor über zehn Jahren an Krebs gestorben, Bauchspeicheldrüse«, sagte er, ohne mich anzuschauen.

Seine Bitterkeit war nicht zu überhören. Mit dieser knappen Erklärung hatte er alles gesagt.

Es waren zu viele Dinge, die sich nicht ansprechen ließen, zu viele Momente, an die keiner von uns dreien sich erinnern wollte, und doch waren sie da, nach all den Jahren, lauerten in den Falten unseres Gedächtnisses, unseres Bewusstseins, darauf wartend, hervorzubrechen.

»Erzähl mir von deiner Tochter, von Sophie. Wer ist ihre Mutter?«, fragte er und lenkte so unser Gespräch in harmlosere Gefilde. Er sprach die Wörter »Tochter« und »Sophie« sehr sanft aus. Er beugte sich vor, schaute mich an und wartete, dass ich etwas sagte.

Während der langen Stunden im Flugzeug hatte ich mir die eindringlichsten Momente meines Lebens als Kriegsreporter noch einmal vergegenwärtigt. Antonio hatte mir den Anstoß gegeben, seinetwegen und wegen Clara hatte ich die nötige Courage, die Wut und den Idealismus aufgebracht, all die Zeit in irgendwelchen Schützengräben zu hocken. Und jetzt, wo Antonio vor mir saß, verspürte ich das kindische Bedürfnis, mich vor ihm als tapferer Mann zu beweisen, als ein Mensch, der bereit ist, sein Leben für eine Handvoll Überzeugungen hinzugeben. Aber nichts davon schien in seinem Kokon Platz zu haben. Einstweilen hatte ich keine andere Wahl, als ihm von Rebecca zu erzählen und wie es dazu kam, dass sie die Mutter meiner einzigen Tochter war. Ich hätte schweigen können, aber egal, welches Türchen Antonio wählte, am Ende gelangten wir unweigerlich in diesen Raum, der seit fünfzehn Jahren verschlossen war. Undenkbar, dass er mich an diesen abgelegenen Ort gerufen hatte, um mit mir ein paar Cocktails zu trinken und von Dingen zu sprechen, die ihn letztlich nichts angingen.

Clara kam aus der Küche und ging in ein Zimmer neben meinem. Antonio fing meinen Blick auf und lächelte.

Am liebsten hätte ich Rebecca als eine dieser Frauen stilisiert, die das Schicksal von Männern, ganzer Länder prägen, hätte verheimlicht, dass es sich um eine US-Amerikanerin handelte, deren auffälligstes Merkmal ein Körper war, mit dem sie jeden um den Verstand brachte.

»Ich habe Rebecca in Mexiko kennengelernt. Ich war dort, um über die Wahlen zu berichten. Sie sang in der Bar des Hotels, wo die meisten Reporter wohnten. Drei Wochen waren wir zusammen. Tagsüber ging ich meiner Arbeit nach, und abends saß ich in der Bar und hörte ihr zu. Die ersten Tage waren berauschend, aber dann verlor sie ihren geheimnisvollen Reiz. Rebecca war eine dieser Frauen, die allzu freimütig reden und alles auf ein paar billig parfümierte Sätze reduzieren.« Antonio und Marcos stimmten lächelnd zu, mit dieser Kumpelhaftigkeit der Männer, wenn sie von Frauen sprechen. Ich fühlte mich unangenehm berührt. »Nach den Wahlen flog ich zurück nach London«, fuhr ich fort. »Rebecca brachte mich zum Flughafen. Als wir uns verabschiedeten, sagte sie mir, sie sei schwanger. Neun Monate später wurde Sophie geboren.«

»Lebst du mit deiner Tochter zusammen?«, fragte Antonio.

»Nein, nicht.«

Das war der wunde Punkt. Ich lebte nicht mit Sophie zusammen. Überhaupt waren wir nie länger als zwei Wochen am Stück zusammen gewesen. Rechtfertigungen hatte ich zur Genüge, meine unbeständige Arbeit oder wie sehr Sophie an ihrer Mutter hing. Aber es bereitete mir immer wieder Gewissensbisse, und ich war nicht bereit, sie mit Antonio zu teilen.

Zum Glück erschienen Clara und Pilar im Wohnzimmer. Clara trug eine bequeme Hose und Sandalen. Ein changierendes Tuch bedeckte ihre Brust und ließ ihren flachen, gebräunten Bauch frei. Das Haar hatte sie hochgesteckt.

»Du siehst phantastisch aus«, sagte Antonio und sah mich fest an.

Offenbar sollte ich jetzt etwas sagen, aber ich schwieg. Antonios Blicke machten mich langsam rasend. Brauchte er mich und meine Sehnsucht nach Clara, um selbst in Schwung zu kommen? Oder war ich der Zuschauer, ohne den sein Leben keinen Halt fand? Wie auch immer, für mich war es schwer, sie nicht anzuschauen. Die Anmut ihrer Bewegungen, die Kraft ihres Körpers, die Tiefe ihres Blicks, all das, was bei einer Jugendlichen überschoss, hatte mit dem Alter sein Maß gefunden und wirkte umso eindrucksvoller.

Clara setzte sich neben Antonio. Mit einer besitzergreifenden Geste streichelte er ihren Hals. Clara blieb steif sitzen. Und als stünde auch ihm ein bisschen Zärtlichkeit zu, nahm Marcos seine Frau bei der Hand und zog sie zu sich heran. Es lag etwas Falsches in dieser zur Schau gestellten Nähe, trotzdem ertrug ich sie nur schwer. Ich spürte einen Krampf im Magen und das Bedürfnis, auf die Toilette zu gehen, mich zurückzuziehen, Schutz zu suchen an einem vertrauten Ort.

Als ich aus dem Bad kam, konnte ich der Versuchung nicht widerstehen und warf einen Blick in Antonios und Claras Zimmer. Im Unterschied zu den anderen, eher nüchtern eingerichteten Räumen hatte ihr Zimmer etwas Gemütliches. Die Wände waren mit einem dunklen Stoff bezogen, und auf dem Boden lag ein Teppich aus ungekämmter Wolle. Neben einem Ledersessel warf eine Stehlampe ihren kupferfarbenen Schein. Doch dann schlug mir das Herz: Auf dem Nachttisch erblickte ich Claras Tagebuch mit dem roten Einband. Warum hatte sie es nach all den Jahren noch bei sich? Am liebsten hätte ich es eingesteckt. In diesem Büchlein, das wusste ich, hatte Clara Tag für Tag aufgeschrieben, was in jenem Sommer 1986 geschehen war.

Als ich zurückkam, stand das Essen auf dem Tisch. Antonio legte Wert darauf, dass ich mich ans Kopfende setzte.

»Antonio und Clara sprechen so oft von dir«, sagte Pilar. »Wie es scheint, hattet ihr damals viel Spaß.«

»Ich versuche immer, eine schöne Zeit zu haben«, antwortete ich.

Ein ausgehungerter Hund stand vor der Terrassentür und wedelte heftig mit dem Schwanz.

»Hast du gehört, Marcos? Das ist mal ein gutes Lebensmotto«, sagte Pilar und schob sich ein Stück Brot in den Mund.

»Manchmal klappt das nicht mit dem Spaß, sosehr wir uns auch anstrengen«, bemerkte Marcos, ohne irgendwen anzuschauen.

»Ist alles eine Frage der Einstellung«, verkündete Pilar, »wusstest du das nicht?«

Und während sie das sagte, schaute sie nicht Marcos an, ihren Mann. Ihre Augen waren mit einer Hartnäckigkeit auf Antonio gerichtet, dass es schon an Dreistigkeit grenzte.

»Oder bist du nicht der Ansicht, Antonio?«

Marcos fing an, auf seinem Stuhl zu schaukeln und mit dem Fuß zur Hintergrundmusik den Takt zu schlagen.

»Das muss jetzt nicht sein, Pilar, wirklich …«, mischte Clara sich ein, plötzlich sehr ernst.

Wortlos stand Antonio mit einem Stück Fleisch in der Hand auf, öffnete die Tür und gab es dem Hund. Dann streichelte er ihm über den knochigen Rücken.

Pilar überging Claras Worte und fuhr fort:

»Du bist schon lange in einem Alter, wo man sich mit dem zufrieden gibt, was man hat. Und es genießt. Wie das hier zum Beispiel.« Sie hob das Kinn und schaute in eine unbestimmte Richtung. Offenbar meinte sie nicht sich, sondern diesen Augenblick, den wir miteinander teilten. Erneut schaute sie zu Antonio.

Ich war mir nicht sicher, aber ich hatte den Eindruck, dass diese an ihren Mann gerichteten Worte für Antonio gedacht waren. Ihre Ausdrucksweise schien mir jedenfalls auf eine Weise unangemessen, dass es mir peinlich war.

Inzwischen schien der Mond herein. Wir schwiegen einen Moment und beobachteten, wie das Licht über den See bis zu den benachbarten Hügeln wanderte. Was Pilar zuletzt gesagt hatte, war im Grunde gar nicht so albern. Dort saßen wir bei einem formidablen Weihnachtsessen, und der Mond scheute sich nicht, uns daran zu erinnern.

Nach dem Essen setzten wir uns vor den Kamin. Clara brachte uns Kaffee, setzte sich neben Antonio aufs Sofa und zündete sich ein Zigarillo an. Eine CD von Joni Mitchell dämpfte das Bellen des Hundes, der sich vor dem Fenster postiert hatte und auf eine weitere Belohnung wartete.

»Weißt du noch, wie ich dich zum ersten Mal nach Wivenhoe mitgenommen habe?«, fragte mich Antonio.

Er wusste, ich konnte es unmöglich vergessen haben.

»Wie könnte ich mich nicht erinnern, vor allem an diese eingebildete Französin mit ihrer Theorie über Parmenides«, sagte ich, um irgendetwas beizusteuern.

»Und wie dieser Argentinier dauernd versuchte, Clara zu becircen«, sagte Antonio mit einem süffisanten Lächeln, als wäre er von allen Männern der einzige gewesen, der für ihre Reize unempfänglich war.

Clara sprang vom Sofa auf und lehnte sich gegen das Fenster. Antonio spielte ein Spiel mit mir und mit Clara. Er zog die Fäden des Gesprächs, unserer Gesten, unserer Gedanken. Genau wie früher.

Antonio war sich Claras Verärgerung bewusst und fragte mich nach London, nach den Orten, an denen wir so oft gewesen waren. Er hatte eine Möglichkeit gefunden, die Vergangenheit an die Gegenwart zu binden und so einen Weg abzustecken, auf dem wir durch die Erinnerungen streifen konnten, ohne uns weh zu tun. Ich sparte nicht mit Einzelheiten. Doch irgendwann merkte ich, dass meine Worte ihn nicht interessierten und er längst woanders war.

Clara dagegen blickte mich aufmerksam an, als klammerte sie sich inmitten dieses Sturms der unterschwelligen Gefühle an etwas leidlich Handfestes. Sie fragte mich, ob ich in jüngster Zeit einmal in Swiss Cottage gewesen sei, ihrem alten Viertel. Ich erzählte ihr, überall seien neue Häuser entstanden, ziemlich luxuriös, verglichen mit dem, was sie von früher kannte. Doch dann schwieg ich und versuchte, mich an etwas weniger Allgemeines zu erinnern.

»Das ist alles hundert Jahre her, oder?«, sagte sie.

»Hundertfünfzig«, sagte ich. Wir lachten beide und schauten uns in die Augen.

Für einen Moment hatte ich das Gefühl, dass nur sie und ich dort waren. Wieder vereint.

»Theo ist Kriegsreporter, wusstet ihr das?«, sagte Antonio plötzlich zu Marcos und Pilar.

»Das hattest du erwähnt. Wirklich unglaublich«, bemerkte Marcos.

Antonio schlug die Beine übereinander und lehnte sich zurück.

»Ich habe mich immer gefragt, was die Leute dazu treibt. Ich meine, so ein Nomadenleben zu führen, ein so einsames, gefährliches … Ich kann es nur schwer begreifen, und das sage ich mit allem Respekt«, fuhr Marcos fort.

»Es geht darum, zu informieren. Wenn die Guten nichts tun, siegen die Bösen«, sagte ich, wohl wissend, dass ich unerträglich korrekt war.

»Du klingst wie im Kino«, sagte Pilar.

»Um ehrlich zu sein, das sind die Worte einer Korrespondentin von CNN, die sich nach dem Tod eines guten Freundes in Sierra Leone vor sich selbst dafür rechtfertigen wollte, dass sie ihr Kind verließ und erneut in den Krieg zog.«

Endlich hatte ich Gelegenheit, mich mit meinen vorgefertigten Geschichten auszubreiten, doch ein Kloß im Hals hinderte mich daran. Besagter Freund war Miguel Gil gewesen, ein spanischer Reporter, der vor etwas mehr als einem Jahr in einem Hinterhalt ums Leben gekommen war. Sein Tod war uns an die Nieren gegangen, genau wie der von Kurt Schork, ebenfalls Opfer des Überfalls. Aber es hatte keinen Sinn, weiterzureden. Was immer ich sagte, würde an der Oberfläche bleiben. So ist es immer, wenn man versucht, über das Grauen Konversation zu führen. Es bildet sich eine feste Membran, die das menschliche Elend fernhält und die kleine Dosis Wirklichkeit, sofern sie denn durchdringt, anmaßend erscheinen lässt.

»Es gibt auch anderes«, sagte ich auf der Suche nach einem Fluchtweg.

»Zum Beispiel?«, fragte Clara.

»Ich weiß nicht, zum Beispiel sich bewusst zu sein, dass man lebt und dass das vielleicht genügt.«

Was ich gesagt hatte, war weder richtig noch falsch, aber zumindest ließ es meine Erinnerung aus dem Spiel, all das, was mir wichtig war.

»Klingt nach New Age … gefällt mir«, bemerkte Pilar.

»Am Ende geht es ja doch immer um das Gleiche«, sagte

ich. »Dich für das Leben zu entscheiden und gegen das Sterben. Und unterwegs stellst du dir vor, dass du nicht ganz allein bist. Dass das, was du bist und tust, jemandem etwas bedeutet …«

Meine Worte waren im Grunde nur Wiedergekäutes. Doch Antonio, der die distanzierte, selbstzufriedene Pose des Gastgebers bewahrt hatte, fuhr dazwischen:

»Großartig, wie einfach die Dinge für dich geworden sind. Ehrlich, Theo. Ich wünschte, ich könnte dasselbe sagen.«

Ich wollte ihm nicht antworten, vor allem weil ich sah, dass Clara sich auf die Unterlippe biss und auf den Boden starrte. Zum ersten Mal seit meiner Ankunft bemerkte ich die Spuren, die die Zeit in ihrem Gesicht hinterlassen hatte. Es war, als hätte sich unter ihre Haut, die zwar noch glatt war, aber nicht mehr so seidig wie in ihrer Jugend, eine tiefe Müdigkeit geschlichen, vielleicht Schmerz.

»Erzähl uns was Aufregendes«, bat Pilar mit einem theatralischen Schwenk ihrer Arme. »Ich bin verrückt nach Kriegsgeschichten«, worauf sie tirilierte wie ein Vögelchen.

Ich dachte, ab einem gewissen Alter sollten Frauen sich nicht derart entblößen. Was bei einer jungen Frau sinnlich erscheint, wirkt bei ihnen nur lächerlich. Meine Miene hatte mich offenbar verraten.

»Wir haben alle das Recht, uns zu amüsieren, Darling«, sagte sie.

Bevor ich den Mund auftun konnte, ergriff Antonio das Wort.

»Wivenhoe. Das waren noch Zeiten!« Hartnäckig kehrte er an diesen Ort zurück. »Erinnerst du dich an unseren Ausflug zum Supermarkt? Ich werde nie dein panisches Gesicht vergessen, Theo, niemals«, und er lachte schallend.

Ich konnte meine Wut über seine Worte nicht verbergen. Ich wollte ihm etwas sagen, ihn provozieren, wollte den Grund hören, warum er mich derart plump anging. Aber wie immer beherrschte ich mich.

Clara nahm Antonios Hand. Es war keine zärtliche Geste, eher eine Bitte um Mäßigung.

»Entschuldige, Theo«, murmelte Antonio, und seine Miene war nun betrübt. Unsicher umfasste er meine Schulter.

Niemand sagte mehr etwas. Marcos wiegte den Kopf hin und her, als bedauerte er etwas. Seine Augen waren gerötet.

Kurz darauf machte sich das Paar auf den Weg. Ihr Haus war nicht weit. Der Mond mit seinem fast taghellen Licht stand hoch am Firmament.

Clara zündete sich ein weiteres Zigarillo an und setzte sich auf die Stufen der Terrasse. Mit seiner typischen Art, die Dinge zu zelebrieren, ging Antonio durchs Haus und machte überall das Licht aus. Er kam mir vor wie ein Nachtwächter, der durch die Straßen zieht und die Laternen löscht. Danach setzte er sich mit seinem Glas Whisky zu Clara. Sie schloss die Augen, als machte sie eine Tür zu. Mein Groll wuchs noch mehr, und ich verschwand in die Küche und fing an, das Geschirr zu spülen.

Ich war noch nicht weit gekommen, als ich sah, wie Clara am Türrahmen lehnte, Zigarillo in der Hand.

»Lass doch, Theo. Morgen kommt eine Frau, die alles spült und aufräumt. Wie du weißt, sind wir hier in der Dritten Welt.«

»Aber es entspannt mich.«

Vor dem Dunkel des Wohnzimmers verschwammen ihre

Umrisse. Ich stellte die Teller ab und ging zu ihr. Wir standen uns gegenüber.

»Antonio ist schon im Bett«, sagte sie und rührte sich nicht von der Stelle.

Ihr Haar hatte sich aus der Spange gelöst, mit einem Schwung ihres Kopfes ließ sie es herabfallen. Ich hätte sie so gerne berührt.

»Ich glaube, ich gehe auch. Ich bin hundemüde.« Ich trocknete mir die Hände an der Hose und verließ die Küche, ohne sie anzuschauen.

»Du bedeutest Antonio sehr viel. Wusstest du das?«, hörte ich sie von der Küchentür aus sagen, wo sie immer noch reglos stand.

Der Klang ihrer Stimme hatte etwas Verletzliches und Beherrschtes zugleich.

»Er hat mir nicht gesagt, dass du hier bist. Wusstest du das?«, fragte ich meinerseits.

»Er dachte, wenn er es dir sagt, kommst du nicht«, antwortete Clara und drückte das Zigarillo in einem Aschenbecher aus.

»Wäre das nicht besser gewesen?«

»Bestimmt nicht. Du wirst schon sehen, hier ist es traumhaft, wir können eine schöne Zeit verbringen. Es hängt von uns ab.«

»Du klingst wie deine Freundin Pilar.«

Wir lachten beide.

»Du weißt, was ich meine«, sagte sie ruhig.

»Allerdings. Es kann die Hölle sein, vor allem, wenn Antonio es darauf anlegt«, sagte ich, wie um mich zu rächen.

»Er hat ein schweres Jahr hinter sich, gib nichts auf seine Ausfälle. Außerdem, du kennst ihn ja, er ist eben so.«

»Vermutlich, ja, auch wenn ich mir nicht sicher bin, dass ich ihn kenne. Es ist so viele Jahre her.«

»Da hast du recht. Aber keine Angst, ich sorge schon dafür, dass es ein paar schöne Tage werden. Überlass es mir.«

Sie schenkte mir ein Lächeln, hob die Hand und strich mir mit einer Geste über die Wange, die mir fast mütterlich erschien. Dann drehte sie sich langsam um und verschwand im Dunkel des Flurs.

Vielleicht, dachte ich, versuchte Clara mir zu sagen, dass wir uns nur alle bemühen mussten, so zu tun, als wäre nichts zwischen uns gewesen, und am Ende waren wir selbst davon überzeugt.

Ich folgte ihr mit ein paar Schritten Abstand. Sie öffnete die Tür und blieb kurz stehen. In ihrer Miene sah ich eine unendliche Traurigkeit, und in dieser Traurigkeit ein Strahlen, als hätte sich etwas in ihr bewegt.

Ich ging in mein Zimmer und setzte mich auf die Bettkante. Die noch brennenden Lichter am Ufer gegenüber hingen im Nichts. Eine alte Gleichgültigkeit überkam mich, etwas Haltloses, eine Apathie, die im Laufe der Jahre an meinem Herzen genagt hatte und von der ich nie gedacht hätte, dass ich sie in Claras Nähe spüren würde. Ich begriff, dass es ein Sieg und zugleich eine Niederlage war. Ich war gefühllos gegenüber Clara geworden, und das war ohne Zweifel ein Sieg. Aber wenn selbst ihre Traurigkeit mich nicht mehr berührte, würde mich vielleicht nichts mehr berühren.

4

Das Erste, was ich am Morgen des 25. Dezember sah, war ein rechteckiges Fleckchen Sonne auf dem Boden meines Zimmers. Ich brauchte ein paar Sekunden, um Raum und Zeit zu sortieren. Ein Klopfen, das von draußen hereindrang, lockerte die frühe Stille auf. Ich schaute aus dem Fenster. Im Garten hackte ein Mann einen Baumstamm in kleine Scheite. Ein Mädchen mit langem schwarzem Haar sammelte in der Nähe Reisig, es musste seine Tochter sein. Ich beobachtete sie. Ihre ruhigen, bestimmten Bewegungen, ihre Gelöstheit von allem, was sie umgab, brachten mich auf den Gedanken, dass in dieser gleichsam ursprünglichen Arbeit vielleicht das Geheimnis lag, das die Zeit anhielt.

Ich zog mir einen Pullover über und ging ins Wohnzimmer. Antonio schlief auf dem Sofa. Er musste mitten in der Nacht hergekommen sein, ich hatte nichts gehört. Seine nackten Füße lugten zwischen den Falten der Decke hervor. Auf dem Boden, neben einem leeren Glas, lag ein aufgeschlagenes Buch. Ich nahm es vorsichtig, um ihn nicht zu wecken. Überall auf den Seiten waren Striche, Kringel, Randbemerkungen, die einen parallelen Pfad durch den Text schlugen. Es war keine saubere Arbeit, im Gegenteil, es sah aus, als wäre das Buch einem kleinen Kind in die Hände gefallen. Ich blieb an einem mehrfach unterstrichenen Satz hängen: *Jeder hat seine Eitelkeit, und in seiner Eitelkeit vergisst er, dass es andere mit einer verwandten Seele gibt.*

Aufs Geratewohl schlug ich eine weitere Seite auf. Antonio hatte zwei Sätze unterstrichen: *Wir alle haben etwas Verachtenswertes. Jeder von uns trägt an einem Verbrechen, das er begangen hat, oder dem Verbrechen, das seine Seele von ihm verlangt.*

Der Text war mir unheimlich. Ebenso der Gedanke, dass ich, wenn ich weiterblätterte, etwas über Antonio herausfinden könnte, das mich nichts anging. Ich legte das Buch wieder an seinen Platz und ging auf die Terrasse. Der Nebel hüllte die Berge in einen Schleier. Als ich zurückkam, schlief Antonio noch.

Ich ging wieder in mein Zimmer, legte mich aufs Bett und versuchte zu lesen. Nach einer Weile hörte ich Geräusche. Clara und Antonio frühstückten in der Küche. Als Antonio mich sah, stand er auf und umarmte mich. Ich spürte seinen Atem an meinem Ohr, er roch säuerlich. Clara drückte mir die Hand und küsste mich auf die Wange. Ich hatte den Eindruck, sie versuchte mir etwas zu sagen, das sich nicht aussprechen ließ. Während sie für mich Kaffee aufsetzte, fragte Antonio mich, wie viele Menschen ich schon hätte sterben sehen, und ich antwortete, ich zählte sie nicht. Dann wollte er wissen, ob ich mich jemals auf dem Schlachtfeld verliebt hätte. Seine Frage ärgerte mich. Er wusste, dass er eine Grenze überschritt. Claras brüske Bewegungen und ihr Schweigen zeigten, dass Antonios Fragen auch sie verstimmten. Aber sie hielt ihn nicht zurück.

Nach dem Frühstück rief ich Sophie an. Der Empfang war nicht gut, und ich musste vom Garten aus telefonieren. Ihre Vorwürfe hatten ein bitteres Gefühl hinterlassen. Ich wollte mich entschuldigen und versprechen, ihr so bald wie möglich ein Geschenk zu schicken. Zum Glück hatte

Sophie die Sache schon vergessen, ihre ganze Sorge galt nun der bevorstehenden Geburt eines Fohlens. Sie erzählte mir auch, vor ein paar Tagen hätten sie die Farm eines neuen Freundes von Rebecca besucht, und der hätte sie auf einer Araberstute reiten lassen.

»Und wer ist dieser Freund?«, fragte ich.

Nicht dass mich Rebeccas Privatleben interessierte, ich fürchtete nur immer, sie würde das sorgenfreie Leben, das Russell ihr bot, zerstören und damit auch das von Sophie.

»Er ist Pferdezüchter«, sagte sie.

Als ich auflegte, wurde mir erneut bewusst, wie unwichtig ich in Sophies Leben war. Es war eine zweischneidige Sache: Einerseits verringerte es die Bedeutung dessen, was ich tat, und garantierte mir meine Freiheit; andererseits schwächte es das Gefühl der Zusammengehörigkeit, das mir in den schwierigsten Momenten immer ein Halt war. Ich schaute zum Haus, Clara beobachtete mich durchs Fenster.

»Es ist das erste Mal, dass ich Weihnachten ohne meine Tochter verbringe«, sagte ich, als ich hereinkam.

»Auf dem Foto, das du uns gezeigt hast, sieht sie sehr hübsch aus. Sie ist bestimmt reizend.«

»Sagst du das wegen mir?«, fragte ich und zog ein Gesicht.

Clara nickte mit einem Lächeln.

»Du könntest auch eine wunderschöne Tochter haben.«

»Hilf mir mal eben«, bat sie und wechselte rasch das Thema. »Wir machen heute ein englisches Picknick, wie du es noch nie erlebt hast.«

*

Als Clara und ich alles eingepackt hatten, wanderten wir drei los. Ein kleiner Pfad, im Gras kaum zu erkennen, führte zuerst hinunter und dann über andere Hügel hinauf. Die fernen Bergrücken verloren sich in den Wolken. Antonio lief mit einer Zigarette im Mund, die er, kaum zu Ende geraucht, durch die nächste ersetzte. Bald kamen wir in einen Wald. Die Schönheit der Landschaft löste zum Glück die Spannung ein wenig, überdeckte aber auch unser zähes Schweigen. Niemand schien bereit, es zu brechen. Was mich betraf, hielt die mir anerzogene Schamhaftigkeit mich davon ab, die notwendigen Fragen zu stellen, aber auch die Tatsache, dass Erklärungen zu verlangen bedeutet hätte, den Schmerz einzugestehen, den beide mir zugefügt hatten. Irgendwann ging der Pfad steil bergauf. Der Wald mit seiner eigenen Stimmung blieb zurück. Als wir zum Gipfel kamen, sahen wir den Nebel unter uns und die weite, von der Sonne beschienene Landschaft. Abgesehen von der weißen Spitze eines Vulkans am Horizont waren wir auf der höchsten Erhebung der Gegend.

Wir picknickten und kehrten am Nachmittag zurück. Die fernen Berge waren nun blass und unscharf wie in einer Phantasiewelt. Genau wie der Hinweg war der Rückweg lang und stumm. Kurz bevor wir zum Haus kamen, ging Clara voraus. Antonio und ich blickten ihr nach und sahen, wie sie sich raschen und sicheren Schrittes entfernte.

»Du hattest recht, als du meintest, das hier sei das Ende der Welt«, sagte ich.

Ich ahnte, dass Clara uns mit ihrer Flucht Gelegenheit für ein Gespräch geben wollte.

»Es hat mir imponiert, dass du mich angerufen hast, nach so vielen Jahren«, sagte ich.

»Kaum zu glauben, dass du hier bist«, erwiderte er lachend.

Es war ein seltsames Lachen, mit einem fiebrigen Unterton.

»Warum hast du mich eingeladen, Antonio?«

Diese Frage stellte ich mir, seit ich seinen Anruf erhalten hatte, und mit jeder Stunde wurde sie dringlicher. Da war etwas unter der Oberfläche des äußeren Scheins, hinter den verquasten Gesprächen und all den dunklen Andeutungen; hinter Antonios unverschämten Bemerkungen, Claras Sprödigkeit und ihren betrübten Blicken. Es war unsere Geschichte, ohne Zweifel, war unsere Unfähigkeit, daran anzuknüpfen. Aber es war noch etwas anderes.

»Ich dachte, es wäre eine gute Idee«, sagte er und schaute mich an.

Ich erinnerte mich, welche Kraft seine Pupillen hatten, als wir noch an der Universität waren, wie seine leuchtenden Augen mich zu berühren schienen. Es war derselbe stechende Blick, aber etwas in seinen Augen war verschwunden, vielleicht die Jugend.

»Mehr nicht?«

»Clara freut sich, dich zu sehen«, versicherte er im selben gutgelaunten Ton.

»Und ich freue mich, euch zu sehen, und du freust dich, mich zu sehen und so weiter.«

»Reicht dir das nicht?«

»Du hast mir nicht geantwortet.«

»Ich nehme an, ich habe dich angerufen, weil ich es für angemessen hielt. Oder weil ich Lust dazu hatte.«

»Ich wäre bestimmt nicht auf die Idee gekommen. Nimm es mir nicht übel, aber ich hatte nie den Eindruck, dass du jemand bist, der die Dinge auf diese Weise angeht. Es sei denn, für dich besteht das Leben mittlerweile aus angemessenem Tun und Lassen. Was ich sehr bezweifle.«

»Wieso nicht? Wenn du es recht bedenkst, kann das Leben aus sehr viel Dümmerem bestehen.«

Wir kamen immer weiter vom Thema ab und betraten immer abstrakteres Gelände, auf das Antonio sich zurückziehen konnte, ohne mir zu antworten.

»Tut mir leid, mein Freund, aber auf deiner Werteskala waren, soweit mir bekannt ist, das Angemessene und das Dumme ungefähr auf gleicher Höhe. Erinnerst du dich?«

Antonio lächelte mir zu. Ich hatte den Eindruck, er wollte mir eine Brücke bauen.

»Damals war ich nichts, keiner von uns, wir hatten keine Zeit, etwas zu werden«, sagte er.

»Und was bist du danach geworden?«

»Nicht viel, Theo, nicht viel.« Und nach einer kurzen Pause brach er in ein raues, spöttisches Lachen aus, das mir unheimlich war.

Er hatte die Brücke wieder abgebrochen. Ich konnte ihm unmöglich folgen bei seinem Hin und Her zwischen Absturz und Überheblichkeit. Früher, als wir noch jung waren, wäre mir seine Haltung plump vorgekommen. Doch mit den Jahren hatte ich gemerkt, dass Spott und Ironie nur eine Art ist, den Schmerz zu fliehen.

Wir gingen weiter. Auf dem Pfad zum See hinunter sahen wir Clara bei dem Mädchen, das am Morgen Reisig gesammelt hatte. Clara hatte etwas Heiteres. Wie die Clara in meiner Erinnerung, die den Kopf zum Fenster hinausstreckte, um einen winterlichen Sonnenstrahl zu erhaschen, die mitten auf der Straße stehen blieb, weil ein Duft sie an etwas Angenehmes erinnerte, die immer so wach war, weil jeder Augenblick, sagte sie, eine verborgene Seite hat, die nur die Mutigsten zu erkunden sich trauen.

*

Wir aßen früh zu Abend. Nach dem Kaffee ging Antonio schlafen. Clara zündete sich ein Zigarillo an und setzte sich aufs Sofa. Alles lief ab wie am Abend zuvor. Der Mond unverdrossen, Clara schweigend und rauchend, und ich an der Terrassentür, die Zeit dehnend. Ich dachte daran, wie oft ich, wenn ich den Körper einer Frau umarmte, die Augen geschlossen und mir Clara vorgestellt hatte. Genau so war es gewesen. Ich konnte die Person an meiner Seite anschauen, sie anlächeln und ihr etwas Nettes sagen, konnte mich gar zu diesen paar Wörtchen hinreißen lassen, die auf Frauen so beruhigend wirken; ich konnte mir einreden, dass ich nicht log, denn wer »ich liebe dich« sagt, erklärt nur seinen Wunsch, jemanden für diesen Augenblick zu besitzen; ich konnte mich einrichten in diesem angenehmen, sogar befriedigenden Zustand, doch Clara war immer da. Und jetzt, wo sie so nah war und zugleich so unerreichbar, zog mir etwas den Boden unter den Füßen weg.

»Ich gehe ins Bett«, sagte ich.

»Du könntest wenigstens bei mir bleiben, bis ich damit fertig bin«, antwortete sie und deutete auf das Zigarillo zwischen ihren Fingern.

»Wenn es nur das ist …«

Ich setzte mich ans andere Ende des Sofas und wartete. Clara rutschte zu mir. Sie berührte mich nicht, aber sie war nah genug, dass ich ihren Atem hörte und ihr Parfüm roch. Zusammengekauert, wiegte sie sich und schaute vor sich hin.

Tausendmal hatte ich mir diesen Moment vorgestellt, mir sogar die Fragen überlegt. Vor allem aber hatte ich, und das war vielleicht das Schmerzhafteste, insgeheim die Hoffnung gehegt, dass sich alles ändern würde, wenn es nur wieder eine vertrauliche Situation zwischen uns gäbe. Doch das Fünkchen Verstand, das mir noch blieb, sagte mir, dass ich es besser nicht herausforderte. Ich lief sonst Gefahr, dass die Illusion all dieser Jahre erstarb und in meinem Innersten verfaulte. So saßen wir da und schwiegen. Ein Schweigen, das erfüllt war von unserer Geschichte. Jenem langen Sommer 1986.

II

Sommer 1986

5

Antonio studierte im dritten Jahr Government – oder Politikwissenschaft, wie er gern sagte – und ich im zweiten, als wir uns an der Universität von Essex kennenlernten. Ich wusste, wer er war, während er wahrscheinlich noch nie von mir gehört hatte. Sein Bruder war einer der einflussreichsten Studentenführer Chiles, was ihn in unseren Augen fast zu einem Helden machte. Auch wenn er sichtlich bemüht war, sich liebenswürdig zu zeigen, und mit uns auf den Fluren lachte und diskutierte, war Antonio unnahbar. Er schien immer auf der Durchreise zu sein, als fände sein wahres Leben woanders statt. Meist strich irgendjemand um ihn herum und wollte ihn sprechen, vor allem die Mitglieder der Student Union. Sie hatten etwas Drängendes, Übereiltes, wohl wissend, dass seine Aufmerksamkeit schon bald anderem zuflog, das wichtiger war als ihr studentisches Gegreine. Wenn man es schaffte, sein Interesse zu wecken, sprach Antonio mit leiser Stimme und gab einem das flüchtige, aber mächtige Gefühl von Vertraulichkeit. Wenn er dann schwieg, war dies ebenso bedeutend wie das, was er sagte.

Wir Studenten des zweiten und dritten Studienjahres hatten einen gemeinsamen Kurs bei Maclau, einem Argentinier, der Erkenntnistheorie und Linguistik lehrte. Antonio beteiligte sich nur selten, aber wir alle wussten, wenn er etwas sagte, setzte Maclau sich auf den Tisch, stützte das Kinn in die Hand und hörte zu. Maclau behauptete, der

Marxismus habe für das Verständnis der heutigen Welt seine Gültigkeit verloren. Antonio dagegen vertrat die Ansicht, der humanistische Marx, der junge Marx, wie man ihn nannte, bevor er zum historischen Materialisten wurde, eigne sich hervorragend, um unsere Zeit in ihrem Werden zu erklären und die notwendigen Veränderungen zur Beseitigung ihrer Ungerechtigkeiten zu bewirken. Er trumpfte derart auf, dass wir Maclaus anspruchsvollen Theorien am Ende oftmals mit Misstrauen begegneten. Antonio war der Einzige, der ihm Paroli bot, er schaffte es sogar, Maclau so zu verunsichern, dass er zwischen Vergnügen und Zorn hin- und herschwankte. Bisweilen lief sein Gesicht rot an, die Halsmuskeln blähten sich, und dann hielt Antonio inne, als hätte er auf dem Höhepunkt seiner Argumentation beschlossen, sich zurückzuziehen, so dass keiner der beiden je seinen Wunsch erfüllt sah, über den anderen zu triumphieren, weshalb sich auch die Spannung, die aus diesem Wunsch erwuchs, niemals löste. Wie zwei grausame Geliebte. Manchmal ging Maclau am Ende der Vorlesung zu ihm, und sie unterhielten sich weiter, während wir anderen den Hörsaal verließen und uns mit einem verstohlenen Seitenblick wünschten, Maclau möchte eines Tages einem von uns auch nur einen Bruchteil des Interesses schenken, das er Antonio entgegenbrachte.

Außerhalb der Vorlesung begegneten wir uns öfter im Pub des Campus. Da stand er dann an eine Wand gelehnt, trank höchst konzentriert sein Bier und hob immer wieder die Augen, als müsse er sich seiner Umgebung vergewissern, ehe er wieder in seinen Gedanken versank. Ein paarmal kreuzten sich unsere Blicke, und ich wartete, dass er etwas zu mir sagte. Doch seine Augen flogen über mich hinweg. Ich wäre gern sein Freund gewesen. Der einzige Mensch, der diese Mauer durchbrach. Alles zog mich zu ihm hin. Sein ungestümer Blick, dieses Tragische, das ihn umgab. Aber wie sollte ich auf mich aufmerksam machen? An mir war nichts Besonderes.

Jeder meiner Kommilitonen hätte diesen Glückstreffer landen können, aber es passierte mir. Wir waren am selben Tag geboren, mit einem Jahr Abstand. Wir entdeckten es eines Morgens, als wir vor einem Anschlagbrett standen und die Namen der Government-Studenten durchgingen. Er gab mir die Hand, und als hätte er mich noch nie gesehen, begrüßte er mich mit einem förmlichen »How do you do?«, wie es einer gewissen gesellschaftlichen Schicht eigen ist, der anzugehören ich mich nicht sonderlich rühme. Ich nehme an, er hatte meine Herkunft und den unauslöschlichen Stempel der Privatschulen erfasst und verwendete deshalb diesen wenig jugendlichen Gruß. Es war das erste Mal, dass er mich ansprach, und ich nahm mir fest vor, dass es nicht das letzte Mal sein sollte.

Eine Woche später begegneten wir uns erneut. Wir waren allein, jeder an einem Ende der Theke. Es war unser Geburtstag. Von seinem Platz aus prostete Antonio mir mit seinem Bier zu.

»Happy birthday«, sagte er.

Ich hob mein Glas Weißwein und lud ihn ein, mit mir die Flasche zu teilen, die ich zur Feier des Tages bestellt hatte. Später wollte ich mich in einer Diskothek in Colchester ein paar Kommilitonen anschließen, doch bald waren wir in ein Gespräch vertieft, und ich dachte nicht mehr an sie. Wir sprangen von einem Thema zum anderen. Ich hatte den Eindruck, Antonio war genauso schüchtern und sehnte sich genauso nach einem Freund wie ich. Als alle Gäste gegangen waren und das Licht in der Bar gelöscht wurde, gingen wir hinaus in die Stille des Betons auf dem Square One. Die vier grauen, massiven Hörsaalgebäude ringsum gaben nicht nur der Grundfläche des Hofs eine quadratische Form, sondern auch der Öffnung zum Himmel. Wenn man ein bisschen betrunken oder bekifft war, konnte man aufs schönste halluzinieren: ein Schacht in die Unendlichkeit, ein Loch, durch das man ins Leere stürzt. »Herzlichen Glückwunsch zum Geburtstag«, hörte ich Antonio sagen, der wie ich in den Himmel starrte. »Herzlichen Glückwunsch zum Geburtstag«, sagte ich, und ich wusste, dass dies ein wichtiger Moment war, weil ich mich nicht mehr so allein fühlte.

Ein paar Wochen später lag ich mit einer fürchterlichen Erkältung im Bett. Eine Mitbewohnerin besorgte mir ein paar Medikamente, aber das Fieber ging nicht zurück. Ich schwitzte und konnte kaum die Augen offen halten. Am Morgen des dritten Tags stand Antonio in der Tür.

»Ich habe dich gesucht. Warum hast du mir nicht gesagt, dass du krank bist?«

»Ich weiß nicht …«

In Wirklichkeit wäre ich nie auf die Idee gekommen. Allein die Tatsache, dass er dort stand und mich in diesem jämmerlichen Zustand sah, war mir peinlich.

»Das nächste Mal weißt du Bescheid«, sagte er in fröhlichem Ton.

Von nun an kümmerte er sich um mich, bis es mir wieder besserging. Er versorgte mich mit Essen, Fruchtsäften und Musik für die Zeit, wenn er nicht bei mir war. Nach den Vorlesungen leistete er mir lange Stunden Gesellschaft.

Hin und wieder schaute ich ihn verstohlen an, während er auf dem einzigen Sessel in meinem Zimmer saß und las, sich Notizen machte, Bücher zusammenfasste. Anders als für die meisten von uns war der Lehrstoff für Antonio nicht bloß eine akademische Angelegenheit, sondern ein Werkzeug, das ihm in seinem späteren Leben, so sagte er, nützlich sein würde.

Gelegentlich las er mir einen Absatz aus einem Buch vor. Ich konnte es kaum glauben, dass er da war, für mich, und insgeheim wünschte ich, ich würde nie wieder gesund. Nach vier Tagen war ich wieder auf den Beinen. Niemand außer meiner Mutter hatte je so etwas für mich getan.

Seither verbrachten wir die meiste Zeit zusammen. Morgens trafen wir uns im öffentlichen Schwimmbad von Colchester und schwammen eine gute Stunde. Tagsüber begegneten wir uns häufig, doch unsere leidenschaftlichen Diskussionen fanden abends statt, wenn wir bei einer Flasche italienischen Weins auf meinem Zimmer saßen und Antonio mir die Reich'sche Theorie über die Entstehung des Faschismus erklärte oder wir uns seinen unglaublichen, unsere erotische Phantasie beflügelnden Orgonakkumulator vorstellten, bis wir im Morgengrauen schließlich, völlig erschöpft, das traurige Schicksal Althussers beklagten, als wäre es einer von uns gewesen, der seine Frau beim Massieren erwürgte. Antonio verwandte Stunden darauf, mir Zusammenhänge zu erläutern, die mir bis dahin unverständlich gewesen waren, nicht weil es mir an Grips mangelte, sondern weil ich nie den nötigen Antrieb gefunden hatte, sie wirklich verstehen zu wollen. Oft sprachen wir von Chile, er war auf dem Laufenden, was dort Tag für Tag passierte. Zwei Monate nach unserer ersten Begegnung organisierten wir gemeinsam ein Konzert, um Geld zu sammeln für das, was er den »Widerstand« nannte.

Unsere Freundschaft wurde für mich unverzichtbar, ich sah aber auch die Widersprüche. Einerseits mochte ich es, wenn man uns zusammen sah, andererseits versuchte ich ihn abzuschirmen, damit ihn mir niemand wegnahm. Auch unter den Kommilitonen weckte unsere Beziehung unterschiedliche Gefühle. Wir hatten uns ein unabhängiges Universum geschaffen. Wir hatten es nicht nötig, uns wie die anderen in sportliche Höchstleistungen oder irgendwelche Posen zu flüchten. Unsere Verbindung gab mir das Gefühl von Stärke und vor allem von Wirklichkeit. Der Rest war Nachahmung, ein kleines pseudokluges Schauspiel. Antonio brachte die Welt mit, ein Warum und ein Wofür.

Immer wieder versuchte ich herauszufinden, was er in mir sah. Warum er mich ausgewählt hatte. Doch eine endgültige Antwort erhielt ich nie, und zum Schluss blieb immer ein nagendes Gefühl der Unsicherheit.

Claras Tagebuch

Seit Wochen schon wollte ich es tun. Mich auf die Wiese legen, eintauchen in die blauen Lücken zwischen den Wolken, das ferne Rauschen der Autos hören, die Rufe der Kricketspieler, das Rascheln der Blätter. Seit Wochen schon wollte ich mich treiben lassen in dem dichten Grün, wollte die Augen zusammenkneifen und mir vorstellen, ich zöge dahin ohne Erinnerung, ohne Zeit. Ein Eichhörnchen nähert sich meinem Refugium und schaut mich an. Seine Augen sind überzogen von einem hellen, sulzigen Film. Vielleicht ist es blind und gehorcht seinem Instinkt. Ich weiß, dass diese Berührung in meinen Pupillen verweilen wird, frei von aller Zeit. Ich halte das Eichhörnchenauge fest, das bei mir innegehalten hat.

Es erschreckt mich, dass es so einfach ist. Man hat mir weismachen wollen, dass alles Einfache bald verschwindet. Die Blätter der Linde, an der ich lehne, schaukeln im Wind, ein paar segeln still zu Boden. Die Natur verliert keine Zeit, sie wird nichts leid, sie trauert nicht, all ihre Kraft wendet sie auf, um sich selbst Genüge zu tun. Wüsste ich das Geheimnis, das diesen Augenblick zu dem macht, was er ist, könnte ich ihn jederzeit wiederholen. Ich könnte die Augen schließen und sagen: Jetzt! Kann ich vielleicht nur so, wenn niemand mich sieht, wenn ich allein bin, wirklich existieren? Bekommt in dieser Ecke des Regent's Park vielleicht gerade das Unbedeutende Bedeutung? Ich öffne die Augen. Nichts passiert. Ich werde es nie schaffen, das Geheimnis ist unsichtbar. Ich werde mich damit begnügen müssen, dass die Dinge nur in mir gefangen, geschützt vor den Härten des Alltags, einen tieferen Sinn haben. Deshalb schweige ich. Damit ihre Pfeile mich nicht treffen.

Ich bin keine von ihnen, will es nicht sein. Ich kenne sie. Sie gedeihen an den Universitäten, in den Bibliotheken, nähren sich von Überzeugungen, Rhetorik, Anekdoten, welken, wenn die Zweifel kommen, erblühen, wenn verzückte Blicke ihnen zufliegen, entflammen, wenn sie auf Ebenbürtige treffen und mit blankem Säbel ihr Können entfalten. Ihre größte Freude empfinden sie, wenn sich bestätigt, was sie schon wussten, oder wenn sie irgendeine Nuance aufspüren, die sie zufrieden in einer Schublade ihres Kopfes ablegen. Ich halte mich fern von ihnen, fern von ihrem Gerede, ihren Bücherstapeln, ihren Schlachten.

Mir gefällt der Gedanke, dass ich das einzige Wesen bin, das mit diesem Körper durch die Welt zieht, mit dieser Geschichte, dieser genetischen Veranlagung zur Tugend der Ignoranz. Darum tanze ich, darum kritzle ich Bilder in mein rotes Tagebuch und versuche, den verborgenen Sinn der Wörter zu erfassen, das, was nicht im Lexikon steht, was zwischen den Buchstaben ruht. Manchmal entspringt dem Geheimnis eine Bewegung. Wie diesem Schmetterlingsstaub, den ich auf jemandes Lippen fand und den ich in Gefühle verwandelte und dann in Tanz. Aber das kann ich nicht erzählen. Meine Schätze, die ich wiege, ohne sie zu benennen, kann ich nicht zeigen, an der Luft würden sie rosten.

Es ist zwecklos. Ihre Krallen erwischen mich jedes Mal.

»Schade, dass Clara so oberflächlich ist«, sagt meine Mutter zu Antonio und denkt, ich höre sie nicht. Oberflächlich. Ich weiß kaum, was das heißt. Toll, eine Mutter zu haben, die mit ihrer Intelligenz betört, die auf Bob Dylan steht und sich berauscht, wenn Jimi Hendrix ihr mit seiner Gitarre in die Ohren steigt. Aber es ist gar nicht toll, wenn ich sie mit meinem besten Freund über mich reden höre und ihre Worte mir das Herz zerreißen. Sie wissen nicht, wer ich bin, und ich werde es ihnen nicht sagen. Scheiße. Tausendmal habe ich mir das anhören müssen. »Schade, dass Clara so oberflächlich ist.« Ich wartete darauf, dass Antonio seine Worte zückte und mich verteidigte, aber er sagte nichts.

Ich bin die Tochter eines Verschwundenen. Das bedeutet Verantwortung, Verlangen nach Gerechtigkeit. Aber so ist es nicht. Nicht dass mir die Geschichte egal wäre, sie ist nur sehr fern. Die Geschichte fand statt, als ich wuchs, und da sie mir meinen Vater genommen hatte und auch meine Mutter in immer häufigeren Wellen nahm, musste ich mich darauf konzentrieren, allein zu wachsen. Meine Beine wuchsen viel zu schnell, mein Kleinmädchenkörper schwankte auf einem Paar Stelzen, auf denen mich niemand erreichte. Meine Brüste wuchsen und hüpften zwischen den Rippen, störten mich beim Bäumeklettern, durchkreuzten meinen Wunsch, ein kleines Mädchen zu bleiben. Auch die Gefühle wuchsen und vermehrten sich, merkwürdige Empfindungen stürmten auf mich ein. Aber die Geschichte war stärker. Mein Vater war verschwunden. Er wollte gefunden werden. Himmel und Hölle galt es in Bewegung zu setzen, sich zu organisieren, zu protestieren, sich zusammenzutun mit anderen, die das Gleiche mitmachten wie meine Mutter und ich. In ein anderes Land zu fahren. Unterdessen wuchs ich, konzentriert und, manchmal, glücklich.

6

Antonios wirkliche Welt lernte ich an einem Wochenende kennen, als wir in meinem Austin Mini nach London fuhren. Kaum hatten wir den Campus hinter uns gelassen, zündete ich einen Joint an und reichte ihn hinüber.

»So was rauche ich nicht, Theo«, sagte er, ohne mich anzuschauen. Seine Stimme klang nicht nach Streit, aber in seiner Miene lag ein Anflug von Verachtung.

Er war sich der Bedeutung seiner Worte bewusst, denn nach einer Minute zeigte er ein breites Lächeln. Dann malte er einen Strich auf die beschlagene Scheibe, fügte einen nach unten zeigenden Pfeil hinzu und ließ den Blick über die grünenden Felder schweifen, auf denen sich der Frühling schon ankündigte.

Aus den Augenwinkeln beobachtete ich ihn, seine gerade Nase, das kräftige Kinn, die tiefe Stirnfalte, die an eine alte Wunde erinnerte. Zum ersten Mal erzählte er mir von seinem Bruder, er war sieben Jahre älter als er.

»Cristóbal ist das, was mein Vater gerne gewesen wäre«, sagte er. »Ein Mensch, der jede Bindung meidet, die ihn von seinem Weg abbringen könnte. Kaum zu glauben, aber wir haben ihn nie mit einer festen Freundin gesehen, und seine Freunde sind immer Teil der Gruppe, die ihm folgt. Als Kind habe ich davon geträumt, dass mir eines Tages etwas Schlimmes passiert, etwas, das mich ans Krankenhausbett fesselt, und dass Cristóbal sich um mich kümmert. Das schien völlig undenkbar. Er war nur selten zu Hause, und wir wussten fast nie, wo er sich aufhielt. Für meine Eltern war klar, dass er wichtige Dinge tat, ehrenwerte, und dass sie kein Recht hatten, ihn aufzuhalten. Ich nehme an, damit lagen sie richtig.«

Seine Bewunderung war nicht frei von Groll, wie ich merkte. Er zeigte ihn nicht offen, aber der Unterton war unüberhörbar.

Ich erzählte ihm, als Kind hätte ich mir einen Bruder ausgedacht, der mich beschützte. Unsere erfundenen Zwiegespräche waren oft wirklicher als alles, was mir im Laufe des Tages passierte. Meine größte Angst war, dass er eines Tages aus meinem Leben verschwände und mit ihm auch seine schützende Hand.

Wir waren beide so in unser Gespräch vertieft, dass wir unversehens in London waren, im Herzen von Brixton, jenem Stadtteil, wo ein paar Jahre zuvor heftige Unruhen ausgebrochen waren. Wir parkten bei einer Wohnanlage aus niedrigen Backsteinhäusern am Ende einer Sackgasse. Die Luft war mild, es herrschte eine dörfliche Ruhe. Kinder spielten Fußball, auf dem Bürgersteig standen ein paar ältere Frauen und rauchten. Vor der schmucklosen Architektur wirkte dieses Ungenierte befremdlich. Wir waren in London, aber auch ganz woanders.

»Kommst du mit?«, fragte Antonio. »Dann trinken wir ein Bier.«

Bisher hatte ich noch nie das private Umfeld eines Kommilitonen kennengelernt. Dies blieb den Menschen vorbehalten, mit denen man aufgewachsen war. Wir stiegen aus und gingen zu den Häuserblocks. Die handtuchgroßen Gärten der Erdgeschosswohnungen waren zu Gemüsegärten umfunktioniert. Kopfsalat und Tomaten sprossen aus der feuchten Erde. Wir sprangen über ein Törchen und gingen durch die Küche hinein. Von irgendwoher erklang eine leise, blecherne Stimme auf Spanisch. Als wir in das kleine Wohnzimmer traten, sah ich einen Mann über ein Radio am Boden gebeugt, das Kinn fast an den Knien.

»Antonio!«, rief er, richtete sich mit Schwung auf, hob die Arme und streckte den Oberkörper wie ein Kampfhahn, wenn er in die Arena gelassen wird. Zunächst würdigte er mich keines Blickes, doch dann sagte er, mit einem Lächeln und in einem kaum verständlichen Englisch:

»Du bist bestimmt Theo.«

»Theo spricht Spanisch«, sagte Antonio und lächelte müde. »Er hat es auf der Schule gelernt. Komische Idee, was? Wo er genauso gut hätte Französisch wählen können oder Deutsch …«

Trotz des breiten Kreuzes und der kurzen, kräftigen Arme hatte Antonios Vater etwas von einem Menschen, den das Leben gebeutelt hat. Ein dichter Schnurrbart spannte sich quer über sein Gesicht und zog sich über die Wangen herunter. Seine Stimme war höflich, hatte aber etwas Raubeiniges.

»Pedro und Marcos müssen gleich kommen. Sieht nicht gut aus.« Er schaute Antonio mit fragender Miene an. Es war klar, dass sein Blick mit mir zu tun hatte.

»Keine Sorge, ich nehme an, dass wir an einem so schönen Tag wie heute keinen bewaffneten Aufstand organisieren«, sagte Antonio in einem lockeren, wenngleich bestimmten Ton.

»Die Studenten sind auf die Straße gegangen. Es gibt vier Tote«, erklärte sein Vater, verschwand durch die Küchentür und kam mit einem Sixpack zurück.

Kurz darauf erschienen Pedro und Marcos. Beide klopften Antonio zur Begrüßung auf die Schulter. Ihre Mienen verrieten Besorgnis. Marcos war um die dreißig, untersetzt und mit krummem Rücken, er trug eine grüne Hose im Military-Look. Pedro war in unserem Alter und hatte sich ein paar Palästinensertücher um den Hals geschlungen, die sein nervöses, zerbrechliches Äußeres ein wenig verdeckten.

Das Radio lief immer noch in einer Ecke. Ab und zu unterbrach eine Frauenstimme den Sprecher und sagte: »Hier Radio Moskau, Chile ruft!« Pedro versuchte, sich am Telefon mit jemandem in seinem Land verbinden zu lassen, ohne Erfolg. Antonio stand reglos am Fenster, während die beiden anderen und Don Arturo – so sprachen sie Antonios Vater an – unruhig im Zimmer auf und ab gingen. Das spitze Lachen der Frauen auf dem Bürgersteig drang bis zu uns herein.

Meine Anwesenheit schien niemanden zu interessieren. Ich traute mich nicht, zu gehen. Ich hätte sie mit etwas so Banalem wie einem Abschiedsgruß behelligen müssen. Das grelle Licht einer nackten Glühbirne blendete und legte unsere Mienen bloß. Ich sah mich um, als betrachtete ich das Schauspiel eines Lebens. Auf einem Ecktisch sah ich ein Foto von Antonio neben einer elegant gekleideten Frau mit geschliffenen Gesichtszügen und kraftvollem Blick. Das musste seine Mutter sein. Er hatte mir nur wenig von ihr erzählt. Sie hatte sich von ihrem Mann getrennt, als sie Chile verlassen mussten. Wie Antonio einmal sagte, war sie bloß eine Kleinbürgerin, was auf seiner Werteskala auf derselben Höhe angesiedelt war wie der Verrat des Judas. Ich hätte gern mehr von ihr erfahren. Auf den ersten Blick war sie eine sehr einnehmende Frau, ohne Zweifel hatte er diese Wesensart von ihr geerbt. Antonio zündete sich eine Zigarette an. Er stieß ein Rauchwölkchen aus und sah zu, wie es sich auflöste. Irgendwann wurde das Radio ausgeschaltet. Die Stimmen der Frauen auf dem Bürgersteig verloschen auch.

*

Einer der Studenten, die bei der Demonstration ums Leben gekommen waren, war Cristóbal, Antonios Bruder. Wir erfuhren es ein paar Stunden später, als jemand aus Chile anrief. Antonio nahm die Nachricht entgegen. Mit dieser Bereitschaft zur Anteilnahme, die schon ans Krankhafte grenzt, ließ ich ihn nicht eine Sekunde aus den Augen. Seine Miene verzog sich kaum. Er sagte ein paar Worte und legte auf. Marcos und Pedro umarmten Don Arturo und klopften ihm auf die Schulter, genauso wie sie Antonio beim Hereinkommen begrüßt hatten.

Mit zitternder Stimme sagte Don Arturo:

»Er ist im Kampf gestorben.«

»Du solltest stolz auf ihn sein«, sagte Marcos.

»Das bin ich«, sagte Don Arturo und legte, ganz kurz nur, den Kopf in die Hände.

Er gab sich Mühe, seine Verzweiflung zu verbergen, aber sie war nicht zu übersehen, an seinem bebenden Kinn, an der Farbe seiner Haut, die plötzlich grüngelb geworden war, an seinen schwankenden Bewegungen. Antonio legte ihm fest die Hand auf die Schulter, dann setzte er sich mit gesenktem Kopf in die Ecke, die Ellbogen auf die Knie gestützt, den Blick auf den Boden geheftet.

Eine unheimliche Stille legte sich auf uns. So saßen wir

da, bis unser Schweigen und die Ruhe der Straße steif und eng wurden wie eine Zwangsjacke. Don Arturo stand langsam auf, ohne ein Wort. Antonio schaute ihn gefasst an, nahm ihn am Arm, und beide verschwanden im Dunkel des Flurs. Marcos wiegte den Kopf hin und her, Pedro rührte sich nicht. Nach einer Stunde kam Antonio zurück. Seine Augen waren gerötet.

»Kümmert ihr euch um den alten Herrn, bin gleich wieder da. Ich brauche frische Luft«, sagte er und nahm seine Jacke.

Die beiden Männer nickten. Pedro fragte, ob er mitgehen solle, aber Antonio sagte, das sei nicht nötig. Ich, der Fremdling, der Ausländer, war erwählt, ihn zu begleiten.

*

Ein dichter, hoher Nebel verwischte die Sterne am Himmel. Wir stiegen in meinen Mini und machten uns auf die Reise. Ich sage Reise, weil diese Nacht zu einer wahren Irrfahrt durch die trüben Straßen Londons wurde. Abgesehen von ein paar knappen Angaben zum Weg schwieg Antonio. Er rauchte eine filterlose Camel nach der anderen, den Kopf zurückgeworfen, das Gesicht bedeckt von dem Rauch, der es verbarg und zugleich beschirmte.

Wir parkten vor einer dieser Imbissstuben, die immer geöffnet haben und wo die Betreiber hinter ihrer Resopaltheke zu leben scheinen. Ein Mann mit entzündeten Augen grüßte Antonio wie einen alten Bekannten.

Wir setzten uns an einen Tisch am Fenster. Antonio wich meinen Blicken aus, als fürchtete er, darin Mitleid zu erkennen. Eine junge Frau mit Pfennigabsätzen kam auf den Laden zugestolpert. Der Mann brachte uns Kaffee. Bis dahin hatten Antonio und ich kaum ein paar Worte gewechselt.

»Da hast du ja ein echtes Drama miterlebt«, sagte er und starrte auf das Mädchen, das nun die Tür aufstieß.

Ich wusste nicht, was ich antworten sollte.

»Das hatte Cristóbal nicht verdient«, fuhr er fort. »Keiner hat so etwas verdient, aber er am allerwenigsten. Er war überzeugt, wir könnten zur Demokratie zurückkehren, ohne einen Tropfen Blut zu vergießen.« Er lächelte traurig, aber auch voll bitterem Spott. »Ich würde gerne wie er daran glauben, aber ich weiß nicht, ob ich es kann.«

Ich brachte kein Wort heraus und lenkte meinen Blick auf das Mädchen. Sie hielt sich die Hände vors Gesicht und zitterte.

»Blut fordert immer mehr Blut«, bemerkte ich.

»Er war mein Bruder«, sagte er und schwenkte den Rest Kaffee auf dem Grund seiner Tasse. »Ich will nur eins, weißt du? Daran glauben, dass es die Sache wert war. Nur das. Dass sein Leben es wert war und das unseres Vaters. Du hast ihn gesehen, er ist am Ende.«

»Und du?«, fragte ich ihn.

»Und ich was?«

»Na ja, du bist noch da. Für deinen Vater ist nicht alles verloren.«

»Soll ich dir die Wahrheit sagen?« Ganz langsam formte er seine Worte. »Als wir aus Chile weggehen mussten, sagte Cristóbal, dass er bleibt. Er wollte die Diktatur von innen bekämpfen. Das sagte er. Er legte sich mit meinem Vater an und wuchs daran. Wenn du wüsstest, wie der Alte mit ihm prahlte, seinem Sohn, dem ›Anführer‹ … Ich darf mit meinem Vater gehen, und er lässt sich umbringen. Ich darf

Dreck fressen, und er, der edle Schisser, stirbt wie ein Held. Ich weiß nicht, warum ich dir das erzähle, tschuldige ...« sagte er und schwieg.

»Sprich weiter«, murmelte ich.

»Ich habe eine Wut im Bauch, Theo. Auf alles.«

Seine Miene war so kämpferisch wie hilflos. Er nahm eine Zigarette und zündete sie an.

»Ich gehe nach Chile«, erklärte er mit brüchiger Stimme.

Das blasse Mädchen zitterte und zuckte die ganze Zeit. Ab und zu schaute Antonio zu ihr hin. Er schien sie im Auge zu behalten, als wartete er den entscheidenden Moment ab, um einzugreifen.

»He, Kumpel, warum gibst du der jungen Frau nicht einen Kaffee?«

»Der jungen Frau? Die ist doch kaputt, Antonio. Ich an deiner Stelle würde die Finger von der lassen, die steckt dich noch an.« Er lachte wie ein altes Weib. Sie sprachen Spanisch.

»Na los, mach schon. Ich bringe ihr den Kaffee an den Tisch, nicht dass sie dich ansteckt.« Antonios Stimme war nun hart und herrisch.

Verwirrt brachte der Mann ihr einen Kaffee. Antonio und das Mädchen sahen sich an. Ein kleines Lächeln erschien auf ihrem Gesicht.

»Und bring ihr eins von deinen ekelhaften Sandwiches, du siehst doch, dass sie Hunger hat.«

Als der Mann ihr widerwillig den Teller auf den Tisch stellte, hob das Mädchen die Augen, schaute zu Antonio und lächelte ihn offen an.

»Sie heißt Caroline, sie war die Arbeitskollegin einer Freundin. Wenn Clara sie sähe ... Wir haben sie schon vor längerem aus den Augen verloren«, flüsterte er und schüttelte den Kopf.

Ich fragte mich, warum Antonio sich ausgerechnet in einem solchen Moment um dieses Mädchen kümmerte. Vielleicht wollte er so verhindern, dass die Gefühle ihn überwältigten.

Nach einer Weile verließen wir das Lokal. Ein kühler Wind wehte, wir schlossen die Kragenknöpfe unserer Jacken. Cristóbal Sierra war tot, und sein Bruder schaute wortlos, regungslos über die noch menschenleeren Bürgersteige. Ich hörte einen Seufzer, der aus seiner Kehle kam und zu einem rauen Ton wurde, einem Klagen, das die Luft zerriss. Ich musste etwas tun. Es fiel mir nicht leicht, aber ich umarmte ihn und spürte, wie sein Körper zitterte. Es waren nur ein paar Sekunden. Dann löste sich Antonio von mir, Tränen liefen ihm über die Wangen. Er schaute auf, atmete tief, als versuchte er, seine Mitte wiederzufinden, und lief stumm die Straße hinunter.

7

Nach dem Tod seines Bruders ging Antonio weiter zur Uni, wenn auch unregelmäßig. Trotzdem schaffte er alle Prüfungen und schloss sein Studium mit guten Noten ab. Der Sommer rückte näher und damit das Ende des Studienjahres. Obwohl wir uns so selten sahen, festigte sich unsere Freundschaft in dieser Zeit. Ich erzählte ihm herzerweichende Anekdoten aus meinem Studentenleben, über die wir beide lachten, während er mich über seine Aktivitäten in London auf dem Laufenden hielt. Alles, was er tat, fügte sich in ein großes Puzzle. Er engagierte sich nicht nur in der Partei und bei Solidaritätskampagnen für Chile, er machte auch Kampfsport. Sein Körper veränderte sich, er bereitete sich auf den Krieg vor. Das sagte er im Scherz, doch wir wussten beide, dass seine Worte einen wahren Kern bargen. Am Ende des Sommers würde er in sein Land gehen. Die Partei unterstützte ihn.

An dem Tag, als Antonio seine letzten Noten bekam, tranken wir abends eine Flasche Sekt auf dem Square One, dem Betonkarree unseres Geburtstags, und schauten zum diesmal von Sternen übersäten Himmel. Eine Klaviersonate erklang aus einem der Hochhäuser. Antonio lächelte. Die Musik schien ihn in einen geheimen Raum zu befördern, wo ich ihn nicht erreichen konnte. Es war nicht das erste Mal, dass so etwas passierte. Ein paar Wochen vorher waren wir in einem Konzert in der Royal Albert Hall gewesen. Als ich ihm erzählte, dass meine Eltern mir Eintrittskarten geschenkt hatten, war er hellauf begeistert. Kaum hatte das Konzert begonnen, merkte ich, dass Antonio woanders war. Mir kam es fast vor, als hörte ich zwischen den Tönen eines Violoncellos, wie seine Tür zuschlug.

»Prost«, sagte ich mit erhobener Sektflasche, um ihn wieder zurückzuholen.

»Was hast du in den Ferien vor?«, fragte er.

»Nichts Bestimmtes, wieso?«

Das war nicht ganz ehrlich, denn wie jedes Jahr hatte mein Vater ein Haus in den florentinischen Hügeln gemietet, wo wir die ersten Sommerwochen mit meiner Schwester und ihrer Familie verbringen würden.

»Du könntest mit mir nach Edinburgh fahren. Ich brauche ein Auto.«

»Willst du ein Auto oder dass ich mitfahre?«, fragte ich verärgert.

»Hatte vergessen, dass du ein Sensibelchen bist«, antwortete er und legte mir den Arm um die Schulter. »Ehrlich gesagt, beides. Ich brauche ein Auto, aber auch dich.«

»Als Köder für die Wölfe?«

»Nein. Als Bruder.«

*

Am Tag unserer geplanten Reise erschien Antonio auf dem Campus in Begleitung von Caroline, dem drogensüchtigen Mädchen aus der Imbissstube. Da es schon spät war, beschlossen wir, erst am nächsten Tag zu fahren. An diesem Abend gingen wir in den Uni-Pub. Caroline bestellte ein Bier und setzte sich in eine Ecke, wo sie sitzen blieb und eine Zigarette nach der anderen rauchte. Von der Bar aus ließ Antonio sie nicht aus den Augen.

»Seit drei Tagen hat sie nicht mehr gesnifft. Fürs Erste sind wir auf einem guten Weg. Schon bewundernswert.«

»Und wo hast du sie aufgegabelt?«, stichelte ich.

»Ich habe sie nirgendwo aufgegabelt. Ich habe sie in dem Imbiss getroffen, wo wir mal waren, erinnerst du dich?«

»Du hast nach ihr gesucht.«

»Nein, gar nicht. Ich war mit meiner Freundin Clara einen Kaffee trinken, wir haben sie zufällig getroffen«, sagte er ungehalten. »Ich habe es dir erzählt, sie haben zusammen in einer Pizzeria gearbeitet. Sie waren einander sehr nahe, aber eines Tages verschwand Caroline. Wir haben sie überredet, eine Entziehungskur zu machen. Ein Freund von uns arbeitet in einer Klinik, er hat geholfen, für sie einen Platz zu bekommen. In ein paar Tagen wird sie eingewiesen, aber sie nehmen sie nur auf, wenn sie bis dahin clean bleibt. Du siehst, die Dinge sind nicht so finster, wie du dir denkst.«

»Ich denke mir gar nichts, mein Lieber«, sagte ich und lächelte.

Seiner Miene entnahm ich den Wunsch, ich möchte irgendeine bewundernde Regung zeigen. Wie alle Menschen war Antonio nicht unempfänglich für das, was andere von ihm dachten.

In dieser Nacht schliefen wir zusammen in meinem Zimmer im Tower 3. Es war nichts Besonderes: ein Bett, ein Schreibtisch, ein Bücherregal, so wie in allen Studentenbuden der Welt, nehme ich an. Antonio hatte nicht auf dem Campus wohnen wollen und sich ein Zimmer bei einer indischen Familie in Colchester gemietet. Caroline schlief in meinem Bett, sie schwitzte und brabbelte unverständliche Wörter. Ihr Zustand rührte mich nicht, im Gegenteil, ich war sauer. Vielleicht war ich auch bloß eifersüchtig, dass Antonio sich um sie kümmerte, dass er alle Geschöpfe auf seinem Weg aufsammelte und sie hätschelte, als wären sie ihm wichtig. Antonio und ich schliefen auf den beiden Sofas im Gemeinschaftsraum. Die übrigen Bewohner hatten sich schon in die Ferien verabschiedet.

Ich wachte auf, als eine kraftlose Sonne hinter den Wohnheimen hervorkroch. Vier schwarze Türme, die in den Himmel stießen, und dazwischen ein paar Strahlen. Jedes Jahr stürzten sich im Schnitt drei Studenten aus dem Fenster, immer in der Examenszeit. Kürzlich waren zwei Mädchen gemeinsam gesprungen. Sie waren beide sehr still gewesen, ihre Mienen immer verblüfft, als hätte man sie aus der Kindheit in die Adoleszenz geworfen, ohne dass sie die Zwischenphasen durchlaufen hätten. Eine der beiden war sogar einmal Gegenstand meiner Schlummerphantasien gewesen. Sie sprangen an einem Wochenende von ihrem Hochhaus. Ich versuchte Einzelheiten zu erfahren, aber niemand war bereit, mir etwas zu erzählen. Es ging das Gerücht, sie seien Hand in Hand gesprungen.

*

Es war unser erster Ferientag, und Antonio tat, als sei alles Teil eines großen Plans. Er wollte, dass ich ihm die Haare schnitt. Ich kramte eine Schere aus der Schublade, und obwohl ich so etwas noch nie gemacht hatte, konnte sich das Ergebnis sehen lassen. Caroline fing nach dem Duschen wieder an zu zittern. Antonio gab ihr seine Jacke. Ich sah, wie sie immer wieder nach einem Papiertaschentuch griff und sich ein paar Blutstropfen abwischte, die ihr aus der Nase rannen. Wir gingen hinunter zum Parkplatz, stiegen ins Auto und fuhren los.

»Auf nach Wivenhoe!«, rief Antonio freudig, als wir den Campus verließen und auf die Landstraße einbogen.

In Wivenhoe, einem Städtchen am River Colne, nicht weit von der Universität, wo die meisten Professoren wohnen, hielten wir vor einem zweigeschossigen Haus mit einem Vorgarten. Eine Frau öffnete uns. Sie hatte ein tränenförmiges Gesicht, in ihr kurzes dunkles Haar mischten sich ein paar weiße Strähnen.

»Ester, das ist Theo, der Freund, vom dem ich dir erzählt habe«, stellte Antonio mich vor.

Ester drückte mir mit kühler Miene die Hand. Dann begrüßte sie Caroline und bat uns herein. Antonio nahm sie am Arm, und wir gingen in die Küche. Sie war groß, chaotisch und gemütlich: abblätternde Farbe, ein Poster der Tate Gallery, auf einem Holztisch Stapel von Papier und Büchern. Ester bat uns, Platz zu nehmen, und kam, nachdem sie Tee gekocht hatte, zu uns an den Tisch. Ich erfuhr, dass sie Chilenin war und lateinamerikanische Literatur lehrte, dass sie mit zwei Studenten zusammenwohnte und dass ihre Tochter, Clara, in London Tanz studierte. Ihr Mann oder Gefährte, wie sie ihn nannte, war ein Verschwundener. Soldaten hatten ihn eines Nachts mitgenommen, sie hatten nie wieder von ihm gehört. Mich irritierte, dass sie nicht sagte, er sei verschwunden, sondern *ein Verschwundener*. Später begriff ich, dass damit ein Zustand gemeint war, ein Schweben in Raum und Zeit, das niemand fassen konnte, auch nicht in der Phantasie, da der Verschwundene weder tot noch lebendig war. Gleichwohl war er jemand, der das Leben seiner Nächsten in einem bestimmten Moment einfror. Ester sprach davon recht ungezwungen. Sie war alles andere als eine herbe Frau, wie ich zunächst dachte, sie machte nur keine Zugeständnisse. Kein Lächeln zu viel, keine Geste ohne Bedeutung. Gewöhnt an das Getue meiner Mutter und die kalkulierten Launen meines Vaters, war diese Nüchternheit für mich neu.

Kurz darauf erschien einer von Esters Mitbewohnern, ein Argentinier namens Juan. In seiner kurzen Hose sah er aus wie ein verirrter Pfadfinderjunge. Er setzte sich zu uns und versuchte Carolines Aufmerksamkeit zu erregen, die sich darauf konzentrierte, ihre Zuckungen unter Kontrolle zu halten.

Antonio stand auf und unterhielt sich mit Ester auf Spanisch, aber so leise, dass ich sie nicht verstand. Ester lachte oft. Wenn sie sprach, senkten sich ihre Lider, so dass ihre Worte einen dunklen Sinn oder eine leichte Ironie zu enthalten schienen. Den Rauch ihrer Zigarette stieß sie, ohne zu inhalieren, auf die unterschiedlichste Weise aus: in Fäden, Kringeln, Wölkchen. Als Juan begriff, dass seine Bemühungen, mit Caroline in Kontakt zu treten, vergeblich waren, hörte er Ester und Antonio zu. Caroline rieb sich unentwegt die Hände. Nach einer Weile erschien eine kleine dünne Französin, sie hatte diese typischen Augenringe, wie man sie in manchen Kreisen pflegt, um sich kosmopolitisch-intellektuell zu geben. Sie stürzte sich auf Antonio. Der erwiderte ihre Umarmung ein wenig gereizt, weshalb sie sich, nehme ich an, lieber zu uns an den Tisch setzte. Dort saß sie und kratzte sich den Kopf.

»Sie denkt«, sagte Juan, als er meine Verwunderung bemerkte. »Gleich schießt sie los.«

Tatsächlich begann die Französin nach diesem Kratzanfall von ihrer Dissertation zu sprechen, in der es um die

Begriffe des Leichten und des Schweren ging, wie Parmenides sie formuliert hatte. Nach dieser These, erklärte sie, sei das Leichte positiv und das Schwere negativ, was, weitergedacht, unendliche und oftmals alarmierende Implikationen für unser Leben zur Folge habe. Sie brachte mehrere Beispiele, die immer abstrakter und verworrener wurden.

Irgendwann schlüpfte ein Mädchen zur Tür herein. Ester und Antonio standen mit dem Rücken zu ihr. Ich wusste sofort, dass es Clara war, Esters Tochter. Die Art, wie sie sich bewegte, war die einer Tänzerin. Sie kam auf Zehenspitzen zu ihrer Mutter und hielt ihr die Augen zu. Ester drehte sich um und umarmte sie.

»Heute ist der 3. Juli«, hörte ich Clara sagen.

Ester strich ihrer Tochter traurig über den Kopf. Als Clara Caroline sah, leuchteten ihre Augen auf.

»Schön, dass du mitgekommen bist! Wird toll, wirst schon sehen.« Nachdem sie ihre Freundin umarmt hatte, wandte sie sich zu mir:

»Du bist bestimmt Theo. Wir wollten dich schon lange kennenlernen.«

Ihre hellen Augen, überspannt von dichten schwarzen Brauen, hatten mich kaum berührt, aber es kam mir vor wie ein Licht, das mich plötzlich blendete. Ich wunderte mich, dass Antonio mir nicht mehr von ihr erzählt hatte.

»Ich mache Truthahn mit Apfelkompott, dann feiern wir, dass Caroline und Clara hier sind, was meint ihr?«, schlug Ester vor, und alle stimmten begeistert zu.

Juan setzte sich auf den Tisch und stellte mit lauter Stimme eine Liste der Sachen zusammen, die noch zu besorgen waren, einschließlich einer Torte und Kerzen. Er wollte schon losgehen, als Antonio verkündete, er gehe mit. Ich wollte mich ihnen anschließen, aber Antonio meinte, ich solle besser bei Caroline bleiben.

»Wir brauchen Theo nicht als Aufpasser«, sagte Clara und schaute wieder zu mir.

Antonio machte keinen besonders glücklichen Eindruck. Beim Hinausgehen nahm er einen alten schwarzen Mantel vom Kleiderhaken. Es war nicht kalt, und als ich das anmerkte, lachte er und sagte, wir Engländer dächten nur ans Wetter und handelten danach, sie dagegen, die Chilenen, gehorchten der Not. Wenig später begriff ich die Bedeutung seiner Worte, aber in dem Moment fühlte ich mich gekränkt.

Am Eingang des Supermarkts gingen Antonio und Juan noch einmal die Liste durch und nahmen jeder eine andere Richtung. Ich folgte Antonio, der, kaum waren wir hinter der Sperre, einen endlosen Vortrag zu halten begann. Er sprach noch langsamer als gewöhnlich, blieb sogar mitten im Gang stehen und überlegte, als käme ihm gleich eine geniale Idee, und dann langte er nach einer Dose Kaviar und ließ sie unter seinem Mantel verschwinden. Ich erinnere mich nicht an die Theorie, die er zu entwickeln versuchte, wohl aber daran, wie scharfsinnig seine Argumente waren, und derweil füllten sich seine Manteltaschen mit Schinken, Pasteten, Schokolade, Marzipan, Käse, Oliven … Mir wurde angst und bange. Ich war nicht in der Lage, mich der Allgegenwart der verborgenen Überwachungskameras zu entziehen, die unsere kleinste Bewegung registrierten. Jeden Augenblick konnte ein Trupp Wachleute kommen und uns schnappen. Es war nur eine Sache von Minuten. Unterdessen schaukelte Antonio seinen Körper durch die Gänge, als gehörte alles ihm. Nur unser Einkaufswagen war noch leer. Zum Schluss nahm er eine Flasche Wein, stellte sie in den Wagen und fuhr zur Kasse. Mit einem Lächeln grüßte er die Kassiererin, eine Rothaarige, die seinen Gruß erwiderte. Ich wartete darauf, dass die Wachleute sich auf uns stürzten. Er zahlte den Wein, und wir gingen durch den Haupteingang hinaus.

Ich traute mich nicht, ihm in die Augen zu sehen. Bevor wir mit Juan zusammentrafen, blieb Antonio auf dem Bürgersteig stehen und prustete los.

»Theo, du bist ja käseweiß.«

»Dazu habe ich allen Grund«, sagte ich.

»Für den Kapitalismus ist das nur ein kleiner Ritz, mein Lieber, keine Sorge. Außerdem wirst du nicht abstreiten, dass es ein Festmahl wird.«

Ich stimmte zu.

Als wir zurückkamen, sah ich, dass Juan einen ähnlichen, wenn nicht noch reicheren Fang gemacht hatte. Clara und Caroline waren auf dem Dach und sonnten sich. Ohne die kleinste Bemerkung zur Herkunft unserer Beute öffnete Ester eine Flasche Wein und unterhielt sich mit Antonio in einem Spanisch, das mir nahezu unverständlich war. Ich bekam nur mit, dass es um seine Rückkehr nach Chile ging. Ihr Gespräch war so hitzig, dass es offenbar einen Punkt gab, bei dem sie unterschiedlicher Meinung waren. Ab und zu öffnete Ester den Backofen, warf einen Blick auf den Truthahn und fragte mich: »Are you okay?« Ich saß auf dem Absatz vor der Küchentür und las in einer wochenalten Ausgabe des *Guardian*. Eigentlich suchte ich nur nach einer Entschuldigung dafür, zu Clara und Caroline aufs Dach hinaufzugehen. Juan saß im

Wohnzimmer, spielte Gitarre und improvisierte irgendwelche Melodien.

Am Nachmittag verließen Clara und Caroline ihr sonniges Plätzchen und schlossen sich uns an. Caroline war krebsrot. Clara hatte nur ein wenig Farbe auf den Wangen, es gab ihrem Gesicht etwas Mädchenhaftes. Sie trug jetzt ein langes geblümtes Kleid und einen Schwung Armbänder um die Handgelenke. Einmal hob sie die Hand über den Kopf, und der Schmuck rutschte klimpernd herab. Sie schaute verlegen in die Runde, als wollte sie sich vergewissern, dass niemand diese Bewegung, die ihrem Körper entschlüpft war, bemerkt hatte. Mir wurde bewusst, dass Claras Schönheit von dieser stillen Art war, die nicht auftrumpft, sondern langsam in die Augen und den Körper eindringt. Etwas an ihrer Weiblichkeit verstörte. Vielleicht waren es diese spontanen und zugleich intimen Gesten, als wäre ein Teil von ihr für gewöhnliche Sterbliche unerreichbar. All das hieß für mich, dass es unmöglich war, sie zu besitzen, was sie noch begehrenswerter machte.

Als mir klarwurde, dass wir die Nacht dort verbringen würden, spürte ich eine freudige Erregung. Wenn ich Glück hatte, konnte ich sogar mit ihr schlafen. Ich besann mich auf meine spärlichen Kenntnisse in lateinamerikanischer Kultur und sagte, ihr Kleid erinnere mich an die Selbstporträts der Frida Kahlo. Nicht dass sich die beiden ähnelten, körperlich schon gar nicht, Clara hatte auch nichts von diesem tragischen Ausdruck der Malerin. Was mich zu dem Vergleich bewogen hatte, waren die bunten Blumen, diese heitere Sinnlichkeit, die ihre Bilder bei aller Tragik ausstrahlten. Kaum ausgesprochen, merkte ich, wie unendlich kitschig meine Worte waren. Doch zu meiner Überraschung hatte ich den Nagel auf den Kopf getroffen.

»Frida Kahlo«, sagte sie. »In meiner Tanzgruppe arbeiten wir an einer Choreographie über ihr Leben.«

Wir hatten uns gefunden. Ich blieb ruhig. Ich wollte raus aus der Küche, mit ihr allein sein. Ich sagte, wir könnten in den Garten gehen, und sie war einverstanden. Doch vor der Tür bot sich ein trostloses Schauspiel, ganz und gar nicht geeignet für das, wonach mir der Sinn stand. Der Garten war nicht viel mehr als ein paar kümmerliche Azaleen unter einer Eiche und ein paar verstreute wilde Triebe auf dem Rasen. Sie schlug vor, aufs Dach hinaufzugehen und uns die letzten Sonnenstrahlen anzusehen.

Minuten später standen wir auf einer Terrasse, die zwischen Himmel und Erde zu schweben schien. Die Schatten hatten den unteren Teil des Hauses schon erreicht und fast verschluckt.

Vor uns lag die friedliche Welt von Wivenhoe mit ihren leuchtenden Fenstern, den Dächern und Ziegelschornsteinen, im Hintergrund das Blaugrau des River Colne.

In einer Ecke auf dem Boden sah ich ein Notizbuch mit rotem Einband liegen.

»Und das?«

»Das ist von mir. Wie konnte ich nur!«, rief Clara und tippte sich mit der Faust an den Kopf. Dann klemmte sie sich das Buch unter den Arm.

Mein Herz schlug Purzelbaum. Ich versuchte langsam zu atmen und dabei nicht zu ersticken. Clara starrte auf einen fernen Punkt, auch wenn sie nicht so tat – zumindest wirkte es nicht so –, als wäre sie in irgendeiner Trance, einem Zustand, der damals gerade in Mode war.

Ich kam noch einmal auf das Tanzstück zurück, worauf sie erzählte, sie hätten eine derart minimalistische Choreographie ausgearbeitet, dass sich die Körper zeitweise in Ruhe zu befinden schienen. Trotz meiner offenkundigen Begeisterung schob sich eine Stille zwischen uns, schwerelos und leer.

Ich redete einfach drauflos. Egal worüber. Ich erzählte ihr von meiner zufälligen Begegnung mit Gary Oldman, der Sid Vicious gespielt hatte, in dem Film von Alex Cox. Die Anekdote kenne ich auswendig, sie kommt immer an, vor allem brauche ich dabei meine geistigen Fähigkeiten nicht zu strapazieren. Danach erzählte ich ihr irgendeine lustige Episode, die mich absolut nichts kostete, über die sie aber sprudelnd lachte, und ich musste an diese Frauen denken, die zu allem bereit sind.

Die Nähe einer Frau hatte mich immer eingeschüchtert, besonders in diesen Momenten eines Anfangs, wenn alles oder nichts passieren kann, wenn du nicht genau weißt, was von dir erwartet wird und wann der richtige Augenblick ist, dich zu nähern, ob es überhaupt möglich ist oder nur eine dem Wunschdenken entsprungene Illusion. Clara half nicht gerade dabei, die Sache zu vereinfachen. Sie hatte mich an diesen lauschigen Ort geführt und sich so neben mich gesetzt, dass sich unsere Körper fast berührten. Doch mit ihrem ruhigen Blick und ihrer ungekünstelten Art schuf sie zugleich eine Atmosphäre der Offenheit und Tiefe, in der meine Spielchen fehl am Platz waren.

Ich entschloss mich zur einfachsten und wirksamsten Strategie: sie nach ihrem Leben zu fragen. Niemand widersteht einem solchen Interesse. Ich fragte sie, wie alt sie war, als sie aus Chile fortging.

»Vierzehn«, sagte sie und schaute mich fest und auch ein wenig hochmütig an.

Ich schnürte mir einen Schuh zu und rutschte dabei ein Stückchen weiter an sie heran. Ich roch ihr Blumenparfum und sah den Flaum unter ihrem Ohr. Eine Stelle, die ich schon immer erregend fand, aber noch nie näher erkundet hatte.

»Und vermisst du etwas?«, fragte ich, obwohl ich wusste, dass es nicht sehr originell war.

Ihre hellen Augen starrten mich an, als überlegte sie, wie ehrlich sie mir antworten sollte.

»Ja. Ich vermisse meinen Vater.«

Vom Fluss wehte eine Brise herüber.

»Manchmal verknoten sich die Erinnerungen, und ich kann nicht mehr auseinanderhalten, was ich mir eingebildet und was ich erlebt habe. Ist dir das auch schon passiert?«, fragte sie und senkte den Kopf. »Mir gefällt's, so ist die Wirklichkeit weniger eng.«

»Aber irgendeine Erinnerung wird dich doch geprägt haben, ich weiß nicht, ein Freund vielleicht.«

»Ein Freund?« Sie lachte, mit diesem Lachen, das mich eben schon so erregt hatte. Dann schlang sie die Arme um die Schultern und fuhr fort: »Nein. Diese Erinnerung hat mich nicht sonderlich geprägt.«

»Welche dann?«

»Willst du es wirklich wissen?«

Ich nickte heftig.

»Die schlimmsten Sachen passierten nachts. Immer nachts. Während der Ausgangssperre konnte man genau hören, wenn sie mit ihren Mannschaftswagen kamen. Und als mein Hund anfing zu bellen, wusste ich, dass etwas

Schreckliches vor sich ging. Ich hörte meinen Vater zwischen seinem Zimmer und dem Flur hin- und hergehen. Draußen schrie ein Mann. Seine Stimme war schrill wie von einem Vogel. Dann zwei Schüsse.«

Auf einmal hatte Clara die Wirklichkeit zwischen uns geschoben. Das hatte ich nicht erwartet. Mir war unwohl.

»Meine Mutter stand im Morgenrock in der Zimmertür. Sie umarmte mich und wickelte mich in eine Wolldecke, ich musste schwören, dass ich sie nicht ablegte. Als sie hereinkamen, waren wir alle drei im Wohnzimmer. Ich höre noch, wie der Holzboden unter ihren Stiefeln dröhnte. Sie gingen durchs ganze Haus, und wir stellten uns in eine Ecke des Flurs und umarmten uns. Sie blickten uns nicht in die Augen, vielleicht schämten sie sich, vielleicht waren sie wütend, ich weiß nicht. Einer von ihnen packte meinen Vater am Hemd und stieß ihm in die Rippen. Mein Vater krümmte sich, sagte aber kein Wort. Der Soldat stieß noch einmal zu.«

Clara schloss die Augen, als wollte sie diesem quälenden Bild entfliehen. Als sie sie aufschlug, ging ihr Atem schneller. Ich dachte enttäuscht, dass sie aus irgendeinem mir unbekannten Grund jetzt von alldem sprechen musste und dass es egal war, wer neben ihr saß.

»Einer trat das Bücherbord von der Wand. Ein anderer, er hatte einen langen, glatten Hals wie eine Frau, hob ein Buch vom Boden auf und riss es am Rücken auseinander. Es war ein Buch meines Vaters, über Biochemie. Dann hörten wir wieder einen krachenden Schuss. Der Kerl fing an zu lachen, und mit dem Kolben seines Gewehrs schlug er eine Fensterscheibe ein.«

Sie sprach ruhig, als zögerten die Erinnerungen, Form

anzunehmen. Ich wollte meinen Arm um sie legen, aber der Wunsch verunsicherte mich noch mehr. Ich kam mir vor wie bei einer Landung an einem unbekannten Ort, ohne Landkarte, ohne Spuren weit und breit.

»Es war seltsam. Die Glassplitter fielen in Zeitlupe und machten ein Geräusch wie Donner und Musik zugleich. Ich habe mir das bestimmt nur eingebildet.«

Der kindliche Schwung ihres Mundes hatte sich gespannt, vielleicht um die Gefühle auf Abstand zu halten.

»Splitter können nämlich gar nicht in Zeitlupe fallen, oder? Jedenfalls erinnere ich mich genau, dass durch das zerbrochene Fenster der Wind hereinwehte und die Vorhänge bauschte. Dann haben sie meinen Vater mitgenommen, die Hände über dem Kopf.

Als sie fort waren, sammelte meine Mutter das zerrissene Buch und die losen Seiten auf. Wir setzten uns an den Esszimmertisch, sie fing an zu weinen. Danach brachte sie mich ins Bett. Sie wiegte mich in den Armen, bis sie glaubte, ich schlafe. Aber ich war wach und hörte sie durchs Haus laufen und alle Sachen wieder an ihren Platz stellen. Am Morgen erfuhr ich, dass sie meinen Hund begraben und das Blut von den Steinplatten gewischt hatte.«

Stille breitete sich über die Dächer. Eine Reklame leuchtete grün auf.

»Ich weiß nicht, warum ich dir das alles erzähle.«

Ihre Worte klangen fern. Für mich war es schwer, sie mit irgendwelchen mir vertrauten Dingen in Verbindung zu bringen. Es gab Dutzende Möglichkeiten, zu reagieren: etwas sagen, meinen Arm um sie legen, ihre Wange streicheln, sie küssen. Aber dergleichen Gesten schienen mir absurd. Alles war so seltsam und verwirrend, dass ich wie gelähmt dasaß. Wir hörten Gitarrenmusik heraufklingen, jemand sang.

»Ich glaube, ich sollte jetzt gehen«, sagte sie und stand auf, ohne mich anzuschauen. Bevor sie verschwand, hörte ich sie murmeln:

»Es war der 3. Juli, so wie heute.«

Ich konnte ihr Gesicht sehen, und ich schauderte.

Ich blieb noch eine Weile auf der Terrasse, während unten die Musik lauter wurde. Überall im Ort gingen die Lichter an und spannten ein dichtes Netz, das ins Dunkel des Flusses sank. Ich barg das Gesicht in den Händen. Niemand hatte mir je etwas erzählt, das so intim war, so unwiderruflich. Ich musste endlich aus dieser blöden Ecke heraus, in die ich mich mit meinem Schweigen manövriert hatte. Ich sprang die schmale Treppe zum ersten Stock hinunter und rannte weiter, bis ich sie gefunden hatte.

Sie saß im Wohnzimmer und summte ein Lied. Juan zupfte eine Melodie auf einem Instrument, dessen Resonanzkörper aus dem Panzer eines Tiers bestand. Clara hob die Augen und lächelte mich an. Ohne den Blick von ihr zu wenden, setzte ich mich in einen Sessel. Ich war entschlossen, zu warten, wie lange auch immer.

Irgendwann erschien Antonio. Er kam auf mich zu, zündete sich eine Zigarette an und sagte, mit einem kurzen Seitenblick auf Clara:

»Sie gefällt dir, hm?«

»Nicht übel. Jetzt weiß ich, warum du sie mir bisher nicht hast vorstellen wollen. Dir gefällt sie auch«, antwortete ich.

»Aber auf eine andere Weise.«

»Komm schon, Antonio, wir wollen beide das Gleiche«, sagte ich und lachte.

»Du irrst dich. Clara ist wie meine Schwester. Ich hatte keine Gelegenheit, sie dir vorzustellen. Das ist alles.«

Zwischen den Falten ihres Kleids zeichnete sich ein Paar schlanker, aber kräftiger Beine ab. Unmöglich, dass Antonio Clara nicht begehrte. Doch während ich nicht aufhören konnte, sie anzuschauen, und mir im Stillen die Worte zurechtlegte, die ich ihr sagen würde, wandte Antonio sich ab und plauderte mit Ester. Vielleicht, dachte ich, bedeutete es für ihn, einen Teil der Selbstbeherrschung zu verlieren, wenn man seinen sexuellen Trieben nachgab, wogegen es ein Sieg war, ihnen zu widerstehen.

Es gibt Männer, und Antonio gehörte zweifellos dazu, die eine natürliche Sicherheit ausstrahlen. Es ist die Art, wie sie sich bewegen, schwingend, gelöst, als wäre ihnen die Welt eine geschmeidige Masse. Ihre Bewegungen sind präzise, aber niemals hart. Bei Frauen habe ich das noch nie so gesehen, jedenfalls bin ich überzeugt, dass die Anziehungskraft eines Mannes vor allem darauf beruht. Ich sah mich selbst und wusste, dass ich das genaue Gegenteil war, voller Hemmungen und Verspannungen, die es mir verwehrten, unbekümmert durch die Welt zu gehen. Diese Erkenntnis half mir wenig in meinem Wunsch, Clara anzusprechen, noch die Tatsache, dass offenbar auch Juan sie für sich beanspruchte.

Ich rührte mich nicht aus meinem Sessel, bis Antonio aufgebracht zu mir kam. Caroline war verschwunden. Wir gingen hinaus, Clara schloss sich uns an. Zuerst suchten wir in der Umgebung nach ihr, vergeblich, dann nahmen wir den Mini, und Clara setzte sich neben mich. Wir fuhren zu den wenigen Lokalen, die geöffnet waren, zum Imbiss am Busbahnhof, zum Kino, zum Fish and Chips im Zentrum. Antonio sprach langsam, als kostete es ihn Überwindung, sich zu beherrschen. Er sagte immer wieder, es sei seine Schuld, er hätte voraussehen müssen, dass Caroline die geringste Unachtsamkeit ausnutzte, um an Drogen zu kommen. Clara dirigierte uns, und wir durchkämmten Straße um Straße ganz Wivenhoe, vom Flussufer bis an den Ortsrand. Einmal legte sie die Hand auf meinen Oberschenkel, und eine unerträgliche Lust kroch mir die Beine hoch, während ich zugleich einen Druck auf der Brust verspürte und ein Gefühl, als würde mein Magen kollabieren. Es war ein hoffnungsloser und altmodischer Fall von Liebe auf den ersten Blick. Ich wollte mit ihr schlafen, aber auch neben ihr aufwachen, was, so dachte ich damals, Liebe von Sex unterscheidet.

Antonio saß stumm auf der Rückbank, die Nase am Fenster. Ich selbst war viel zu sehr mit meinem privaten Abenteuer beschäftigt, als dass ich mir Gedanken um Caroline machte. Kurz bevor wir wieder nach Hause kamen, sahen wir sie. Sie ging energischen Schrittes und schwang ein herzförmiges Handtäschchen. Sie rauchte. Ich hielt an, als sie gerade die Straße überqueren wollte. Alle drei stiegen wir aus. Caroline schaute uns verblüfft an, als wollte sie sagen: »Was soll der Aufstand!«, und warf die Kippe auf den Boden. Sie sah nun wacher aus. Offensichtlich hatte sie es geschafft, sich Drogen zu besorgen. Antonio schaute sie wortlos an. Ein Streifenwagen kroch mit Blaulicht an uns vorbei. Als wir im Auto saßen, begann Caroline, vor sich hin zu summen, und für einen Moment dachte ich, Antonio würde explodieren.

Zu Hause erwartete Ester uns mit dem Essen auf dem Tisch. Clara setzte sich neben mich. Während die Französin eine ihrer verstiegenen Theorien ausbreitete, fragte

Clara mich, seit wann ich Antonio kannte. Ich erzählte ihr von unserem Geburtstag und wie er sich, als ich krank war, um mich gekümmert hatte. Von ihr wollte ich das Gleiche wissen.

»Schon immer, nehme ich an. Na ja, seit ich mit meiner Mutter in dieses Land kam, vor ein paar hundert Jahren. Ist er nicht reizend?«, fragte sie, und ihre Miene verriet eine leise Ironie.

Nun hatte Juan einen Gedanken, der sowohl von Antonio als auch von der Französin zurückgewiesen wurde.

»Reizen kann er, allerdings …«, erwiderte ich. Sie musste lachen. »Clara, ich weiß nicht, ob es der richtige Moment ist, aber ich möchte mich entschuldigen …«, stammelte ich.

Wortlos nahm sie unter dem Tisch meine Hand und drückte sie.

Ich freute mich über ihre Geste, hatte aber auch den Eindruck, dass sie zu jenen Menschen gehörte, die niemals stammeln, die alles ungefiltert sagen oder tun, die sich vor einer Zurückweisung nicht fürchten oder sie vielleicht nicht einmal als solche begreifen, und diese Vorstellung machte sie in meinen Augen noch anziehender, es entmutigte mich aber auch.

Nach dem Essen nahm Clara Caroline am Arm und brachte sie zu ihrem Schlafzimmer. Zuvor verabschiedete sie sich von mir. Ich fasste sie um die Hüften und gab ihr einen Kuss. Sie beantwortete meinen Vorstoß mit einem neckischen Zwinkern, als wäre sie sich des Überschwangs meiner Gefühle bewusst und versuchte sie aufzufangen.

Am nächsten Morgen stritten Antonio und Clara. Clara war der Meinung, dass Caroline die Tage leichter ohne Drogen überstehen würde, wenn sie beide mit uns führen.

Antonio sah dies nicht so. Sie musste ihn überzeugt haben, denn am Ende brachen wir alle vier auf nach Edinburgh. Nichts hätte mich glücklicher machen können.

Zweck der Reise war, bei einem Chilenen einen Pass abzuholen, mit dem Antonio unter anderem Namen nach Chile einreisen konnte. Clara setzte sich neben mich, Antonio und Caroline stiegen auf die Rückbank. Was zwischen Clara und mir am Tag vorher gewachsen war, war ein zartes, sonderbares Pflänzchen. Sie sprach nicht mehr mit mir wie auf der Terrasse, legte mir aber auch nicht die Hand auf den Oberschenkel, wie sie es bei unserer Suche nach Caroline getan hatte. Aber sie saß neben mir, und immer wieder trafen sich unsere Blicke.

Wir kamen aufs flache Land. Nach einer Weile holte Clara eine Kassette aus ihrer Umhängetasche. Es war eine ansteckende Latinomusik, und unversehens fielen wir drei in den Rhythmus ein, während Caroline döste. Clara lachte, und Antonio hauchte, die Ellbogen auf unsere Lehnen gestützt, seinen Atem und seine raue Stimme über uns, als finge er uns mit einem Lasso ein. Eine Linie, die bei ihm begann und zu Clara führte und dann zu mir, ein vollkommenes Dreieck, das uns fest umschloss.

»Schön, dass du mitgekommen bist, Clara«, sagte Antonio und legte uns die Hände auf die Schultern.

»Du mit deinem Dickschädel«, rief sie und tippte ihm an den Kopf.

»Ich weiß, aber du magst mich trotzdem, oder?«

»Manchmal«, sagte Clara und lächelte zu mir hinüber.

»Ich habe ein Geschenk für euch«, verkündete Antonio und zog aus seinem Rucksack eine Schachtel Schweizer Schokolade.

Clara klatschte in die Hände.

»Die habe ich gekauft, damit das klar ist«, erklärte er und fing an, die Beute zu verteilen.

»Glaub ich dir nicht«, sagte sie.

Die erste Nacht verbrachten wir in einem Bed and Breakfast an der Straße, zu viert in einem Dreibettzimmer. Die beiden Frauen schliefen in einem Bett, Antonio und ich bekamen jeder ein eigenes. Bevor sie sich hinlegte, schrieb Clara etwas in ihr rotes Büchlein. Ich verbrachte die halbe Nacht damit, Claras Atem aus diesem wogenden, fast musikalischen Seufzen der drei Schlafenden herauszuhören. Plötzlich stöhnte Antonio laut, sein Körper krümmte sich. Ich stand auf, packte ihn an der Schulter und schüttelte ihn. Er schlug mit dem Arm aus.

»Was soll das, du Wichser«, murmelte er und rieb sich das Gesicht.

»Hast du geträumt?«, fragte ich und wollte ihn beruhigen.

»Gar nicht«, sagte er, ohne mich anzuschauen.

Ich habe Theo von dieser Nacht erzählt. Der Nacht der bewaffneten Gespenster. Es hat mich gefreut, dass er einfach nur schwieg, dass er nicht versuchte, mich zu küssen, dass er danach so betrübt zu mir kam.

Ich weiß nicht, warum ich es getan habe. Gründe gibt es immer, dunkle Mächte, Absichten, die wir nicht kennen, wenn wir etwas sagen oder tun. Vielleicht wollte ich ihn bloß beeindrucken.

Aber eins hatte ich nicht bedacht. Ich war es, die im Land der Toten zurückblieb, einem Land, das ich mit all meinen Kräften fliehe. Wie oft habe ich meine Mutter angeschaut und bin davongerannt, als ich sah, wie sie in ihren Erinnerungen versank, weit fort, wo ein Lichtstrahl mich erreichen konnte? Wie oft bin ich vor ihrem Gejammer geflohen, diesem Raunen, das mich im ganzen Haus verfolgt?

Nur einmal habe ich versucht, sie aufzumuntern, und bin gescheitert. Sie saß da wie immer, vor sich die Bücher auf dem Tisch, und starrte auf die Wand. Ich ging zu ihr und strich ihr über die Stirn. Über die Stelle, wo sich ihr Kummer sammelt. Ich wollte nur diese Furche zwischen den Brauen wegstreichen, die sie so verändert. Ich sehe sie noch vor mir, wie sie den Arm hochriss, ihre Augen, die mich anschauten und jede Vertrautheit verloren hatten. Ich bekam Angst, Angst vor den Zerstörungen, die der Schmerz hinterlässt, Angst vor dem, was er mir antun würde, wenn ich ihm nahe kam, Angst vor der Ferne meiner Mutter und der Nutzlosigkeit all dessen, was ich tat. Ich verkroch mich unter der Bettdecke und wartete darauf, dass das Dach über mir zusammenstürzte. In meiner Unbeholfenheit kommt der Gedanke an den Tod von allein.

Aber ihre Schwäche hat mich stark gemacht. Wenn du die Wahl triffst, stark zu sein, kommt nichts an dich heran, nichts kann dich berühren. Du opferst deine Gefühle, aber du überlebst. Ich beschloss, eine ihrer seltenen Regungen abzuwarten, wenn sie aus ihren Büchern und ihrer Schwermut heraustritt.

Es sind die Erinnerungen, ein Leben, das sie nicht hinter sich lassen kann. Das Sonntagsessen im Haus der Großmutter, das Lachen meines Vaters, Vivaldi am Samstagmorgen auf dem Plattenspieler, mein Hund mit seinem wedelnden Schwanz, die Ausflüge im Fiat 600 über die Dörfer, die abendlichen Treffen bei uns zu Hause. Und natürlich bin ich es, das geliebte, von allen geliebte Kind. Es sind die Türen, die aufgehen und sich schließen zum Rhythmus von Joan Baez, ihrem Echo auf dem Flur. Ich sah meinen Vater und meine Mutter, und sie schienen glücklich zu sein. Ein Glück, das immer größer wurde und sie zu einem Teil von etwas machte, das größer war als sie selbst. Die edelste und vielleicht auch kindlichste Haltung ist der Glaube. Sie glaubten. Sie glaubten daran, dass eine gerechtere Welt möglich ist, und sie waren entschlossen, es zu beweisen.

Ich kann meiner Mutter ihre Hoffnung damals und ihre Wehmut heute nicht verdenken, aber ich ertrage ihre Trostlosigkeit nicht, dieses Elend, das nur ich hinter ihren klingenden Reden wahrnehme.

8

Am nächsten Abend erreichten wir die Vororte Edinburghs. Wir parkten auf einer Brache bei einer Trabantenstadt aus gleichförmigen grauen Hochhäusern. Ein Geruch von Essen, Rauch und Exkrementen hing in der Luft. Wir nahmen unsere Taschen und drangen ein in die Betonsiedlung, vorbei an halb verbrannten Müllhaufen. Der landesweite Streik der Müllmänner, der in wohlhabenderen Gegenden kaum auffiel, war hier nicht zu übersehen. Vor allem aber gab es keine grünen Felder mehr, keine Sonne am Himmel, keine Lieder. Wir waren vier müde Gestalten, die unter trübe leuchtenden Laternen dahinzogen.

Bald standen wir vor der Tür einer Wohnung, einer von Hunderten, die wir von der Straße aus gesehen hatten. Ein chilenisches Paar erwartete uns. René war ein Mann mit Mandelaugen, dessen bullige Statur an seinen körperlichen Kräften keinen Zweifel ließ. Alicia war schwanger.

Wir setzten uns um den Wohnzimmertisch, Alicia schenkte uns ein Glas Wein ein. Die Atmosphäre war düster, nur die Poster an den Wänden verbreiteten mit ihren bunten Blumen und ihren Gewehren einen traurigen Rest Hoffnung. René und Antonio sprachen bald von der Partei, von einem Mitglied auf Abwegen und von den letzten Unruhen in Chile. Alicia stellte uns etwas zu essen hin und setzte sich mit einigem Abstand zu uns. Sie beobachtete, wie Antonio und ihr Mann sich ereiferten, und eine Maske der Langeweile fiel über ihr Gesicht. Caroline fragte, wo die Toilette sei. Wenig später stand René auf, griff nach einem englisch-spanischen Wörterbuch und nahm einen Reisepass heraus.

»Deine neue Identität«, sagte er.

Antonio schlug ihn auf und las:

»Daniel Nilo, Geburtstag: 12. Oktober 1966. So ein Blödmann!«

»Übertreib nicht, er ist nur ein paar Jahre jünger als du«, sagte René. »Obwohl, du hast schon recht, er ist ein Blödmann, und unverschämt dazu. Als ich ihn fragte, ob ihm bewusst sei, worauf er sich einlasse, weißt du, was er da sagte? ›Klar doch. Das ist der perfekte Deal, ich komme in den Himmel, und es kostet mich keinen Krümel.‹«

»Genialer Kopf«, sagte Antonio, und beide lachten schallend. »Was glaubst du, René, bekommen wir eine Belohnung für unsere tugendhaften Taten, oder müssen wir uns mit der Tugend als solcher begnügen?«

»Die Tugend, my dear Watson, ist wie masturbieren«, sagte René und bat die Frauen mit einem Blick um Entschuldigung für seine Ausdrucksweise. »Du weißt, was ich meine. Niemand sieht's, aber es tut gut.«

Wieder lachten sie, ein zwanghaftes, klebriges Lachen.

»Meinem Bruder hat die Tugend einen Dreck geholfen«, sagte Antonio, und alles hielt inne.

Ich suchte nach Claras Augen, aber sie waren fest auf ihn gerichtet. Ich glaubte, Mitleid darin zu erkennen, aber auch etwas anderes, das ihren Augen einen helleren Glanz verlieh. Keiner sprach mehr.

René und Antonio schienen bei Cristóbal Totenwache zu halten. Sie tranken ihren Wein in kleinen Schlucken, ohne sich anzuschauen, als verdauten sie ihre Gefühle. Und so saßen wir da, jeder für sich, jeder an seine eigene bescheidene Wirklichkeit geklammert: Caroline, die ihre blutigen Taschentücher versteckte, Antonio, der sich auf seine Fahrt ins Ungewisse vorbereitete, und ich, der ich verrückt war nach einer Frau, die ich kaum kannte.

Es war spät geworden. Alicia richtete das Sofa für die Nacht her. Einer würde in einem Schlafsack auf dem Boden liegen müssen, die beiden anderen konnten in einem Zimmer mit zwei Betten schlafen. Ich bot mich an, auf dem Boden zu schlafen, Clara nahm das Sofa. Antonio und Caroline verschwanden im Dunkel des winzigen Flurs.

Zum ersten Mal seit Beginn unserer Reise waren wir allein. Clara lag auf dem Sofa, den Kopf in die Hand gestützt, und schaute mich an, mir so nah und zugleich so fern. Trotz ihres Lachens und ihrer Entschlossenheit schien ein zarter Schleier sie der Welt zu entrücken. Ich setzte mich mit gekreuzten Beinen vor sie. Ich weiß nicht, wie ich es geschafft habe, sie zu küssen. Bald waren meine Hände bei ihren Brüsten, ihrem Bauch, ihrem Geschlecht. Als ich weitergehen wollte, hielt sie mich zurück, wortlos, nur eine Geste. Ich sagte, schon gut, so sei es besser, ganz langsam. Ich war überzeugt, wenn sie nicht weitergehen wollte, hatte sie einen Grund. So lebten in meiner Vorstellung Antonio und Clara: für alles gab es Gründe. Und in dieser festen Ordnung war mein getriebenes, zwanghaft lustbestimmtes Verhalten fehl am Platz.

Claras Tagebuch

Theo schläft neben mir, so friedlich. Ich mag seine Zurückhaltung, hinter der er eine eigene Welt zu weben scheint. Sein Schweigen, das spüre ich, verbirgt einen unruhigen, leidenschaftlichen Menschen. Aus meiner Loge beobachte ich seine kleinste Regung, all seine geduldigen Versuche, mich zu verführen. Ungerührt taxiere ich ihn, klassifiziere ich seine Worte, vergleiche ich seine Zärtlichkeiten. Am liebsten würde ich ihn auseinandernehmen, bis er nur noch Staub ist. Aber der Gedanke an sein sanftes Wesen nimmt mich ein. Ich strecke mich zu ihm, will ihn berühren, seinen Körper ansehen. Er könnte tot sein, und dann wäre er gegangen, ohne mich zu besitzen. Ein Mann, den ich allein gehen ließ.

Warum widerstehe ich? Vielleicht weil ich ahne, dass Theo mich sieht. »Du bist ein Wirbelwind, ein komisches Käuzchen, ein Licht, ein Urgefühl«, sagen seine Augen jedes Mal, wenn sie aufleuchten und in die meinen stürzen. Sein wacher Verstand macht mir Angst, weckt aber auch Erwartung. Theo ist eine Möglichkeit, die sich zaghaft öffnet. Ich schließe die Augen und nenne seinen Namen, Theo. Die Möglichkeit weitet sich, bis sie zu einem Gefühl wird. Vielleicht hat er die Kraft, dass Antonio mir nicht mehr so wichtig ist, dass mein Leben sich nicht um das seine dreht. Antonio und ich sind Freunde, weil ich über seine Träume wache, weil wir uns nie berührt haben. Vor allem sind wir Freunde, weil er mich ausgewählt hat. Wenn Antonio bei dir verweilt, leistest du keinen Widerstand. Ob Theo widersteht?

9

Am nächsten Morgen verabschiedeten wir uns von René und Alicia. Wir mussten vor sechs Uhr nachmittags in Dover sein. Dort sollte ein Schweizer, der Pässe fälschte, Daniel Nilos Foto gegen das von Antonio austauschen, so hatte es die Partei organisiert. Erst jetzt wurde mir bewusst, dass das alles kein Spiel war. Wir waren Teil eines ausgeklügelten Plans, in den noch viele andere Personen verwickelt waren.

Auf der Straße herrschte trotz des Müllgestanks eine lässige, fast heimelige Sonntagsstimmung. Vor der Haustür spielte jemand mit einem Ball. Clara und Caroline warteten, während Antonio und ich den Wagen holten.

»Jetzt gibt es kein Zurück mehr, ist dir das klar?«, sagte er und deutete auf den Pass in seiner hinteren Hosentasche. Er schaute mich kurz an, mit leerem Blick, als hätten sich seine Augen davongemacht, Erinnerungen zu sammeln.

Als wir im Auto saßen, erzählte er mir von seinem Albtraum in der Nacht im Bed and Breakfast. Er hatte von Raben geträumt. Die Raben schlugen mit den Flügeln, ohne dass sie aufflogen. Er träumte, er öffnete die Augen, aber die Raben wurden immer mehr und hefteten sich mit ihrem vergeblichen Geflatter an seine Lider.

Kurz bevor wir bei Clara und Caroline hielten, fragte Antonio mich:

»Was Freud wohl dazu sagen würde?«

»Raben, die nicht fliegen und immer mehr werden …«

Ich dachte kurz nach. »Freud würde wahrscheinlich sagen, dass es unterdrückte Wünsche sind, aber wenn du mich fragst, beim nächsten Mal solltest du den verdammten Viechern den Hals umdrehen.«

»Genau das dachte ich auch, Theo. Manchmal überraschst du mich.« Er klopfte mir lachend auf die Schulter.

Gedacht hatte ich etwas anderes. Antonio hatte Angst, das war alles. Aber *Angst* war eins dieser Wörter, die man nicht aussprechen durfte.

Ich blicke mich um und habe den Verdacht, dass die anderen Menschen durch eine geheime Formel miteinander verbunden sind. So wird die Welt zu einer großen Welle, einer Flut, die alle Unterschiede schleift. Vielleicht müsste ich nur meine Kräfte zusammennehmen, und ich könnte in ihr versinken, könnte dieses Mal auslöschen, das mir eingebrannt ist und die Zugehörigkeit zu einem Ort verwehrt. Vielleicht genügt es, wenn ich mir einen äußeren Schein gebe, ein paar Überzeugungen annehme, ein paar Gesten nachahme, und ich werde eine von ihnen.

Ich gehe ins Bad, Caroline sitzt auf dem Klodeckel. Die Welle drängt durch die Türritze herein. Wir sind nicht verschieden, Caroline und ich. Nur dass sie mutiger ist. Sie hat die vertraute Wärme der Welt verlassen und ist durch den Spiegel getreten. Dafür bewundere ich sie. Mit ihren Augen will ich sehen, was auf der anderen Seite ist. Ich habe den Eindruck, sie zeigt mir die dunkelste Seite meiner selbst, vielleicht auch die wahrhaftigste.

Sie sagt, ihr Körper löse sich manchmal von ihr. Sie sieht, wie er sich bewegt, spricht, klaut, wie er zerknautscht von seinen Wanderungen zurückkehrt. Ich bitte sie, mehr zu erzählen, aber sie weiß nicht, wie. Ich schlage vor, dass sie irgendwelche Wörter sagt, auch wenn sie keinen Zusammenhang ergeben. Sie sagt Scham, sagt Beton, sagt Spiegel. Ich umarme sie, und sie weint. Ich ahne, dass sie schon lange keiner umarmt hat, ohne etwas dafür zu verlangen.

Wir gehen zurück ins Wohnzimmer. Es gibt kein Entrin-
nen. René und Antonio reden von Cristóbal. Ich schaue zu
Theo. Und sehe seine klaren Augen, sein offenes Gesicht,
sein Versprechen ...

10

Alles an Clara überraschte mich. Besonders ihr Lachen, das jeden Widerstand unmöglich machte, auch wenn der Anlass sich mir nicht immer erschloss. Unterwegs holte sie ein paarmal ihr rotes Tagebuch hervor, schrieb etwas hinein und steckte es wieder in die Tasche. Clara vereinte in sich das Versprechen Antonios – ein Leben voller Sinn, voller Emotionen – und das ihres Körpers.

Trotzdem gab es etwas, das die Dinge verkomplizierte. Sie wollte Antonio gegenüber nicht zu erkennen geben, was zwischen uns geschah, und die Gelegenheiten, allein zu sein, waren selten.

»Er hat mich nie mit einem anderen zusammen gesehen«, sagte sie einmal, als Antonio und Caroline ausgestiegen waren, um etwas zu essen zu besorgen. »Ich bin wie seine Schwester. Außerdem würde er mir vorwerfen, dass ich ihm seinen besten Freund ausspanne. Es ist besser, wenn er es noch nicht erfährt, zumindest nicht auf dieser Reise.«

Sie legte den Kopf auf meine Beine. Dann nahm sie mein Gesicht und zog es zu sich herunter. Sie streckte sich ein wenig und küsste mich. Ihre Lippen hatten etwas seltsam Wildes. Als wir uns voneinander lösten, lächelte sie stolz, als wäre sie sich der Macht bewusst, die sie über mich auszuüben begann, und würde sie genießen.

Wir waren in Dover. Antonio sollte sich in einem Fish and Chips mit dem Mann treffen, der das Passfoto austauschte. Wir stellten den Mini auf einem Parkplatz im Zentrum ab. Antonio ging allein, gewisse Vorsichtsmaßnahmen mussten eingehalten werden. Ich habe nie herausgefunden, ob die Gefahr real war oder nur zur Angst dazugehörte.

Einmal erzählte Clara mir, als sie nach England kam, sei ihr beim Anblick einer Uniform schwindlig geworden. Sie dachte schon, sie könne nie wieder ungezwungen durch die Straßen laufen. Seit dem Tag, an dem sie ihren Vater abgeholt hatten, war alles bedrohlich. Die Nachbarn wahrten auf höfliche, aber unmissverständliche Weise Abstand. Nie stellten sie Fragen, als wären die Ereignisse jener Nacht ihrer überspannten Phantasie entsprungen. Clara ging weiter zur Schule und zu den Geburtstagsfesten ihrer Mitschülerinnen, ging samstags morgens mit ihnen Eis essen, aber irgendwann waren die Freunde ihrer Eltern, ihre ganze Welt versunken, und was an der Oberfläche blieb, gehörte nicht mehr ihr.

Um auf andere Gedanken zu kommen, spazierten wir die Maison Dieu Road entlang zum Meer. Die Straßen waren leer. Auf der Titelseite der *Sun* hatte ich gelesen, dass an diesem Tag Arsenal gegen Liverpool spielte, kein Engländer von Verstand würde das Match verpassen. Doch in dem Moment war mir nichts unwichtiger als dieses Fußballspiel. Während ich neben Clara und Caroline ging, spürte ich, dass mein früheres Leben weit weg war. Die Straßen dieser Stadt, einer Stadt wie so viele andere in meinem Land mit ihren zahllosen vertrauten Dingen, waren mir fremd geworden. Ich dachte, als Ausländer nähmen Clara und Antonio England wohl ähnlich wahr. Nur dass ich, wenn mir der Sinn danach stand, die unsichtbare Mauer zwischen mir und der Welt durchbrechen konnte, während sie, egal wie gut sie meine Sprache sprachen oder wie geschickt sie sich anpassten, immer auf der anderen Seite blieben. Wenn ich Großbritannien mit ihren Augen sah, schien es mir wie ein riesiges Schiff voller liebenswürdiger Menschen, die niemals ihr Wesen offenbarten oder dein Herz wirklich berührten.

Ich nahm Claras Hand und drückte sie fest.

Ein dämmriger Himmel zog über die gediegenen Fassaden der Häuser. In der Ferne, über dem bleiernen Wasser des Meers, sahen wir die Lichter eines Schiffs, das in Richtung Frankreich fuhr.

»Irgendwann fahren wir einmal dorthin«, sagte Clara und deutete auf die andere Seite des Kanals.

»Du und ich?«, fragte ich.

»Warum nicht?«

Sie schaute mich mit einem so verträumten Lächeln an, als hinge es allein von unserem Willen ab, ob wir die Hindernisse überwänden.

»Warum nicht«, stimmte ich zu.

Als wir zum Parkplatz zurückkamen, saß Antonio mit verschränkten Armen auf der Motorhaube und wartete. Er hatte sein Ziel erreicht. Im Auto zeigte er uns den Pass mit seinem Foto und dem Namen Daniel Nilo.

»Bin gespannt auf das Gesicht meines Vaters, wenn ich ihm das zeige«, sagte er.

Wir fuhren zu einem besetzten Haus, wo wir übernachten wollten. Einige der Bewohner waren Chilenen. Als wir ankamen, stand die Tür offen, und wir gingen hinein. Überall blätterte die Farbe ab. Aus einem Zimmer am Ende des Flurs hörten wir Stimmen. Ein Dutzend Leute saßen auf dem Boden und hörten einem bärtigen Mann zu. Das Licht war spärlich, aber hell genug, um ihre verblüfften Gesichter zu erkennen, als sie uns im Türrahmen erblickten. Es wurde totenstill, dann erkannte ein nervöser dünner Junge Antonio und sprang auf, um ihn zu begrüßen.

»Freunde, das ist Antonio, der Bruder von Cristóbal Sierra.«

Ein paar kamen zu ihm und begrüßten ihn ebenfalls, worauf sie uns einluden, an ihrer Versammlung teilzunehmen. Wir erfuhren, dass sie das Haus vor wenigen Monaten besetzt hatten und jeden Moment damit rechneten, geräumt zu werden. Die Kämpferischsten schlugen vor, mit Plakaten am Haus die jugendfeindliche Politik der Regierung anzuprangern. Einige waren der Meinung, das Beste wäre, sich ein neues leerstehendes Haus zu suchen und umzuziehen. Andere, naivere, schlugen vor, einem Mitglied des Parlaments einen Brief zu schicken und ihm die Situation zu schildern.

»Ihr müsst bleiben«, sagte ich laut. Kaum hatte ich es ausgesprochen, spürte ich, wie sich mein Magen verknotete.

Es wurde still. Alle schauten mich an und warteten darauf, dass ich nicht nur meine Worte, sondern auch meine Einmischung rechtfertigte. Antonio blickte mich fragend an, am liebsten hätte er wohl losgeprustet.

Ich war überzeugt von dem, was ich gesagt hatte, aber unfähig, mich vor diesem Dutzend forschender Augenpaare zu erklären. Die Vorstellung, vor Publikum sprechen zu müssen, hatte mir schon immer Angst eingejagt.

»Theo hat recht, ihr müsst bleiben«, sagte Antonio. Die misstrauischen Augen schwenkten zu ihm.

»Niemand interessiert sich für das Schicksal einer Bande von Herumtreibern«, sprach er weiter, und sein Lächeln war voller Spott. »Ihr erwartet doch nicht, dass einer dieser hochtrabenden Abgeordneten euch hilft, am wenigsten die Leute vom Council. Glaubt mir, die denken an wichtigere Sachen, zum Beispiel wie sie die nächsten Wahlen gewinnen, aber ohne unsere Hilfe. Euer Problem könnt nur ihr allein lösen«, fuhr er fort, nun ganz ernst. »Ihr müsst Widerstand leisten, um jeden Preis, müsst euer Recht auf Wohnraum verteidigen. Dabei tut ihr nicht nur etwas für euch, ihr gebt auch ein Beispiel.«

»Was der Chilene vorschlägt, ist doch Selbstmord«, brüllte ein bärtiger Typ mit breitem Gesicht und Ringellocken. »Wenn wir Widerstand leisten, wie er uns so romantisch ans Herz legt, sitzen wir in ein paar Wochen auf der Straße. Was glaubt ihr? Dass sie uns die Hand drücken und voller Bewunderung sagen: Oh, diese mustergültigen Bürger setzen sich für ihre Rechte ein? Die schmeißen uns hier hochkant raus, so sieht's aus. Alles andere ist abgestandener Idealismus.«

Ich fürchtete um Antonio, seine Argumente hatten tatsächlich etwas Abenteuerliches.

»Idealismus. Du hast das Schlüsselwort genannt.« Antonio ging nun in die Offensive und unterstrich jedes Wort mit einem melodiösen, unvermuteten Ton. »Klingt vielleicht abgestanden, mag sein. Es ist schon länger her, dass es hieß, seid realistisch, fordert das Unmögliche. Wir können die Slogans aus den Sechzigern nicht mehr hören.«

Hier und da gab es Gelächter.

»Vor allem, weil wir nicht sehen, wie sich unser alltägliches Dasein mit einem derart hochtönenden Satz in Verbindung bringen lässt. Vielleicht hast du recht«, Antonio wandte sich nun an den Mann mit dem Bart, »und was ich sage, gehört zu diesen unmöglichen Dingen. Aber ist das Unmögliche nicht auch eine Chance? Habt ihr schon mal daran gedacht, statt mit eingezogenem Schwanz zu fliehen, eine Chance daraus zu machen, etwas, das am Ende vielleicht den Unterschied ausmacht? Ich beneide euch. Denkt daran, die Menschen, die das Weltbild verändert haben, waren jene, die das Unmögliche forderten. Die aus den Akademien verstoßen wurden, aus den besseren Kreisen, den Regierungen, die man wegen ihrer Ideen hinauswarf. Euch werden sie nicht räumen, um ein Krankenhaus zu bauen, ein Altenheim oder eine Schule, ihr werdet hinausgeworfen, weil ihr ein schlechtes Beispiel seid, ein Angriff auf die Grundlage ihres Systems: das Eigentum. Ihr könnt die Herausforderung geringschätzen und vor euch hinleben, wie es die meisten tun, ihr könnt sie aber auch annehmen. Widerstand, unabhängig vom Erfolg, ist vielleicht der wichtigste Beitrag, den ihr jemals zur Veränderung der Welt leisten könnt. Widerstand ist auch die Chance für einen jeden von euch, für dich, für dich«, und er deutete reihum auf die Zuhörer, »diese Erfahrung in einen inneren Sieg zu verwandeln, ein würdigeres Leben.«

Antonio schlug die Augen nieder und schwieg. Die Hausbesetzer applaudierten.

Ich war tief bewegt. Nach diesen Worten verstand ich ihn und all das, was er tat, zum ersten Mal wirklich. Bei jedem anderen hätten die Worte nach Dünkel und falschem Idealismus geklungen, bei Antonio ergaben sie einen Sinn. Er war nicht wie ich. So viele Dinge wir auch teilten, Antonio war ein Exilant, sein Bruder war gestorben, und wir waren

hier, weil er beschlossen hatte, sich dem Widerstand anzuschließen.

»Danke, dass du mich gerettet hast«, sagte ich, als wir
allein waren, auch wenn ich ihm am liebsten noch sehr viel
mehr gesagt hätte.

»Kannst dich gerne revanchieren«, erwiderte er und
stieß mir mit der Faust in den Magen. Dann lachte er wie
ein Kind, das gerade seinen auflauernden Spielkameraden
eine lange Nase gezeigt hat.

*

Caroline konnte sich kaum auf den Beinen halten. Das
Diazepan, das sie in diesen Tagen in großen Mengen genommen hatte, zeigte seine Nebenwirkungen. Mit Hilfe des
Jungen, der uns empfangen hatte, brachte Antonio sie auf
ein Zimmer. Clara und ich nahmen die Gelegenheit wahr
und machten einen Rundgang durchs Haus. Ein Mädchen
mit kurzem Haar und oranger Latzhose tauchte im Flur auf
und winkte uns zu sich herein. Sie setzte sich im Schneider-
sitz auf den Boden und drehte ihren Joint zu Ende.

»Unter meinem Bett ist noch eine Matratze, wenn du
willst, kannst du gerne hier schlafen«, sagte sie zu Clara,
mit einer Freundlichkeit, die mich misstrauisch machte.

»Danke dir, aber ich bin mit Theo zusammen. Wir finden schon etwas zum Schlafen«, sagte Clara und nahm
meine Hand.

Es war das erste Anzeichen eines Versprechens, das Clara
mir gab. Jedenfalls hatte ich eine solche Lust auf sie, dass es
mich schon irritierte. All die Vorschläge, aus denen nie
etwas wurde, waren schon lange nicht mehr angenehm, sie
wurden zu einer einzigen Niederlage.

»Die Junkie ist mit Antonio zusammen?«, fragte das Mädchen.

»Was meinst du damit?«, fragte Clara in scharfem Ton zurück. Alles an ihr war hellwach, als fühlte sie sich bedroht.

»Du weißt, was ich meine. Er geht mit ihr, er bumst sie und so weiter.«

»Macht das einen Unterschied?« Clara lächelte mokant.

»Ich bin Feministin, Herzchen, ich nutze keine anderen Frauen aus, egal wie süchtig oder nuttig sie sind.«

»Wenn du niemandem weh tun willst, dann leg dich lieber nicht mit ihm an«, sagte Clara und rauschte aus dem Zimmer.

Sie verteidigte nicht Caroline. Was Caroline und Antonio verband, war allein sein Interesse, ihr zu helfen. Clara schützte sich selbst. Aber warum? Die Tage vergingen, und die Gefühle zwischen Clara und Antonio wurden für mich immer unbegreiflicher. Sie waren nicht verliebt, in dem Punkt waren beide sehr bestimmt gewesen. Außerdem hätte es in diesem Fall keinen vernünftigen Grund gegeben, nicht zusammen zu sein. Es sei denn, die Gründe wären geheim.

Ich folgte Clara durch den Flur zum Gemeinschaftsraum, wo nun Musik lief. Die Hausbesetzer hatten den Krieg erklärt und feierten. Einige tanzten. In der Luft hing ein kräftiger, scharfer Essensgeruch. Die einzige Lichtquelle war das Feuer eines offenen Kamins, um das sich ein Junge mit kleinem Kopf und Sommersprossen kümmerte. Ich umfasste Clara von hinten und schloss sie in die Arme, bis ich ihre wiegenden Hüften spürte.

Antonio war wieder zurück. Er lehnte, Zigarette in der

Hand, an einer Wand und blies Rauchkringel an die Decke. Seine Augen waren auf uns gerichtet. Als er merkte, dass ich ihn dabei ertappte, wandte er den Blick ab. Clara musste es auch gesehen haben, denn sie schlüpfte aus meiner Umarmung und setzte sich vor den Kamin, wo sie sich mit einem Mädchen unterhielt. Ein paar Typen gingen zu Antonio. Ich platzierte mich mit meinem Bier ein paar Meter von Clara entfernt, so dass ich sie in aller Ruhe anschauen und ihren Anblick genießen konnte. Hin und wieder suchten ihre Augen nach mir, und dann verschwamm alles außer ihrem Bild und löste sich auf, als hätte jemand die übrigen Anwesenden gebeten, leise zu sprechen, sich möglichst nicht zu bewegen. Nur Antonios Gegenwart störte meine Träumerei. Selbst jetzt, umringt von anderen, schaffte er es, uns im Auge zu behalten und so den Kontakt zu verbieten. Als er wieder allein war, überlegte ich, mit ihm zu sprechen. Ich ging langsam auf ihn zu. Er tat nichts, um mich zu ermutigen. Es war klar, dass es ihm naheging, uns zusammen zu sehen. Doch dann sagte Antonio etwas, das meine Zweifel ein wenig zerstreute, auch wenn ich mich fragte, ob er sich dessen bewusst war:

»Die Revolution und die freie Liebe passen zum Glück gut zusammen.« Er beobachtete aufmerksam ein paar Mädchen, die in der Mitte des Zimmers hemmungslos tanzten.

»Warum sagst du das?«

»Sie sind aus demselben Stoff gemacht: einem Haufen Testosteron. Die Gefühle aber, wenn du für etwas kämpfen willst, das sich lohnt, die machen dich kaputt.«

»Red keinen Unsinn. Wenn du keine Gefühle hast, ist es das Gleiche wie bei einem Auftragskiller.«

»Komm schon, Theo, du weißt genau, welche Gefühle ich meine. Die dich um den Verstand bringen, die dir das Hirn aufweichen. Und die dich das Leben kosten können.«

Ich brauchte ein paar Sekunden, um meiner Antwort den nötigen Schliff zu geben.

»Ich verstehe, und deshalb verzichtest du auf Clara.«

Seine Reaktion kam sofort.

»Du irrst dich. Ich kenne Clara zu gut, als dass sie für mich noch ein Geheimnis hätte. Und ohne bringt sie mich nicht um den Verstand.«

»Du lügst doch.«

»Und du bist geil«, sagte er und tätschelte mir den Arm.

Eins wusste ich immerhin: Welche Gefühle Antonio auch immer für Clara hegte, sie würden von seinem Willen gedämpft. Clara kam auf uns zu. Wir schauten beide zu ihr hin.

»Auf Clara«, sagte ich und hob meine Bierbüchse. »Sie ist großartig.«

Als sie bei uns war, fragte sie:

»Und? Tanzt keiner mit mir?«

Sie stand da mit all der Anmut einer Tänzerin, doch aus ihrer Miene sprach eine tiefe Scheu. Sie wusste genau, dass sie die Fäden dieses Augenblicks in Händen hielt, aber sie kostete die Situation nicht aus, sie schien ihr peinlich zu sein.

»Theo«, entschied Antonio und lächelte mit perversem Vergnügen. Er wusste, wenn es ums Tanzen ging, war ich eine Katastrophe.

»Du lügst nicht nur, du bist auch ein Arschloch«, zischelte ich.

Zum Glück erklang nun Bob Marley aus den Boxen.

»Ich habe etwas über dich in mein Tagebuch geschrieben«, flüsterte Clara mir ins Ohr.

»Und darf man wissen, was?«

»Über deine Hände«, sagte sie lachend.

»Und was ist mit meinen Händen?«

»Sie sind ein bisschen unruhig.«

Ich hielt mir die Hände vor Augen, als wären sie das entscheidende Indiz, das mich eines Verbrechens überführte. Ich sagte:

»Ich sehe nichts.«

»Es ist nicht zu sehen, aber zu spüren …«

»Kein Wunder, ich möchte dich berühren.«

Clara lächelte und zuckte die Schultern, als wäre meine Lust auf sie eine Anomalie, mit der ich leben musste.

Mitten im Stück wurde Bob Marley durch The Cure ersetzt, und alle fingen an, herumzuhopsen, als hätte jemand ein aufputschendes Gas in den Raum gepumpt. Ich war verloren, ich musste vor Clara tanzen. Sie bewegte sich mit einer solchen Schönheit und Begeisterung, dass meine Angst noch größer wurde.

»Ich weiß nicht, ob ich das will …«

Sie nahm meine Hände und fing an, meine Bewegungen zu dirigieren. Sie schaute mir in die Augen, als versuchte sie sanft, aber entschlossen, mir den verlorenen Schwung wiederzugeben. Schon bald tanzte ich, als hätte das Gas auch meine Sinne benebelt und die schmerzlichen Fesseln meines Körpers gelöst. Vor lauter Angst, der Zauber könnte verfliegen, dachte ich lieber nicht an das, was ich tat. Ich spürte, an Claras Seite waren viele Dinge, die ich bisher vermieden hatte, möglich.

Antonio tanzte mit einem großen schlaksigen Mädchen

mit feinen Gesichtszügen. Einmal kam er zu uns und umarmte uns. Uns beide. Ich freute mich über dieses Gemeinsame, das zwischen uns dreien entstand.

Doch mein misstrauischer Verstand sagte mir, dass er Clara und mir nur zeigen wollte, wie wenig ihn unser Verhältnis berührte, und dass er uns vor allem wissen ließ, dass wir ihm beide gehörten, egal, was wir taten.

Als die Musik aufhörte, schauten wir in die Runde und stellten fest, dass sich die meisten Hausbewohner zurückgezogen hatten, nur ein paar andere selbsternannte Gäste wie wir waren noch da, die es sich auf Kissen bequem machten. Antonio war auch verschwunden. Nur wenige Zentimeter vor dem erloschenen Kamin zupfte ein Junge Akkorde auf der Gitarre, während ein ekstatisches Mädchen mit dem Kopf Achten in die Luft malte. Ich nahm ein paar Kissen und legte sie unter einen Tisch. Dort, so schien mir, waren wir geschützter. Clara kuschelte sich an mich und schlief in meinen Armen ein. Ich war derart erregt, dass ich mich kaum zurückhalten konnte.

*

Am nächsten Tag machten wir uns auf den Heimweg. Wir wollten Clara bei ihrer Mutter absetzen und dann weiter nach London fahren. Antonio schwieg vor sich hin, den Blick stur auf die Landstraße gerichtet. Ich weiß noch, wie Clara kurz vor Wivenhoe eine Bemerkung über seine Reserviertheit machte. In ihrer Stimme schwang Ängstlichkeit mit, als beunruhigte Antonios Zustand sie mehr, als sie zu zeigen bereit war.

»Kennst du Aristoteles' Problem Nummer dreißig? Es geht so: Warum sind alle außergewöhnlichen Männer Melancholiker?«, sagte er spitz und starrte dabei weiter auf die Fahrbahn.

Doch sogleich bereute er seine barsche Reaktion und bat um Entschuldigung.

Als wir in Wivenhoe ankamen, begleitete ich Clara bis zur Tür.

»Wann sehen wir uns wieder?«, fragte ich.

»Wenn ich nach London komme«, sagte sie. »Bleib in Antonios Nähe. Versprichst du es mir?«

»Ich verspreche es dir«, erwiderte ich, ohne dass ich verstand, wieso sie mich darum bat.

Claras Abschiedskuss war eher kühl, vielleicht fürchtete sie Antonios aufmerksamen Blick aus dem Wagen.

Nachdem wir sie abgesetzt hatten, sprachen Antonio, Caroline und ich bis London kein Wort. Es war ein warmer, wolkenloser Nachmittag. Caroline bat mich, sie in die Randolph Avenue zu bringen, wo sie bei einer Freundin zur Untermiete wohnte. Am nächsten Tag, so war es verabredet, sollte Antonio sie abholen und in die Klinik bringen. Erst als Caroline sich schon von uns verabschiedete, änderte er seine Meinung. Er nahm sie am Arm und sagte, er vertraue ihr nicht. Es sei besser, wenn sie jetzt ihre Sachen packte, wir würden sie gleich in die Klinik bringen. Carolines eben noch glückliches Kleinmädchengesicht verdüsterte sich. Vielleicht rührte ihre plötzliche Niedergeschlagenheit von Antonios mangelndem Vertrauen, vielleicht aber auch daher, dass er ihre Pläne, sich Drogen zu besorgen, zunichtemachte. Sie führte ein paar Argumente an, konnte ihn aber nicht umstimmen. Als das Spiel schon verloren war, zog sie einen letzten Trumpf aus dem Ärmel: Sie wollte zu ihrer Freundin hinaufgehen, einem bekannten

Model, und wenn die zu Hause war, würde sie ihr das Versprechen abnehmen, bis zum nächsten Tag auf sie aufzupassen.

»Die hat Haare auf den Zähnen. Ich schwöre euch, wenn sie ja sagt, lässt sie mich nicht mal aufs Klo gehen. Was meint ihr?«, fragte sie bange.

Sie stieg die kleine Treppe hinauf und verschwand hinter der blauen Haustür. Kurz darauf kam sie mit einem magersüchtigen Mädchen zurück, in Khakihose und weißer Bluse, Typ höhere Tochter. Wahrscheinlich war es ihre seriöse Ausstrahlung, die Antonio überzeugte. Am nächsten Morgen also würde er Caroline abholen. Wir verabschiedeten uns, und er schaute ihnen noch im Rückspiegel nach, bis sie hinter der Haustür verschwunden waren.

»Hat mir gefallen, die Kleine«, sagte er nach einer Weile.

»Sieht doch aus wie ein Besenstiel«, meinte ich nur.

»Hat mir trotzdem gefallen.«

Claras Tagebuch

Es ist passiert, ich weiß selbst nicht, wie es kam. Vielleicht als ich das Seil losließ, das mich an Antonio band, und sah, dass ich nicht fiel. Als seine Wut und seine Pläne nicht länger der Mittelpunkt meines Lebens waren. Als ich Theo an die Hand nahm und wusste, ich hatte ein Ufer erreicht, an dem ich anlegen konnte. Mit diesem Mann könnte ich leben, dachte ich da, ich könnte Tänzerin sein, in dieses Tagebuch schreiben, meine Zeichnungen an die Wände heften, Kinder haben. Das dachte ich. Ich ließ mich mitreißen von den Bildern, die ich im Kino sehe, in Liebesromanen, die mir ein Happy-End versprechen.

Doch der Spion belauert mich voller Argwohn und flüstert mir ins Ohr, solche Dinge zu phantasieren sei eine Schwäche und nicht hinnehmbar.

Etwas passiert. Ich lehne mich auf. Es reicht. Ich werde nicht zulassen, dass die Angst mich frisst. Ich werde sie mit Worten aufhalten, Worten, die sich in den Buchten meiner Träume verstecken. Ich werde sie herausholen und auf meinen Händen tragen. Und mit ihnen werde ich auf Theo warten.

11

Antonio wartete am Eingang des Pubs auf mich. Er sah niedergeschlagen aus. Wir setzten uns an einen Tisch weit weg von der Bar, dem Billardtisch und den Spielautomaten. Wir hatten noch nicht unser Bier bestellt, als er schon anfing zu reden.

Von einem Tag auf den anderen hatte die Partei beschlossen, er sei nicht ausreichend vorbereitet für die Reise ins Inland. Ich fragte ihn, was er mit *Inland* meine, und er erklärte, so sprächen die Exilchilenen von ihrem Land, der Rest der großen weiten Welt sei *Ausland*. Statt Antonio würde Marcos fahren, der zehn Jahre älter war und ihrer Meinung nach einen gefestigteren Charakter hatte. Ich glaube, das ärgerte ihn am meisten: dass sie an seiner Charakterstärke zweifelten. Er redete ohne Punkt und Komma, in ihm brodelte es. Jemand in der Partei, vermutete Antonio, wollte ihm schaden und hatte interveniert, damit er nicht fuhr.

»Die Partei kann mich mal. Niemand hat mir zu sagen, was ich tun oder lassen soll. Ich gehe, mit oder ohne.«

Er zündete sich eine Zigarette an.

»Es geht mir nicht gut hier, Theo. Das ist nicht mein Land und wird es auch nie sein. Seit ich hier bin, habe ich es wie eine Unterbrechung erlebt, eine Zeit im Stillstand. Ich weiß, andere in meinem Alter haben sich angepasst, aber das wollte ich nie. Vielleicht weil Cristóbal drüben war.« Er schwieg einen Moment. »Erst recht nicht jetzt, wo er tot ist. Ich kann nicht mit verschränkten Armen dasitzen und nutzlose Theorien lernen, geklauten Kaviar essen und wie die Kinder Krieg spielen. Das alles hat für mich keinen Sinn.«

»Es ist deine Chance«, sagte ich und dachte an seine flammende Rede in dem besetzten Haus.

»Genau.«

»Wird nicht einfach sein, ohne Hilfe reinzukommen.«

»Mir wird schon etwas einfallen. Es muss eine Möglichkeit geben.«

»Kennst du jemanden, der dich mit den Gruppen im Untergrund zusammenbringen kann?«

»Ich sagte doch, ich werde eine Möglichkeit finden«, erwiderte er schroff.

Etwas in seinem Ausdruck weckte meine Zweifel. Er schaute nicht mehr so selbstgewiss, sondern eher fragend, als suchte er nach etwas in mir. Vielleicht suchte er nach einem Argument, das ihn zurückhielt. Hätte er selbst Zweifel geäußert, wäre ich so lange darauf herumgeritten, bis klarwurde, dass allein die Vorstellung, man könne einfach so zum Kämpfen in ein Land fahren, ohne die Unterstützung einer Organisation, ohne dass irgendwer einem half, der helle Wahnsinn war. Aber er tat es nicht.

»Ich gehe«, sagte er noch einmal und stieß eine Rauchwolke aus.

»Daran zweifle ich nicht.«

»Ich kann so nicht weiterleben, in Cristóbals Schatten …«

Seine verblüffte Miene gab mir zu verstehen, dass es nicht seine Absicht gewesen war, so zu sprechen.

Auch sonst lief einiges schief. Caroline war noch an dem

Abend verschwunden, als wir sie bei Emily, dem magersüchtigen Model, abgesetzt hatten. Antonio fühlte sich verraten. Ich dagegen glaubte, dass sie die Nacht sehr wohl bei
ihrer Freundin hatte verbringen wollen und dass ihre
Flucht nicht vorsätzlich geplant war, sondern einem Todes-
trieb gehorchte, der stärker war als sie selbst. Ich versuchte
es ihm zu erklären, aber er war anderer Meinung.

»Du kennst Drogensüchtige nicht. Verrat ist für sie das
Geringste.«

Loyalität war in unseren Gesprächen ein ständiges
Thema. Auf diese Weise konnten wir uns an einem Schatz
erfreuen, dessen Seltenheit uns bewusst war und den wir
beide, weil wir Freunde waren, zu besitzen glaubten.

»Du musst dir klarmachen, Theo, dass selbst ein Süchti-
ger die Möglichkeit hat, zu wählen. Jeder Mensch hat, selbst
unter den tragischsten Umständen, die Freiheit zu entscheiden, wie er handeln und wer er sein will.«

»Und du glaubst, Caroline hatte die Wahl?«

»Natürlich. Außerdem hätte sie es fast geschafft. Aber sie
hat vor ihrer Schwäche kapituliert.«

»Du verlangst viel, Antonio. Nicht alle haben deine Willenskraft. Du kannst an andere nicht denselben Maßstab
anlegen wie an dich selbst.«

»Ich rede von grundlegenden moralischen Prinzipien,
Theo, nicht von Willen. Es ist eine Gewissensfrage.«

»Da kannst du dich ja zurücklehnen. Wie es in dem deut-
schen Sprichwort heißt: Ein gutes Gewissen ist ein sanftes
Ruhekissen«, sagte ich mit spitzem Lächeln.

»Du hast mich nicht verstanden. Es geht nicht um ein
gutes oder schlechtes Gewissen. Ich will nicht nach Chile,
um ruhig zu schlafen.«

Manchmal erschreckte es mich, wie kategorisch er die Dinge sah und die Menschen beurteilte. Jeden Moment konnte ich selbst den nötigen Scharfsinn oder die erforderliche Standhaftigkeit vermissen lassen, um in seinen Augen zu bestehen. Auch hinterließ es immer einen bitteren Nachgeschmack. Er schaffte es, dass wir übrigen Sterblichen, die wir bescheidenere Ziele verfolgten, wie bloße Marionetten des Schicksals aussahen. Ich fühlte mich nicht so. Ein großes Vorhaben wie das von Antonio war vielleicht heroisch, aber auch mein Leben, mit allem, was es mir in dieser von ihm so verachteten Welt bieten mochte, hatte einen Wert. Außerdem ahnte ich, dass diese hehren Ansprüche unvermeidlich in Enttäuschung enden würden. Kein Mensch konnte derart hohe Erwartungen erfüllen. Mein Gesicht musste mich verraten haben, denn auf einmal lächelte er und sagte:

»Obwohl, ein kleines Ruhekissen bekäme mir nicht schlecht. Ich habe seit Tagen kein Auge zugemacht.«

»Fehlt dir vielleicht Sex?«

»Wahrscheinlich. Und du?«, fragte er.

»Ich schlafe auch nicht gut.«

Im selben Moment sah ich hinter Antonio das magersüchtige Model auftauchen. Sie trug eine dicke Brille und suchte nach jemandem.

»A propos, sieh mal, wer da kommt.«

Als sie uns sah, kam sie zu uns an den Tisch.

»Schön, dass du kommst.« Antonio stand auf, gab ihr ein schüchternes Küsschen und wartete wie ein Kavalier der alten Schule, dass sie sich setzte, ehe er wieder Platz nahm.

»Warum sollte ich nicht kommen?«

»Ich dachte, in Anbetracht der Umstände, unter denen

wir uns kennengelernt haben, hättest du vielleicht keine Lust, uns wiederzusehen.«

Es lag auf der Hand, dass er die Mehrzahl nur benutzte, um seine Unruhe zu überspielen und sein Interesse an ihr zu verbergen. Ich beschloss, mein Bier auszutrinken und den Rückzug anzutreten. Doch meine Pläne zerschlugen sich. Kaum deutete ich an, dass ich gehen müsse, gab Antonio mir mit einem flehentlichen Blick zu verstehen, dass meine Anwesenheit unerlässlich sei. Eine leise Verwandlung ging in ihm vor. Erst dachte ich, sein unsicheres Auftreten sei nur die vorübergehende Folge der letzten Ereignisse, seiner gescheiterten Reise nach Chile und von Carolines Verschwinden. Doch wie ich bald merkte, war es nicht nur das. Seine unbeendeten Sätze, seine unbeholfenen, auf halbem Weg abgebrochenen Bewegungen verrieten es. Emily schüchterte ihn ein. Im Laufe des Abends änderte sich nicht viel, abgesehen von Antonio selbst, dessen scharfer Intellekt sich auf schwindelerregende Weise verflüchtigte, bis er am Ende gar mit Emily über Mode sprach, ein Thema, von dem es mich wunderte, dass er sich damit auskannte, zumindest besser als ich. Wir blieben, bis der Pub geschlossen wurde.

Ich kehrte mit Magenschmerzen zurück in die Wohnung am Cadogan Place und war froh, dass meine Eltern in einem ihrer Sommerkonzerte waren. Warum schlug Antonios neue Eroberung mir derart aufs Gemüt? War es, wie bei Caroline, bloße Eifersucht? Ich stöberte mit aller verfügbaren Objektivität in meinem Bewusstsein und kam zu dem Schluss, dass es etwas anderes war. Emily ähnelte zu sehr den Frauen, in deren Kreis ich aufgewachsen war. Wohlerzogene englische Mädchen, leidenschaftliche Leserinnen von Frauenzeitschriften, ohne ausgeprägte Phantasie, dafür mit einem überwältigenden Sinn fürs Praktische. Nicht dass sie mich anödeten, aber es war bekanntes Terrain.

Antonio sollte auf der anderen Seite bleiben, wo man von Verrat sprach, von Inland, von Menschen, die für eine Sache sterben. An jenem Ufer, wo die Wirklichkeit passiert, die dich schaudern macht und dir das Gefühl gibt, dass du jemand bist. Näherte sich Antonio meiner Welt, verriet er das, was den Kern unserer Beziehung ausmachte.

Ich brauchte seine Überzeugungen, die zum ersten Mal die Einsamkeit meiner Kindheit vertrieben, brauchte dieses bessere Bild von mir, das er mir schenkte, brauchte seine Ideale, weil ich eigene nie hatte.

Es war eine erbärmliche Feststellung, denn sie zeigte mir, nach welch verworrenem Muster die Verbindung zwischen zwei Menschen geknüpft ist, auch wenn wir sie mit so mythischen Worten wie Freundschaft oder Liebe überhöhen.

12

An diesem Abend legte ich mich aufs Sofa und plünderte die Hausbar meines Vaters. Lange Zeit betrachtete ich seine Pfeifensammlung, die Familienporträts auf dem Schreibtisch, den silbernen Samowar meiner Großmutter mütterlicherseits, den Stich mit der Ansicht von Fawns, dem Landhaus, das mein Vater als Erstgeborener geerbt hatte. Ich schlief ein inmitten einer Welt, in der ich aufgewachsen war und die meine Eltern eifrig konservierten, als kämen sie, wenn sie nur den äußeren Schein aufrechterhielten, auch selbst heil davon.

Am Morgen weckte mich meine Mutter. Zum Glück war sie damit beschäftigt, meinem Vater, der wie so oft auf Geschäftsreise ging, den Koffer zu packen, so dass sie gar nicht dazu kam, mich mit ihren Fragen zu überschütten. Ich zog mich an und frühstückte mit ihnen. Da saßen sie mit ihren halben Grapefruits und ihrem schwarzen Kaffee unter dem prachtvollen Kristalllüster und träumten, er von einem frischen Körper, um sich lebendiger zu fühlen, sie von einem ordentlichen Stück Brot mit Butter. Es fiel mir nicht leicht, nachdem ich das Jahr über auf dem Campus gelebt hatte, zu meinen Eltern zurückzukehren. Der wichtigste Grund, das Studium zu beenden, war für mich, dass ich auf eigenen Füßen stehen wollte.

Als mein Vater gegangen war, schloss ich mich in meinem Zimmer ein und verbrachte die nächsten Tage vor dem Fernseher. Ich hätte Clara bei ihrer Mutter anrufen können, doch diesmal war ich fest entschlossen, zu jenen Männern zu gehören, die nicht anrufen und nach denen die Frauen sich verzehren. Vor allem aber versuchte ich, mich nicht zwanghaft an all die Momente zu erinnern, die ich mit ihr erlebt hatte. Ich wusste, dass mich mein ach so heller Verstand nur narrte, wenn er noch die kleinste Geste der begehrten Frau in einen endgültigen Beweis ihrer Liebe übersetzte. Clara hatte sich, das durfte ich nicht vergessen, beim Abschied eher gleichgültig gezeigt und so deutlich gemacht, dass mit der Reise unsere Geschichte – wenn es denn so etwas gab wie unsere Geschichte – vorbei war.

Mein Rückzug wurde nur unterbrochen durch die ausgedehnten kulinarischen Sitzungen mit meiner Mutter. Sie probierte gern neue orientalische Rezepte aus, mit vielen Gewürzen und schweren Düften, die für meinen Vater eine Beleidigung gewesen wären. Und während wir ihre Speisen kosteten, manche schmackhaft, andere ungenießbar, sprachen wir von uns, als ginge es um fremde Personen. Bei diesen Gesprächen wurde mir klar, dass Antonio und seine Welt mich derart aufsogen, dass ich jeden Kontakt mit meinem früheren Freundeskreis verlor.

Ich beschloss, eine Liste aller Freunde und Bekannten anzufertigen, mit denen ich mich nicht mehr traf. Dabei stellte ich fest, dass es mich Mühe kostete, überhaupt an jemanden zu denken, mit dem ich eine engere Beziehung eingegangen war und den ich wiedersehen wollte. Dieser Befund entmutigte mich noch mehr. Viele Freunde hatte ich jedenfalls nicht.

Immerhin fielen mir zwei Personen ein, die mir zwar nicht sehr nahe gewesen waren, auf die ich aber zumindest

Hoffnung setzte. Eine schon ältere Philologiestudentin, mit der ich ein kurzes, aber erzieherisch wertvolles Verhältnis gehabt hatte, und Bernard, Herausgeber eines Avantgarde-Magazins. Er hatte mir eines Tages eine Nachricht geschickt und vorgeschlagen, wenn ich in London sei, bei ihm in der Redaktion vorbeizukommen. Geblendet von dieser jugendlichen Arroganz, die dich glauben macht, alles gehöre dir sowieso, fragte ich mich nie, warum sich ein Herausgeber solchen Kalibers für einen mittelmäßigen Studenten wie mich interessierte. Schließlich brachte ich ihm einen Essay, den ich für die Uni geschrieben hatte, und nach der Lektüre ermunterte mich Bernard, einen Artikel für seine Zeitschrift zu schreiben, was ich dann aber nicht tat.

Ich rief ihn an. Wir verabredeten uns gleich am Nachmittag in einem Pub an der Kensal Road, in der Nähe seines Büros. Angesichts der übertriebenen Begeisterung, die er zeigte, als er meine Stimme hörte, wurde mir ein wenig mulmig, aber ich war so fest entschlossen, das wiederherzustellen, was ich als *mein* Leben betrachtete, dass ich alle Befürchtungen beiseiteschob.

Zum ersten Mal seit Tagen verließ ich die Wohnung. Zwischen den Bäumen und den Häusern brach das Licht herein, es kam mir strahlender vor denn je. Im Park vor unserem Haus spielten zwei asiatische Mädchen Tennis. Durch die dichten Büsche konnte ich erkennen, wie sich ihre dunklen, festen Beine unter den weißen Röcken hin und her bewegten. Die Eroberungslust überkam mich. Ich beschloss, zu Fuß zu gehen. Ich würde Bernard vorschlagen, einen Text über die Liebe zu schreiben. Es schien mir eine schöne Herausforderung. Niemand von Verstand hätte sich auf ein so abgegriffenes wie unergründliches Thema eingelassen.

Bernard empfing mich mit einem Lächeln und einem Kompliment zu meinem Aussehen, was mein Wohlbefinden noch steigerte. Er dagegen sah kränklich aus. Er war ein Mann unbestimmten Alters, groß, schlank, von aristokratischer Gelassenheit und mit deutlich irischem Akzent. Seine Augen, eine Mischung aus verschiedenen Blautönen, verweilten bei jedem leidlich attraktiven Mann, der in sein Blickfeld geriet. Ich konnte nicht genau sagen, was sich an ihm verändert hatte. Der allgemeine Eindruck war der eines Menschen, dessen Spannung nachgelassen hat.

Ich dachte an den ersten Satz meines Artikels: »Die Liebe stirbt und treibt bewusstlos an der Oberfläche der Lust.« Ein Satz, der die Aufmerksamkeit der Leser erregen würde, die sich den Kopf kratzten und fragten: Wer schreibt denn so einen Schmarren? Eine ausgezeichnete Strategie, wie ich fand. Ich war so begeistert, dass ich den Fragen, die sich aufdrängten, keinen Raum ließ. Ich wollte schreiben, sagte ich Bernard und legte ihm lang und breit mein Thema dar. Zwar machte er ein paarmal eine etwas kummervolle Miene, zeigte sich aber interessiert. Ich unternahm ungeheure Anstrengungen, weder ins Abgeschmackte abzugleiten noch aufdringlich zu wirken, die beiden Klippen, an denen Dilettanten gewöhnlich scheitern. Inzwischen waren Clara und Antonio wieder vor mir aufgetaucht. Unter ihren Blicken erhielten meine Bemühungen einen Sinn. Ihretwegen fand ich meine Worte.

Bernard erzählte mir, mit seinem Magazin laufe es nicht gut. Er war auf der Suche nach neuen Geldgebern. Ich bot ihm an, bei meinem Vater anzuklopfen, doch in seiner höflichen Art antwortete er, ihn interessierten weder Bankiers noch Unternehmer, da sie alle ihren Anteil an der Macht forderten. Mir gefiel seine Antwort, sie hatte etwas Kompromissloses und Romantisches. Ich dachte, Antonio und seine Leute waren nicht die Einzigen, die es wert waren. Allmählich füllte sich der Pub. Zwei Freunde von Bernard setzten sich zu uns. Einer war Herausgeber einer Lateinamerika-Zeitschrift, *South Now*, der andere war Kriegsreporter bei der *Times*. Je später es wurde, desto munterer wurde ich. Alles, was ich sagte, fanden sie interessant oder einfach süß, ein Wort, das mehrmals fiel, ohne dass mein Selbstvertrauen Schaden nahm. Als das Lokal schloss, gingen wir noch zu Tony, dem Herausgeber von *South Now*. Er wohnte in einem Loft an der Themse, das ich nie vergessen habe, heute wohne ich selbst in einem. An der Wand hing ein Bild mit der Aufschrift »Chile vencerá«. So fügte sich alles zusammen. Wir waren eine Handvoll Menschen, die mit hoffnungsvollen Augen auf die Dritte Welt schauten und einen guten Grund gefunden hatten, unser Leben für bedeutend zu halten. Der Gedanke entmutigte mich. Die Welt, der wir durch Geburt angehörten, war eine geschlossene. Das Weiteste, bis wohin wir kamen, war eine Massendemonstration gegen Atomwaffen. Am Ende sprach ich von Antonio, von seinem Vater, von Clara, als wären sie meine persönlichen Trophäen. Die Aufmerksamkeit meiner Gegenüber hatte mich trunken gemacht, zugleich wurde mir aber auch bewusst, dass Clara und Antonio auf eine Weise mit meinem Leben verbunden waren, die es nicht leichtmachte, diese Bindung wieder zu lösen.

*

Zurück am Cadogan Place, fand ich eine Nachricht meiner Mutter. Clara hatte angerufen. Es war zwei Uhr nachts. Die Wahrscheinlichkeit, dass ich einschlafen konnte, war gleich null. Ich setzte mich an meine Remington, fest entschlossen, den Artikel über die Liebe zu schreiben.

Es fiel mir schwer, Claras Bild aus meinem Kopf zu vertreiben. Statt das Thema gelehrt und logisch anzugehen, endeten meine Überlegungen immer in Strategien, sie zu erobern. Auf keinen Fall erwähnen sollte ich bei unserer nächsten Begegnung, wie sehr ich ihretwegen litt. Nichts einfacher, als jemanden durch Einimpfen von Schuldgefühlen zu verjagen. Tatsächlich war dies eine der wenigen *Grundvoraussetzungen*, mit denen ich es in meinem Alter schaffte, die *Grundschwierigkeiten* zu überwinden. Die meisten dieser Voraussetzungen kannte ich von den Mädchen auf dem College, aus Filmen und der erotischen Literatur. Doch die Dinge änderten sich. Mir drängte sich der Gedanke auf, dass man, wollte man eine Beziehung zum weiblichen Geschlecht anfangen, verletzlich sein musste, mitteilsam, dass man Fragen stellen musste, aber nicht so, wie ich es als Pubertierender gelernt hatte, mit dieser oberflächlichen, auf den Nutzen ausgerichteten Neugier, die ich nur zeigte, um an Sex zu kommen. Nein, man musste Fragen stellen, die ein Verständnis für die weibliche Seele offenbarten. Zugleich galt es, auf die richtige Art zuzuhören, in einem Zustand der Schwäche und Offenheit, die es erlaubte, den anderen zu spüren. Doch irgendetwas passte nicht. Verletzlichkeit gehört nicht zum männlichen Repertoire, und weil das so ist, stimuliert es nicht die weiblichen Hormone, die am Ende die Verbindung herstellen. Vor diesem Hintergrund gab es zwei Möglichkeiten: Du verbrachtest den Abend beim offenen Gespräch mit einer Frau und gingst leer aus, oder du machtest einen auf geheimnisvoll und lakonisch und bekamst Sex. Eine Alternative war noch, es sich am Busen einer mütterlichen Frau bequem zu machen, aber das Drumherum war nicht gerade erotisch. Das *Grundproblem* besteht darin, dass ein Mann, der seine weibliche Seite ausstellt, niemanden erregt. Selbst Helden, die das Leben beschädigt hat, sprechen nie, sie verbeißen ihren Schmerz, überleben und haben Sex. Möglich, dass eine Frau für die Ehe einen von diesen sensiblen Typen wählt, aber wahrscheinlich steht sie dann irgendwann im Aufzug oder im Treppenhaus und bumst mit einem anderen.

Jeden dieser Gedanken konnte ich in meinem Artikel weiterentwickeln, aber ich wusste, sobald es mit Clara ernst wurde, würde er mir nichts nutzen. Ich schrieb die Nacht durch und warf am Morgen alles in den Müll.

Nach dem Frühstück rief ich Clara an. Sie war vor zwei Tagen aus Wivenhoe gekommen. Wir verabredeten uns für vier Uhr im Hyde Park bei den Booten. Punkt drei schloss ich die Tür und ging los. Ich lief so schnell, dass ich viel zu früh im Park war, umgeben von Bleichgesichtern, die rannten und sprangen, vor allem aber auf dem Rasen lagen und Sonne tankten. Ich setzte mich und tat das Gleiche. Ich sehnte mich nach Sonne. Kurz darauf sah ich sie. Aus der Ferne erkannte ich ihre Figur, ihre Anmut, dieses Leuchten, das von ihrem Körper ausging. Sie stand am See, die Hände im Rücken verschränkt. Sie trug ein luftiges gestreiftes Kleid, nicht zu eng, nicht zu kurz, eben so, dass ihre Hüften sich abzeichneten und ihre Tänzerinnenwaden hervorschauten. Ich ging zu ihr, wir umarmten uns.

Ihr Körper schien mir viel zu zart, um wirklich zu sein. Zum ersten Mal ließ Clara sich fallen. Als wir uns voneinander lösten, war ich wie benommen, sie wohl auch. In meinem Überschwang schnurrte ich die Orte herunter, wo wir hingehen konnten. Cadogan Place war eine Möglichkeit, meine Mutter würde erst um acht nach Hause kommen. Doch noch nie hatte ich ein Mädchen in die Wohnung meiner Eltern mitgenommen, und die Vorstellung begeisterte mich wenig. In dem Moment schlug Clara vor, zu ihr zu gehen. Ihre beherzte Entschlossenheit erregte mich noch mehr.

Ohne viele Worte machten wir uns auf den Weg zur Speaker's Corner, um dort den 53er Bus zu nehmen. Obwohl alles um mich herum unwichtig geworden war, konnte ich nicht umhin, einen Blick auf die immergleichen Prediger mit ihren improvisierten Kanzeln zu werfen. Mich beeindruckte vor allem eine Frau im tadellosen rosa Kostüm, die, Handtasche am Arm, für das Recht älterer Frauen auf Liebe stritt. Ich dachte, dieses Bild wäre ein guter Anfang für meinen Artikel.

*

Clara wohnte in einer Sozialwohnung in Swiss Cottage, zusammen mit einer Graphikerin und einer Mathematikstudentin, beide Chileninnen. Die Einrichtung beschränkte sich auf ein paar Sessel, einen Fernseher und eine Essecke im skandinavischen Stil. Ein Wandposter von Che Guevara beherrschte den Raum. Wir gingen in die Küche, um uns etwas zu trinken zu holen.

»Hast du Antonio gesehen?«, fragte ich und wusste selbst nicht, wieso.

Ich hatte mir verkniffen, ihn zu erwähnen, aber da stand ich nun und fragte nach ihm und zog die einzige Mauer hoch, die es zwischen uns gab. Claras Antwort war deutlich:

»Sprechen wir jetzt nicht von ihm, okay?«

»Hervorragende Idee.«

Während sie eine Packung Milch aus dem Kühlschrank nahm, versuchte ich mich so entspannt wie möglich zu geben. Ich stützte mich mit einer Hand an der Wand ab und kreuzte die Beine, die typische Haltung von jemandem, der signalisieren will, dass er alles unter Kontrolle hat, aber kaum das Gleichgewicht halten kann. Was war los mit mir? Hatte ich das ganze Vorgeplänkel nicht längst erfolgreich absolviert? War ich dazu verdammt, für den Rest meines Lebens jedes Mal, wenn ich mit einer Frau schlafen wollte, durch einen Feuerreifen zu springen? Oder war es allein Clara, die diese unerträgliche Unruhe in mir auslöste?

»Willst du einen Schluck?«, fragte sie und hielt mir die Milch hin. »Ein Bier wäre passender, aber es ist keins mehr da.«

Ich entknäulte meine Beine, ehe sie mich noch zu Boden rissen, und fragte mit der sonorsten Stimme, die ich zuwege brachte:

»Passender wozu?«

Himmel! Das war so dumm, ich traute meinen eigenen Ohren nicht.

»Wozu auch immer«, erwiderte sie und kam ein Stück auf mich zu. Und im gleichen fröhlichen, vertrauensvollen Ton sagte sie: »Komm«, drehte sich um und verließ die Küche.

Wir gingen in ihr Zimmer. Clara zog die Schuhe aus. Ein locker von der Decke herabfallendes Tuch verhüllte ihr niedriges breites Bett. An den Wänden hingen, mit Reißzwecken befestigt, ein paar kolorierte Tuschezeichnungen. Ich erinnere mich noch an einen Schmetterling, er war naturgetreu dargestellt wie in den Abbildungen einer Enzyklopädie, nur der Kopf war anders, es war der Kopf eines Mädchens. Clara, dachte ich, hatte etwas von diesem Schmetterling. Es war dieses Gefühl, das ich auf unserer Reise gehabt hatte. Kaum glaubtest du, du hättest sie, wurde sie ungreifbar.

»Das bist du, oder?«

»Wie kommst du darauf?«

»Weil du Flügel hast, genau wie der Schmetterling.«

Wir lachten beide. Sie setzte sich auf den Schreibtisch, ihre Augen warteten ab. Neben ihr stand ein Keramikbecher mit Stiften und Pinseln. Ich musste etwas tun. Egal was. Ich spürte, dass ich eine Erektion bekam. Statt mich zu ermuntern, die Initiative zu ergreifen, schüchterte Clara mich ein. Irgendetwas an ihr, die Sinnlichkeit ihrer Bewegungen, die Art, wie sie die Dinge offen aussprach, erinnerte an eine Frau mit Erfahrung. Ich ertrug die Vorstellung nicht, sie könnte mich mit einem früheren Liebhaber vergleichen, einem Lateinamerikaner, der besser ausgestattet war als ich, nicht so weiß, nicht so knochig, nicht so groß. Aus irgendeinem Grund schien mein Verstand es darauf anzulegen, mich zu boykottieren. Ich sah keine Möglichkeit, diesen Strom entwürdigender Gedanken aufzuhalten. Ich schloss die Augen und versuchte einen Kulissenwechsel für meine Sinne. Als ich sie wieder aufschlug, schaute Clara mich an. Ich dachte, gleich würde sie mich etwas fragen. Ich hörte ein leises, feuchtes Geräusch aus ihrem Mund, als hätten ihre Lippen sich plötzlich voneinander gelöst.

Es gibt unzählige Möglichkeiten, wie es passieren kann. Im Film wären wir vielleicht gestolpert und binnen Sekunden auf dem Bett gelandet. Aber wir waren nicht im Film, wir stolperten nicht, und in meiner Erstarrung war ich nicht imstande, zu handeln. Ein Teil von mir wünschte, dass alles in diesem Moment stillstand. Solange das Versprechen uneingelöst blieb, war ich in Sicherheit.

Ich hätte mich damit rechtfertigen können, dass ich noch jung war, dass Claras wiederholte Zurückweisungen mein Selbstbewusstsein angekratzt hatten.

»Deine Bilder sind wunderschön«, sagte ich.

Sie lächelte verlegen und bat mich, mir eins auszusuchen. Ich wählte zwei Hände in Bewegung. Das Schmetterlingsmädchen gefiel mir besonders, aber Clara hing sicher an diesem Bild.

»Es sind deine«, sagte sie und lachte. »Weißt du noch, wie ich dir erzählte, dass ich etwas über deine Hände geschrieben habe? Es war eine Zeichnung.« Sie kletterte vom Schreibtisch und nahm das Blatt von der Wand.

»Siehst du? Hier an dem Finger hast du eine Schwiele«, sagte sie und nahm meine Hand.

Ich fragte mich, was sie jetzt wohl dachte, denn bestimmt feierte ihr Kopf sein eigenes Fest, genau wie meiner. Es war klar, dass neunzig Prozent dessen, was sich in diesem Augenblick abspielte, in unseren Köpfen verborgen lag. Zum Glück begannen die übrigen zehn Prozent, sich zu rühren, und taten, was zu tun war. Die Kraft der Erregung ist gigantisch. Ich sagte, sie hätte wunderschöne Lippen.

Sie blieb ruhig, ihre Augen fest in den meinen. Ich glitt sanft mit der Zunge über ihre Lippen. Unsere Nähe tat das Übrige.

*

Noch bevor ich mich von ihrem Körper löste, hatte sich irgendwo in meinem eigenen ein kleiner Spalt aufgetan, durch den ein dringendes Bedürfnis strömte, das in meinem Herzen pochte, in meinem Schwanz, das immer mehr verlangte, so viel mehr, dass es mir jetzt, wo ich wieder ruhig auf dem Bett lag, schwerfiel, sie nicht weiter zu liebkosen. Überall gab es etwas, wo meine Hand für Augenblicke innehielt, auf ihren sich streckenden Armen und Beinen, an ihren schmiegsamen Schultern, in der ruhigen, festen Mulde ihres Bauches. Mit dem nahenden Abend schwand das Licht. Ich war in Claras Welt, und die Zeit stand still in ihren Bildern, ihren Pinseln, ihren rosa Bändern, ihren Ballettschuhen. Draußen hoben sich die Umrisse der Bäume von den Mauern ab, eine sanftes Schaukeln aus Licht und Schatten. Clara stand auf und öffnete das Schiebefenster. Sie bewegte sich mit der Bestimmtheit einer Frau, die sich der Wirkung ihres Körpers bewusst ist, und sie setzte ihn ein, damit meine Augen sich nicht von ihr abwandten. Aus einer Nachbarwohnung drangen die unnachahmlichen Klänge von Emerson, Lake and Palmer. Claras Hintern, der vor meinen Augen schwebte, die zerwühlten weißen Laken auf dem Bett, die nur langsam nachlassende Hitze des Nachmittags, alles verströmte eine unwiderstehliche Sinnlichkeit. Ich stand auf und umarmte sie. Auf der Schräge eines benachbarten Dachs blitzte die Sonne.

So standen wir da und betrachteten das kleine Leben auf der Straße: eine vornehm gekleidete Dame auf der Schwelle ihrer Haustür, während ihr Hund auf den Bürgersteig pinkelte; ein verwirrtes Mädchen, das auf dem Boden nach dem Weg zu suchen schien; ein dick vermummter Mann, der mit gesenktem Kopf voranschritt, als wollte er einem Unwetter trotzen. All das beobachteten wir, bis die Schatten unser Fenster erreichten und wir uns verabschiedeten, zuerst in ihrem Zimmer, dann auf dem Flur und schließlich mit einem langen Kuss an der Wohnungstür.

Ich nahm den Bus bis Hyde Park Corner und ging zu Fuß weiter zum Cadogan Place, am Himmel zeigten sich die ersten Sterne. Es war für mich die einzige Möglichkeit, diesen Strom von Energie zur Ruhe zu bringen, der mich erstickte.

13

Am Abend setzte ich mich wieder an meine Remington. Die Ideen sprudelten nur so, als hätte Claras Berührung neue Möglichkeiten eröffnet, nicht nur meinen Sinnen, sondern auch meiner Phantasie. Als es schon dämmerte, glaubte ich, einen Text zu haben, den ich Bernard guten Gewissens vorlegen konnte. Ich schlief ein paar Stunden. Meine Mutter weckte mich mit der Nachricht, sie fahre nach Fawns. Mein Vater kam frühestens in einer Woche zurück. Alles lief wie am Schnürchen.

Ich rief Bernard an, und wir verabredeten uns für nachmittags in dem Pub an der Kensal Road, wo wir uns das letzte Mal getroffen hatten. Um fünf ging ich los, den stolzen Artikel unterm Arm. Er begann mit der Frau auf ihrer Kanzel, die das Recht auf Liebe einforderte, und endete mit dem Mythos aus der Aristophanes-Rede bei Platon, wonach die ursprünglich androgynen Menschen, nachdem Zeus sie entzweigeschnitten hatte, durch die Welt zogen und nach ihren verlorenen Hälften suchten. Überzeugt war ich zwar nicht von diesem Mythos, eine narzisstische Vorstellung der Liebe war mir näher, aber ich fand, all meine Spekulationen und die erfundenen Geschichten verdienten ein Schlussbild dieses Kalibers.

Eine Stunde später saß ich mit einem Bier in der Hand im Pub. Ich fühlte mich großartig. Anscheinend haben die Augenblicke, die den großen Ereignissen vorausgehen, eine besondere Qualität, oft sind sie aufregender als das Geschehen selbst. Vielleicht ist es dieses Schwindelgefühl am Rand eines bestimmten Moments, wenn alles noch möglich ist. Schade, dass ich die Beobachtung nicht mehr in meinen Artikel aufnehmen konnte. Tatsächlich hatte ich etwas Ähnliches bei Clara zu Hause gespürt.

Von der Theke aus schaute eine nicht unattraktive junge Frau beharrlich zu mir herüber und heizte mich noch an. Um halb sieben kamen Bernard und Tony, der Freund von *South Now*. Bernard sah schlecht aus. Er schien in dieser Woche ein paar Kilo abgenommen zu haben. Doch sein sprühender Geist ließ meinen ersten Eindruck rasch verfliegen. Ich gab ihm meine Mappe mit den sechs Manuskriptseiten. Er las, und sein Lächeln wurde immer breiter, bis es zu einem lauten Lachen wurde. Dann schaute er mich an und sagte:

»Theo, du hast Talent, wirklich.«

Das hatte ich. Ein Talent, das an der Schreibmaschine zu einer Waffe wurde, das sich, wenn es nach mir ging, scharf und lustvoll entfaltete, das die verborgensten Winkel der Seele und vor allem des weiblichen Körpers erreichte. Ein Talent, das ein Teil von mir war, ein bisher unentdecktes Organ. Niemand konnte es mir nehmen.

Bernard las laut einen Absatz, während Tony seine Augen nicht von mir wandte. Aus einem Grund, den ich erst später verstehen sollte, waren beide bereit, mir zu helfen, ohne etwas dafür zu erwarten. Irgendwann fing Bernard an zu husten. Tony nahm ihn am Arm und begleitete ihn zur Toilette. Ich sah ihnen hinterher, Bernard mit hängendem Kopf und von Krämpfen geschüttelt, Tony einen Weg durch die Gäste bahnend. Neben der Frau an der Theke saß nun ein Typ im blauen Anzug. Er versuchte sie zu küssen. Unsere Blicke kreuzten sich, und sie lächelte, als würde sie mich kennen.

Als sie zurückkamen, liefen Bernard noch ein paar Tropfen Wasser über die Wangen, er sah völlig verwüstet aus. Tony nahm eine Serviette und tupfte sie ab. Diese zärtliche und zugleich selbstverständliche Geste machte mir deutlich, wie unerheblich mein Text über die Liebe war. Es war ein Spiel mit Worten, ironisch und ambitioniert, aber ohne ein Fünkchen Ehrlichkeit. Ich fühlte mich elend.

»Was ich geschrieben habe, ist doch Scheiße«, sagte ich.

Heute wundere ich mich über meine Flatterhaftigkeit in diesen Jahren, mehr noch aber, mit welcher Ungeniertheit ich alles auf meine Person bezog. Statt dass ich mir Gedanken über Bernard machte, seine Blässe, diesen hartnäckigen Husten, der ihm auf die Knochen ging, blieb ich gefangen in meiner Sorge um mich selbst. Die beiden Freunde dachten wohl etwas Ähnliches. Tony hob sein Bierglas und sagte ohne jedes Falsch:

»Auf die unwiederbringliche Jugend.«

Sie waren beide nicht alt, aber dieses Leiden, das Bernard plagte, rückte sie dem Alter näher als der ewigen Jugend. Die junge Frau an der Theke und ihr Begleiter erhoben sich von ihren Hockern. Aus der Ferne grüßte sie mich. Erst da merkte ich, dass es Emily war, Carolines Freundin. Der Anzugtyp hielt sie um die Hüfte gefasst und versuchte ihren Rock anzuheben. Halb verwirrt, halb schmachtend, ließ sie ihn gewähren. Das also war das Mädchen, für das Antonio sich interessiert hatte. Das einzige, seit wir uns kannten. Die schwarzen Lidstriche gaben ihr etwas Dramatisches, es passte gar nicht zu diesem Bild einer höheren Tochter, in das Antonio sich verguckt hatte. Zum Glück waren Emily und ihr blauer Kleiderständer bald aus dem Pub. Ich starrte weiter auf die Bar mit ihren wenigen Flaschen. Bernard hustete wieder, und Tonys Miene verdüsterte sich.

»Das ist der Rauch«, sagte Tony. »Gehen wir lieber.«

Wir liefen ein paar Blocks, und an der Ecke Kensal Road und West Row trennten wir uns.

Ich beschloss, Antonio anzurufen, sobald ich zu Hause war. Nicht nur, dass meine unangenehmen Gefühle verflogen waren, ich hatte wirklich Lust, mit ihm zusammen zu sein. Seit mehr als einer Woche hatten wir uns nicht gesehen, und etwas fehlte mir. Als ich seine Nummer wählte, wurde mir klar, weshalb Antonio sich zu diesem braven Mädchen, das er in Emily gesehen hatte, hingezogen fühlte. Er musste sich an die Normalität klammern, an das Leben, wie es sein sollte, nur so konnte er in der Phantasie seine Fahrt in eine ungewisse Welt hinausschieben. Ich wartete eine ganze Weile, Hörer in der Hand, aber niemand nahm ab.

14

Kurz darauf rief Clara an. Sie hatte am Tag vorher nicht erwähnt, dass sie seit Tagen vergeblich versuchte, Antonio zu erreichen. Wir beschlossen, gemeinsam zu ihm zu fahren, gleich nach ihrer Schicht in der Pizzeria, wo sie zweimal in der Woche arbeitete.

Gegen acht wartete ich in meinem Austin Mini vor dem Lokal auf sie. Sie trug einen kleinen Rucksack über der Schulter und verwaschene enge Jeans. Sofort gingen mir die Bilder unseres Treffens durch den Kopf, und ich bekam wieder Lust auf sie. Sie stieg ein, gab mir einen raschen Kuss auf den Mund und sagte mit einer Miene, die alles andere als Gelassenheit verriet:

»Antonios Vater ist nach Rumänien gefahren, zu einer Parteiversammlung. Wenn er weg ist, bleibt Antonio gerne dort und hört Musik. Du kennst ihn, nichts auf der Welt mag er lieber. Deshalb wundert es mich, dass er nicht da ist. Außerdem …«

»Was außerdem?«

»Du weißt schon, das mit der Reise nach Chile.« Ich glaubte, aus ihrem Tonfall eine wachsende Unruhe herauszuhören.

Um zu erfahren, wie weit Claras und Antonios Vertrautheit reichte, bemerkte ich: »Und das mit Emily.«

»Davon weiß ich nichts«, sagte sie gleichgültig und gab mir zu verstehen, dass ihre Sorge um Antonio über solche Nichtigkeiten hinausging.

»Befürchtest du etwas?«

Clara schwieg, und ich fragte nicht weiter. Ich wollte jetzt nur noch die Atmosphäre wiederherstellen, die wir am Tag zuvor geteilt hatten. Sie nahm ihren Rucksack vom Rücksitz und zog eine Pappschachtel mit zwei Pizzastückchen heraus. Ich konnte ihr rotes Tagebuch erkennen und fragte, ob sie es immer bei sich habe. Sie antwortete, dieses Tagebuch sei ihre Zuflucht.

»Und reinschauen darf ich nicht?«

»Kommt drauf an, wie du dich benimmst.«

»Und wie benehme ich mich?«

»Ganz manierlich, aber es ist noch zu früh für eine solche Entscheidung«, sagte sie, wickelte eins der Pizzastücke in eine Papierserviette und gab es mir.

Das Glücksgefühl, sie an meiner Seite zu wissen, dazu die Aufregungen des Tages hatten all meinen Hunger verscheucht. Ich atmete tief und kaute meine Pizza. Im Radio lief *Woman*, doch statt mich über das Lied zu freuen, ließ mich John Lennons Liebeserklärung an Yoko Ono erröten. Ich kurbelte das Fenster herunter.

Wir parkten vor Antonios Haus. Auf dem Bürgersteig hielten ein paar Kinder einen Hund bei den Pfoten und rissen ihm das Maul auf. Der Hund winselte mit offenen Augen. Ein kleiner Junge äffte ihn nach. Als wir ausstiegen, hakte Clara sich bei mir unter und lehnte sich an. Wir gingen die wenigen Meter bis zum Zaun und schauten durchs Küchenfenster hinein. Drinnen war es schummrig. Durch die offene Tür zum Flur drang ein matter Lichtschein, auf dem Tisch stapelten sich Teller, Gläser und Konservendosen. Clara sprang über das Törchen und klopfte an die Tür. Es kam keine Reaktion. Sie klopfte lauter.

»Antonio ist im Haus.«

»Warum bist du dir so sicher?«

»Er muss sich seit Tagen verkrochen haben. Wieso habe ich nicht vorher daran gedacht!«

»Clara, was ist los?«

Sie klopfte weiter an die Tür und dann an die Fensterscheibe.

Eine Frau mit breiten Hüften und üppigem Busen erschien in der Tür des Nachbarhauses. Als sie Clara erkannte, lief sie zu uns.

»Er ist seit Tagen da drin«, sagte sie. »Nichts zu machen. Sie wissen ja, Clarita, ich liebe den Jungen wie meinen eigenen Sohn. Wenn Sie mich fragen, er hat nichts mehr zu essen. Gestern habe ich ihm einen Teller vor die Tür gestellt …« Und nach einer aufgewühlten Pause: »Aber er hat ihn nicht angerührt.«

Clara schaute mich an. In ihren Augen lag ein Glanz, als versuchte sie, die Tränen zurückzuhalten. Ihre Stimme dagegen war fest:

»Komm, Theo, gehen wir hinein.«

»Tür eintreten?«, fragte die Frau.

»Tür eintreten«, sagte Clara. Sie ging ein Stück zurück, um Schwung zu holen, und trat gegen die Tür. Nichts passierte.

Als die Kinder den Schlag hörten, schauten sie zu uns. Der Hund nutzte die kleine Unaufmerksamkeit seiner Entführer und entwischte. Ich nahm etwas mehr Schwung als Clara und warf mich mit aller Kraft gegen die Tür. Das Krachen war etwas lauter, aber die Tür hing immer noch im Rahmen. Ich versuchte es noch ein paarmal, vergebens. Nach einer Weile bat die Frau um Entschuldigung, dass sie uns jetzt allein lassen müsse, verabschiedete sich und bekreuzigte sich in Windeseile.

Wir verließen den Garten und hockten uns auf den Bürgersteig. Auf der anderen Straßenseite machten die Kinder das Gleiche. Sie zündeten eine Zigarette an, rauchten reihum und schauten unbekümmert zu uns herüber. Sie unterhielten sich in einem mit spanischen Wörtern durchsetzten Englisch und schienen bereit, egal wie lange zu warten, Hauptsache, sie waren dabei.

»Wir können das Küchenfenster einschlagen«, sagte ich.

»Habe ich auch schon gedacht«, sagte Clara.

Die Laternen verbreiteten ein trübes Licht. Ich zog den Pullover aus, wickelte ihn mir um die rechte Hand und schlug gegen das Fenster. Clara zuckte zusammen. Das Bild des Soldaten ging mir durch den Kopf, wie er in ihrem Haus mit dem Gewehrkolben eine Fensterscheibe einschlug. Eine dieser seltsamen Symmetrien, bei denen die Ereignisse in der perversen Absicht wiederkehren, schmerzhafte Erinnerungen zu wecken.

Mit der umwickelten Hand zog ich die Glasstücke heraus, die noch im Fensterrahmen steckten, so dass Clara hineinklettern konnte. Sekunden später war sie im Haus. Während ich wartete, dass sie die Tür öffnete, schaute ich zum Himmel hinauf, keine Sterne, kein Mond. Die Kinder gegenüber waren still.

Als ich ins Haus trat und den Gestank aus der Küche roch, kam mir der Magen hoch. Es war stockdunkel. Clara tastete nach dem Schalter und machte Licht. Das Wohnzimmer versank in Verpackungsmüll, Büchern, Orangenschalen, Bierbüchsen.

»Er ist hier«, flüsterte Clara. »Antonio!«

Niemand antwortete. Auf dem Esszimmertisch, zwischen leeren Tassen und Zeitungsausschnitten, sah ich ein halbfertiges Riesenpuzzle. Clara rief noch ein paarmal seinen Namen, aber Antonio gab kein Lebenszeichen von sich. Plötzlich sagte sie:

»Wenn du nicht rauskommst, tanze ich nie wieder, hast du gehört?«

Sie sagte es mit einer solchen Bestimmtheit, dass ich wusste, es war die Wahrheit. Sie war bereit, auf ihre Karriere zu verzichten, wenn Antonio kniff.

Schließlich sahen wir ihn im Flur auftauchen. Im Halbdunkel erschien seine Gestalt größer als in Wirklichkeit.

»Du hast es geschafft, Santa Clara«, hörte ich ihn in bissigem Ton sagen. Er lehnte am Ende des Flurs an der Wand und sprach, ohne uns anzuschauen. Noch konnten wir sein Gesicht nicht sehen.

»Ich bin mit Theo hier«, sagte Clara.

»Es wäre mir lieber, wenn ihr wieder geht. Jetzt gleich.«

»Auf keinen Fall.«

»Macht die Tür auf und verschwindet. Soviel ich weiß, ist das nicht allzu schwer.«

»Zuerst will ich dir in die Augen sehen«, sagte sie.

Durch einen Schlitz zwischen den dunklen Vorhängen fiel das gelbliche Straßenlicht und legte einen warmen Teppich aus. Antonio glitt mit dem Rücken an der Wand herab, bis er auf dem Boden saß. Ruhig kauerte er dort, nur sein schneller Atem unterbrach die Stille, die immer satter wurde, als wären tausend Dämonen ins Haus eingefallen. Keiner von uns bewegte sich.

»Antonio, sag was, bitte«, sagte Clara nach einer Weile und begann im Wohnzimmer auf und ab zu wandern.

Antonio schwieg beharrlich. Die Kinder auf der Straße brachen wieder in ihr Geschrei und ihr Lachen aus, das in die Ecken kroch und die Luft mit einer unwirklichen Freude erfüllte.

»Wozu? An dem nutzlosen Arsch hier könnt ihr sehen, wie prima es euch geht. Und obendrein habt ihr die Möglichkeit, euch als gute Menschen zu zeigen.«

»Hör auf«, sagte Clara, die Augen geschlossen.

»Seid ihr deshalb hier? Um euren Selbstwert aufzupolieren? Das könnt ihr vergessen.«

Trotz der heftigen Worte klang seine Stimme müde.

Clara schaute mich ohnmächtig und bitter an. Ihr Gesicht, von Schatten gebrochen, wurde kantig. Ich fand kein Wort im Speicher meines Bewusstseins, das sie hätte aufmuntern können, so wie sie über keine Geste verfügte, die Antonio unter seinem Panzer hervorlockte. Er blieb im Flur sitzen und schaute an die Decke. Irgendwann fragte er:

»Habt ihr Zigaretten dabei?«

Clara schaute zu mir. Dass Antonio uns um etwas bat, war ein erster Lichtblick, aber ob er wirklich einlenkte, hing von unserem Feingefühl ab, unserem Geschick.

»Ich kaufe dir welche, wenn du willst«, sagte ich.

»Willst du?«, fragte Clara. Sie machte mir Zeichen, jetzt nur nichts zu unternehmen, was das zarte Band zerstörte.

»Ist mir egal«, erwiderte Antonio, nun wieder in düsterem Ton.

»Geh schon«, flüsterte Clara mir zu.

Draußen schlug mir der Wind ins Gesicht. Die Kinder waren verschwunden. Es war schwer für mich, Antonio in dieser zusammengesunkenen Gestalt im Flur wiederzuerkennen. Wo war das Feuer geblieben, seine eiserne Sicherheit? Wie ließ sich diese kraftlose, gebrochene Erscheinung in Einklang bringen mit jenem Menschen, der sich nicht scheute, andere wegen ihrer Schwächen zu verurteilen?

Sein Bild vor Augen, war nichts mehr von Bestand: die Straße, die Laternen, meine Schritte, alles wurde unwirklich. Und während ich lief, wünschte ich, ein Teil seines Schmerzes würde auf mich übergehen. Es war kein uneigennütziger Wunsch, wie ich mir eingestehen musste. Denn so gerne ich seinen Schmerz gelindert hätte, ahnte ich, dass in seiner Selbstaufgabe das Geheimnis einer Kraft lag, die auch ich besitzen wollte. Ein paar Straßen weiter fand ich einen Pub. Drinnen wurde gelacht, geraucht, die Welt hielt inne in einem Bild, das mir wohlvertraut war, während ein paar Straßen weiter Antonio in ihr ersoff. Ich kaufte die Zigaretten und eine Schachtel Streichhölzer, ging hinaus und rannte, so schnell ich konnte.

Als ich an die Haustür kam, konnte ich kaum noch atmen. Ich klopfte ein paarmal, völlige Stille. Ich setzte mich auf die Stufen und wartete. Alles, was ich bisher erlebt hatte, hatte eine vertraute Seite, gehörte zum Inventar, war wiedererkennbar. Aber nicht dieser Augenblick. Nicht Antonio und Clara dort drinnen, nicht diese verstummte, leere Straße. Ich stand auf und warf durch den Schlitz zwischen den Vorhängen einen Blick ins Wohnzimmer. Antonio saß auf dem Sofa, Clara kniete vor ihm. Ich war erleichtert. Sie hatte es geschafft, ihn zu sich zu holen. Vielleicht fürchtete sie, er würde sich, wenn sie mir die Tür öffnete, wieder hinter seine Schanze zurückziehen.

Ich setzte mich erneut auf das Treppchen. Ich wusste

nicht, was ich tun sollte. Hinein konnte ich nicht, aber die Vorstellung, Clara zurückzulassen, war unerträglich. Also wartete ich. In der Ferne schlugen die Glocken einer Turmuhr mit einer Hartnäckigkeit, dass man meinen konnte, jemand wollte die Zeit in Stücke hauen.

Plötzlich ging die Tür auf. Mit einem Satz war ich auf den Beinen. Clara sah erschöpft aus.

»Alles in Ordnung?«, fragte ich.

»Es geht ihm besser. Aber ich glaube, ich sollte heute Nacht bei ihm bleiben.«

Ich sagte kein Wort. Die Art, wie Clara mich kurzerhand beiseiteschob, verletzte mich. Immerhin war auch ich Antonios Freund.

»Bitte, Theo, nicht böse sein. Ich weiß, dass es so besser ist, glaub mir. Ich rufe dich morgen früh an.«

Sie gab mir einen Kuss und ging ohne weitere Erklärungen ins Haus.

Ich war wütend, hatte aber auch Angst. Ich riss ein Blatt aus meinem Notizbuch und schrieb: »Seid umarmt, ich liebe Euch.« Es entsprach absolut nicht dem, was ich fühlte. Auf diese Weise wollte ich mich nur über Gut und Böse stellen, und indem ich ihnen im Voraus verzieh, was immer sie taten, zeigte ich eine Großmut, die falsch war.

Ich ließ die Zigaretten und die Notiz zurück und stieg in den Wagen. Bald war ich weit weg.

Claras Tagebuch

Dort hinten, zwischen den Wurzeln, den Blättern, den verfaulten Blumen, dort hängt der Gestank in der Luft. Den Weg braucht mir niemand zu zeigen. Ich weine. Ich versuche diese Hitze in meiner Brust zu verstehen. Ein Gefühl, das ich kaum kenne. Ich bin weinen nicht gewohnt. Vielleicht ist es dieser seltsame Taumel, der mich erfasste, als Antonio mich, willenlos treibend, plötzlich umarmte, hastig wie jemand, der eine Katastrophe heraufziehen sieht. Vielleicht weine ich, weil ich mich an seinen nackten Körper erinnere, seine begierigen Augen.

Nie zuvor hatten wir uns berührt. Seine Verzweiflung brachte das Eis zum Tauen. »Seit hundert Jahren sind wir uns das schuldig«, flüsterte er mir ins Ohr. Er kam, als er spürte, dass auch ich so weit war. Er rutschte zur Seite, die Arme ausgebreitet. Bald lag er in einem unerreichbaren Raum, die Augen verschwommen, als wäre ein Fremder im Rund seiner Iris aufgetaucht.

Es sind so viele Gefühle, ich kann sie nicht fassen. Sie strömen zusammen, überschlagen sich, drängen hinaus, und auf ihrem Weg brennen sie mir in der Kehle. Ich weiß nur, dass es unvermeidlich war. Es gibt Kräfte, denen wir nicht widerstehen, wie diese Kraft, die uns zueinander treibt, die uns jetzt trennt.

Ich sehe etwas, ein Licht deutet auf Theo. Es zeigt mir seinen ruhigen Gang, die offenen Augen, die friedliche Ecke, wo die Gespenster mich nicht finden, nicht zerstören.

Warum kostet es mich so viel Mühe, unsere Verbindung als etwas Notwendiges anzunehmen? Brauche ich die Anspannung auf den Tod, um zu leben?

Himmel! Ich habe ihn betrogen. Ich sehe ihn vor mir, allein mit dem Offensichtlichen, das er mehr als irgendwer ahnte. Alles ist verworrener, als ich es mir wünschte. Tausende von Frauen vor mir sind diesen Weg gegangen. Ich bin nur eine weitere unter jenen, die ihren Leidenschaften misstrauen, die Angst haben vor der Ungewissheit, die das Prinzip der Monogamie zu behaupten versuchen und sich dafür quälen. Die sich schuldig sprechen. Es ist zum Heulen.

Ich ersticke meine Gefühle. Ich habe Angst, dass meine Tränen in die Welt gelangen und mich fröhlich verraten. Nichts von dem, was ich sage, denke oder fühle, hat einen Wert. Ich schreibe weiter. Vielleicht vertreibt der Stift den bösen Zauber, wenn er das weiße Blatt berührt. Zumindest dieses Tagebuch verlangt von mir keine Erklärungen. Ich kann ihm sagen, dass ich ein guter Mensch sein will, und es hält meine Worte fest und schleudert sie mir nicht ins Gesicht.

Antonio ist aufgewacht. Sein Schweigen ist beredt. Er versucht die Verwirrung in eine schnelle Flucht zu verwandeln. Ich komme aus meiner Schreibecke und bringe ihm eine Tasse Tee. Alle Frauen wollen etwas. Sagen die Männer. Ich weiß nicht, was ich will. Ewige Liebe nicht. Nicht einmal Liebe. Es ist nur das Bedürfnis nach Gewissheit, dass Antonio mir nichts zuleide tut. Und das kann niemand mir garantieren, am wenigsten er.

15

Ich füllte die Badewanne und tauchte den Kopf unter Wasser. Ich wollte an meine Grenzen gehen, Selbstmord hatte ich nicht im Sinn. Die Nähe des Todes zu spüren war eine Art, das Spektrum des Lebens zu erweitern. Wie Antonio. Ich hielt nicht lange aus, nur wenige Sekunden. Als ich den Kopf herausriss, schwappte das Wasser über den Rand und breitete sich auf den Fliesen aus. Ich kam mir lächerlich vor. In dem Moment klingelte das Telefon. Ein Klang, den ich sehnsüchtig erwartet hatte.

»Theo?«, hörte ich Claras Stimme.

Die Anspannung der letzten Stunden hatte einen kaum noch erträglichen Punkt erreicht. Ich brachte kein Wort heraus.

»Verzeihst du mir?«, fragte sie in heiserem Ton.

»Was denn?«, sagte ich so ungezwungen wie möglich.

»Du sollst wissen, dass ich nicht mit Antonio geschlafen habe.« Sie klang so zerbrechlich und ernsthaft, dass ich ihr glaubte. Ich wollte ihr glauben.

»Ich habe mir Gedanken gemacht. Sorgen mache ich mir um ihn«, log ich. »Wie geht es ihm?«

»Er ist einverstanden, dass wir zu seinem Psychiater gehen. Es ist nicht das erste Mal, Theo, du brauchst dir keine Sorgen zu machen. Er geht bis auf den Grund, aber dann kommt er wieder hoch.«

»Antonio hat einen Psychiater?«

»Es gibt vieles, was du von Antonio nicht weißt, und ich

auch nicht. Du hast sicher gemerkt, wie er seine Privat-
sphäre abschirmt. Darin ist er noch unerbittlicher als ihr
Engländer«, sagte sie, nun schon etwas fröhlicher.

»Das stimmt. Aber wir tun es, weil wir es für eine Unart
halten, unser Privatleben auszustellen. Es ist entweder sehr
langweilig oder sehr pervers.« Clara lachte. Ihr Lachen
machte mir Mut. »Was Antonio zurückhält, ist sein Wunsch,
als Held dazustehen. Du weißt ja, echte Männer weinen
nicht.«

»Sie weinen nicht, weil sie Angst haben«, sagte Clara,
und ich gab ihr recht.

Sie erzählte, sie habe meine Nachricht an der Tür gefunden, wahrscheinlich liebe sie mich auch, und sie umarme
mich. Dann hörte ich ihr frisches Lachen, ohne jede Spur
von Ironie.

Antonio schlief noch. Sie würde die Nachbarin bitten,
ihr beim Saubermachen zu helfen, danach wollte sie ihn
zum Psychiater begleiten. Vielleicht konnte Marcos bei ihm
bleiben, bis sein Vater wieder nach Hause kam. Sie fürchtete, Antonio würde es ablehnen. Die Gegenwart anderer
setzte ihn unter Druck, daher seine selbstgewählte Einsamkeit. Lieber aß er nicht, rauchte nicht einmal, solange er
nur niemandem begegnete.

»Theo, wir müssen ihm helfen, nach Chile zu kommen«,
erklärte sie.

»Und wie?«

»Indem wir Geld für den Flug sammeln.«

Wir wollten uns so bald wie möglich treffen und einen
Aktionsplan entwerfen. Es galt, zu handeln, und zwar
schnell. Am Ende der Sommerferien sollte Antonio sein
Flugzeug nach Chile nehmen. Das war unser Ziel.

»Wann sehen wir uns?«, fragte ich, nachdem wir unsere Strategie besprochen hatten. Im Grunde war es das Einzige, was mich interessierte.

»Wenn ich aus diesem Schlamassel raus bin, ich rufe dich an, okay?«

Meine Sehnsucht wurde nicht erwidert, das war deutlich. Und als hätte sie mein grummelndes Unbehagen gehört, sagte sie sanft:

»Ich will dich auch sehen, Theo. Warte auf mich. Versprichst du es mir?«

»Ich verspreche es dir«, sagte ich, glücklich und erleichtert.

Alles war auf einmal anders. Antonio war viel verletzlicher, als ich gedacht hatte, noch dazu brauchte er meine Hilfe. Die Risse in seinem Bild holten ihn nicht nur näher heran, sie würden mir auch eines Tages erlauben, sein tieferes Wesen zu erschauen. Ich war erneut voller Optimismus, ging zurück in die Badewanne und schloss die Augen. Ich erinnerte mich an den Stapel weißer Handtücher auf der Holzkommode, den Duft von Lavendelseife, meine Mutter, wie sie auf dem Hocker saß und mir die unendliche Geschichte von einer lustigen Frau und ihrem tapferen Sohn erzählte. Ich erinnerte mich an die Qualen, wenn ich das laue Wasser und den Dampf verlassen musste, hinaus in die Welt, die sich hinter der Tür befand.

Die Wirklichkeit hatten wir nie gemocht. Weder meine Mutter noch ich. Immer suchten wir nach den verschlungenen Wegen, die uns zu diesem anderen, imaginären Raum führten, den wir uns nach Belieben ausmalten. Ich öffnete die Augen und sah meinen Körper unter Wasser. Einen Körper, der schon vor langem die Kindheit hinter sich gelassen hatte. Es erstaunte mich, dass ich noch immer diese lebhafte Lust verspürte, in der Badewanne untergetaucht zu liegen, zusammengekauert, als wäre ich noch nicht geboren. Ich ahnte, selbst wenn mein Äußeres erwachsen wurde und später, mit dem Alter, verfiel, würde ein Teil von mir unversehrt bleiben. Dieser Kern war es, der zählte. Der Rest war nach den Gesetzen gestanzt, die die Welt jenseits der Badezimmertür regierten, und von dort war nichts Gültiges zu erwarten.

*

Wichtigster Auftrag: Geld beschaffen für Antonios Flug. Ich dachte zuerst an meinen Vater, verwarf die Idee aber sofort. Ich wollte nicht in seiner Schuld stehen. Die Lösung fiel mir ein, noch bevor die Aktion überhaupt begonnen hatte. Ich ging aus dem Bad und rief Bernard an. Ich schlug ihm vor, einen Artikel über die Exilchilenen zu schreiben, meine Beziehung zu ihnen erlaubte mir einen Blick fern aller Folklore. Er fand es eine gute Idee, wies mich jedoch darauf hin, dass er kein großes Budget habe, am besten sei es wohl, Tony zu fragen, bei *South Now* sei man auf Südamerika spezialisiert, und er könne mich auch besser bezahlen.

»Bernard«, sagte ich, als er mir diese wunderbare Alternative vorschlug, »warum tust du das für mich?«

»Eine lange Geschichte …«

»Was? Ich hätte nie gedacht, dass es da noch eine Geschichte gibt.«

»Lieber Theo, es gibt immer eine Geschichte, bei allem, selbst bei den belanglosesten Dingen. Voraussetzung Nummer eins, wenn du schreiben willst.«

»Du musst mir versprechen, dass du sie mir erzählst.«

Er gab mir Tonys Telefonnummer und schlug vor, dass wir uns in den nächsten Tagen im Pub trafen, dort würde er mir die Geschichte erzählen.

Ich setzte mich in den Sessel meines Vaters und schlug Ovids *Tristien* auf, die Antonio mir vor kurzem geschenkt hatte. Bei der Lektüre, so sagte er, habe er die Gefühle des Dichters lebhaft nachempfunden. Ich tauchte ein in die Nacht, in der Ovid seine letzten Stunden in Rom beschreibt, bevor er in die Verbannung geht. Und während ich las, wurde mir klar, dass ich vom Exil meiner Freunde unmöglich sprechen konnte, indem ich bloß Gemeinplätze aufeinandertürmte.

Ich nahm Papier und Schreibmaschine, legte den Hörer neben das Telefon und schloss mich in dem ehemaligen Zimmer meiner Schwester ein. Sie hatte dort bis zu ihrer Hochzeit gewohnt, jetzt stand überall Gerümpel, alles roch staubig. Als ich die Lampe auf dem zurückgelassenen Schreibtisch anknipste, stürzte eine Motte auf die Glühbirne zu. Sie musste blind gewesen sein, im Dunkeln gefangen, zugleich aber auch in Sicherheit vor der tödlichen Anziehung des Lichts. Clara kam mir in den Sinn, ihr Bild auf der Dachterrasse von Wivenhoe. Ihr Blick, der sich über den Dächern verlor, ihre ruhige Stimme, während sie von der Nacht sprach, als man ihren Vater abholte. Ich nahm mir vor, zu schreiben, wie es aus mir herauskam, ohne auf Stimmigkeit zu achten. Es war die einzige Möglichkeit, den Dampf über der Badewanne wiederzufinden.

Ich schrieb in einem einzigen Zustand der Erregung, zwei schlaflose, appetitlose Tage hindurch. Am Morgen des dritten Tags ging ich, fiebrig und kaum noch bei Besinnung, auf die Straße. Ich kaufte Brot und Käse und kehrte zurück. Nachdem ich etwas gegessen hatte, schlief ich auf dem Chesterfield im Wohnzimmer. Ich wachte verschwitzt auf, mit trockenem Mund und einem Stechen in den Schläfen. Die harte Mittagssonne schlug ans Fenster. Ich rief Clara an.

Schon hundertmal, sagte sie, hatte sie versucht, mich zu erreichen. Meine Eitelkeit hatte damit gerechnet, als ich den Hörer neben das Telefon legte. Ich erzählte ihr, ich schriebe einen Artikel für eine Zeitschrift und hoffte, so etwas Geld zu verdienen. Was ich nicht erwähnte, war, dass er von Chilenen im Exil handelte und dass sie selbst und eine tote Motte mich inspiriert hatten.

»Antonio ist bei mir, willst du mit ihm sprechen?«, fragte sie.

»Hey, Theo!« Antonios Stimme klang taufrisch.

Er erzählte, er bleibe ein paar Tage bei Clara, bis er etwas Eigenes gefunden habe. Er hatte seine Selbstsicherheit wiedergewonnen. Sein Ton war überschwänglich, als würde er mir gleich etwas mitteilen, das für unser beider Schicksal wesentlich war. Ich fand es kaum verwunderlich, dass er nicht länger bei seinem Vater wohnen wollte, auch wenn es mir lieber gewesen wäre, er ginge nicht ausgerechnet zu Clara.

Später, als sie allein war, rief Clara noch einmal an. Ich war drauf und dran, ihr von meinen Befürchtungen zu erzählen, auch wenn ich wusste, dass sie fehl am Platz waren. Ihre Freundschaft bestand schließlich seit vielen Jahren. Ich hatte kein Recht, mich einzumischen, schon gar nicht, Claras Aufrichtigkeit in Frage zu stellen. Sie sagte, Antonios Depression sei nicht ganz so schlimm gewesen, wie der Anschein vermuten ließ. Er hatte seine Gründe, sagte sie, und bei dem Gedanken an das, was ihm in letzter Zeit widerfahren war, stimmte ich ihr zu. Aber das war nun ausgestanden. Die Vorstellung, bald zu reisen, gab ihm neue Zuversicht. Dass wir beschlossen hatten, ihm zu helfen, sei entscheidend gewesen. Er hatte Arbeit in einem Bioladen gefunden und stand nachmittags in einer Kunstschule Modell. Dann sagte sie noch, sie würde mit ihrer Tanzgruppe an einer Solidaritätsveranstaltung für Chile teilnehmen. All das war in zwei Tagen geschehen, während ich, eingeschlossen in einer Welt voller toter Motten, von ihrem und seinem Leben erzählte.

»Und wir? Wann sehen wir uns?«, fragte ich, nachdem wir lang und breit die Möglichkeiten erörtert hatten, in absehbarer Zeit das Geld zusammenzubekommen.

»Um acht habe ich Probe, wenn du willst, treffen wir uns gleich.«

Ich duschte und machte mich auf den Weg nach Swiss Cottage, wobei ich versuchte, meine Sehnsucht nicht vor mir herzutragen. In weniger als einer Stunde war ich bei Clara. Ich war überrascht von ihrer Schönheit, die letzten Ereignisse ließen sie noch heller strahlen.

Es hätte niemals passieren dürfen. Distanz war der Schlüssel zu unserer Verbindung.

Antonio war es, der den Zweifel säte. Und nach und nach überzeugte er mich, dass Liebe nicht nur unmöglich ist, sondern auch unnütz. Früher oder später vergehen die Leidenschaften, und wenn es so weit ist, kommt der Verdruss, die Wut. Besser Freunde sein, immer Freunde, das Spiel der verpassten Gelegenheiten spielen, die Gefahren einer reifen Leidenschaft meiden. Es war eine Möglichkeit, zu überleben, und er prägte sie mir ein. Mein aufmerksamer Blick nährte seine Kraft. Dass er mich brauchte, hielt mich aufrecht.

Deshalb taten wir es nicht. Bis zu diesem Abend. Seither wenden wir uns verwirrt voneinander ab, wenn sich unsere Blicke treffen, ohne dass wir wüssten, welche Richtung wir einschlagen sollen, um uns nicht zu begegnen und nicht endgültig zu verlieren. Aber das Leben verläuft nicht geradeaus. Es war nur eine Berührung, als wir das Geschirr spülten. Seit Tagen hatten wir es nicht gespürt. Dieses Schwindelgefühl. Zum Glück erschien Theo. Ich warf mich ihm um den Hals, er küsste mich. Antonio klopfte ihm auf die Schulter, als brauchte auch er Theos Licht. Wir lachten. Ich nahm seine Hände und legte sie auf meine Wangen. Antonio ahnt, dass ich nachgebe, dass Theos Liebe in meinen Körper eindringt, dass ich mich bald seinem Einfluss hingebe, und er spürt es. Wir sind also zu dritt. Ich will glauben, dass wir mehr nicht brauchen auf der Welt.

16

Ein paar Wochen später schickte ich Tony den Artikel über die Chilenen im Exil. Er war begeistert und bat mich, gleich eine weitere Reportage zu schreiben, diesmal über eine Musikgruppe aus Costa Rica.

Es war fast schon zur Gewohnheit geworden, dass ich Clara nachmittags von den Proben abholte und wir auf ein Bier in irgendeinen Pub gingen, wo sich uns Antonio meist nach der Arbeit anschloss. Man hätte sagen können, wir waren glücklich. Selbst meine Zweifel, was ihre Beziehung betraf, hatten sich zerstreut. Es ging ihnen um Freundschaft, und dank dieser Tatsache gehörte ich zum ersten Mal irgendwo dazu.

Der Tag der Solidaritätsveranstaltung war gekommen, wir fuhren mit dem Auto zur County Hall von Westminster. Clara sah, wie sich in der Ferne, im Norden der Stadt, die Wolken zusammenzogen.

»Hoffentlich regnet es nicht«, sagte sie und schlang die Arme um die Schultern.

Mit meiner Linken nahm ich ihre Hand, und ganz kurz nur schaute ich sie an. Nie zuvor hatte ich diese Verwundung in ihren Augen gesehen. Mir wurde bewusst, dass sie immer schon dort gewesen war und dass Clara große Anstrengungen unternehmen musste, sie zu verbergen. Am liebsten wäre ich Spion geworden, ein Held, der auszieht, wen immer zu bestrafen. Als wir vor der County Hall standen, umarmte ich sie.

Wir betraten den großen Saal, die Wände waren mit bunten Plakaten tapeziert: erhobene Fäuste, Bilder des verstorbenen chilenischen Präsidenten, Felder mit Blumen und Gewehren. Der schöne Gedanke, ich könnte Clara vor allem Unglück beschützen, hatte mich optimistisch gestimmt, ich war voller Vertrauen. Die Teilnehmer bereiteten, herausgeputzt in landestypischen Trachten, ihren Auftritt vor oder standen in den Ecken und unterhielten sich. Ein Mann mit buschigem Schnauzbart und ungeheurer Vitalität kam mit ausgebreiteten Armen auf Clara zu. Er war der Organisator der Veranstaltung. Ein paar Mädchen aus Claras Tanzgruppe schlossen sich uns an, einige der Tänzer fehlten noch. Ich hielt ein paar Schritte Abstand und beobachtete Clara. Wenn ich sie mit den Augen der anderen sah, erlangte jede ihrer Bewegungen eine zusätzliche sinnliche Dimension. Ich löste mich von allem, was mir an ihr vertraut war, und sah sie als die starke und sanfte Frau, die sie war. Es machte mich glücklich, dass ich sie begleiten durfte. Eine englische Band stimmte ihre Gitarren. Während Clara und ihre Mittänzerinnen mit dem Aufwärmen begannen, bat mich der schnauzbärtige Organisator, ein paar jungen Männern beim Aufstellen der Stühle zu helfen. Danach ging ich zu Clara, sie war besorgt. Der Rest ihrer Tanzgruppe war noch immer nicht da. Ich ging auf die Straße, um Ausschau nach ihnen zu halten.

Die ersten Zuschauer kamen, nur die Mitglieder der Gruppe waren nirgends zu sehen. Ich lief los. Nach wenigen Metern sah ich einen Mann die Straße überqueren und raschen Schrittes auf mich zukommen. Er war auf eine sehr gepflegte, altmodische Art gekleidet. Sein kragenloses, bis zum Hals zugeknöpftes weißes Hemd erweckte den Eindruck, als würde sein Kopf zwischen den Schultern zusammengepresst. Doch trotz der Garderobe war sein forscher Gang der eines Mannes, der die Bewegung gewohnt ist. Als er näher kam, erkannte ich ihn, es war Don Arturo, Antonios Vater. Ich hatte ihn nur ein einziges Mal gesehen, an dem Tag, als sein Sohn Cristóbal starb. Ich erinnerte mich an seine liebenswürdige Förmlichkeit und wie er später aufrecht durch den Flur ging, nicht bereit, uns seine tiefe Verzweiflung zu zeigen, was mir im Rückblick das Gefühl gab, an etwas teilzuhaben, das größer war als ich selbst. Als wir uns gegenüberstanden, reichte er mir die Hand und stellte sich mit seinem Vornamen vor. Er fing an, mir etwas zu sagen, und ich bemerkte, wie viel Mühe es ihn kostete, sich auf Englisch auszudrücken. Ich sagte, er könne spanisch sprechen. Er fragte mich, ob ich ein paar Minuten Zeit hätte, und bat mich, gemeinsam weiterzugehen, aber in eine andere Richtung, nicht über die Hauptstraße.

»Ich bin froh, dass ich dich draußen getroffen habe, so muss ich nicht hineingehen. Du weißt ja, Antonio ist ausgezogen.«

Ich nickte stumm.

»Ich will gleich zur Sache kommen, Junge«, sagte er. »Ich brauche deine Hilfe. Ich will nicht, dass Antonio das Land verlässt. Wenn er jetzt nach Chile geht, verhaften sie ihn. So einfach ist das. Wir haben erfahren, dass der Geheimdienst über seine Pläne informiert ist. Selbst wenn er mit falschem Pass einreist, an allen Grenzkontrollen gibt es Fotos jüngeren Datums von ihm.«

»Und Antonio weiß nichts davon?«

»Er ist der festen Überzeugung, das sei eine Erfindung der Partei, damit er nicht einreist. Er glaubt, man vertraue ihm nicht. Aber hier geht es nicht um Vertrauen, die Gefahr besteht wirklich.«

»Und wie können Sie da so sicher sein?«

»Ich vertraue auf die Partei. Worauf soll ich sonst vertrauen?«, sagte er mit gesenktem Kopf.

Wir bogen um die Ecke, eine Frau in Sportkleidung stolperte an uns vorbei.

»Ich werde ihn bestimmt nicht überreden können. Er wünscht sich nichts lieber auf der Welt«, sagte ich.

»Du sollst ihn nicht überreden. Ich weiß, das wäre unmöglich. Ich möchte, dass du ihn aufhältst.«

»Und wieso ich?«, fragte ich. Ich war überrascht, dass er sich für eine so ernste Aufgabe an mich wandte.

»Ich kenne sonst niemanden, der perfekt Englisch spricht, du gehörst nicht zum Kreis der Chilenen, und vor allem weiß ich, dass du Antonio magst.«

»Ja, aber wenn wir ihn an der Einreise nach Chile hindern, dann verurteilen wir ihn. Alles andere bedeutet ihm nichts«, sagte ich mit unsicherer Stimme. Es kam mir nicht zu, einem Mann wie Don Arturo eine Predigt zu halten.

»Das ist nicht das Gleiche, du weißt es.«

Ich sah auf die Uhr, in zehn Minuten begann die Veranstaltung. Don Arturo rieb sich das Gesicht, schloss für eine Sekunde die Augen und sagte laut, ohne mich anzuschauen:

»Ich will nicht noch einen Sohn verlieren.«

»Sagen Sie mir, wie ich Ihnen helfen kann«, lenkte ich ein, auch wenn ich keineswegs überzeugt war, diese Verantwortung übernehmen zu wollen.

»Nur ein Telefonanruf im richtigen Augenblick. Du sagst, dass Antonio ein Schreiben der IRA für einen Führer des Widerstands in Chile bei sich hat. Dann verhaften sie Antonio, finden den Brief, untersuchen ihn und stellen fest, dass er falsch ist. Das wird ein paar Stunden dauern, vielleicht auch einen Tag, und er verpasst seinen Flug. Wenn sie die Wahrheit herausfinden, werden sie denken, dass sich jemand einen Scherz mit ihm erlaubt hat.«

»Und das Schreiben? Wie soll er ein Schreiben dabei-haben, ohne davon zu wissen?«

»Ich werde mich darum kümmern.«

»Dann setzen sie ihn eben ins nächste Flugzeug, schließ-lich ist alles ein Missverständnis.«

»Du bist ein Idealist, mein Junge. Eine Regierung wie die hier fühlt sich für die Sicherheit ihrer Bürger verant-wortlich, nicht dafür, einem lästigen Immigranten, dem jemand einen bösen Streich gespielt hat, ein Ticket nach Hause zu bezahlen. Aber da er nichts verbrochen hat, wer-den sie ihn laufen lassen. Es ist eine saubere Möglichkeit, ihn aufzuhalten. Wir schaden ihm nicht.«

»Wirklich nicht? Wir verraten ihn.«

»Nein, mein Junge, das ist es nicht, wir verhindern sei-nen Tod.«

Wir waren um den Block gelaufen und kamen wieder zur County Hall. Don Arturo blieb vor dem Eingang ste-hen. Er umfasste meine Ellbogen und sagte:

»Antonio ist das Einzige auf der Welt, was ich noch habe.«

In dem Moment sahen wir ihn. Sein dunkler Kopf ragte über die anderen hinaus. Ganz ruhig heftete Antonio seine Augen zuerst auf mich und dann auf seinen Vater. Ihm war anzusehen, welch ungeheure Wut er zurückhielt. Er drehte sich um, trat durch den Haupteingang und verschwand im hineinströmenden Pulk. Don Arturo drückte mir fest die

Hand, legte die andere darauf und blieb ein paar Sekunden so stehen.

»Wenn es so weit ist, melde ich mich bei dir«, murmelte er und ging die Straße hinunter.

Unter den Menschen, die sich auf den Eingang zuschoben, erkannte ich Claras Mittänzer. Ich führte sie durch einen Seiteneingang zu dem Raum, wo die Auftretenden warteten. Auch Clara war dort. Sie war kurz vorm Explodieren. Ich wollte ihr erzählen, was passiert war, vor Aufregung konnte ich kaum atmen. Aber es war unmöglich. Alles war nervös. In ihren bunten Kleidern liefen die Teilnehmer auf und ab. Die Spannung stieg, als die erste Band die Bühne betrat. Clara fragte mich nach Antonio. Ich sagte, ich hätte ihn am Eingang gesehen.

Ich setzte mich so weit wie möglich nach vorne. Die englische Gruppe in Andentracht ließ ihre Gitarren erklingen. Der Kleinste von ihnen sang aus voller Kehle, und die Zuschauer erhoben sich von den Stühlen und reckten die Fäuste, die Blicke verloren zwischen Wand und Decke, wo es eine Öffnung zu geben schien, die in eine bessere Zukunft führte. Ich drehte mich nach Antonio um. Er stand ein paar Reihen hinter mir. Seine Miene verriet höchste Konzentration. Und wenn Don Arturo recht hatte, und sein Leben war in Gefahr?

Solche kathartischen Gruppenerlebnisse waren für mich immer schon ein allzu einfacher Versuch, die Einsamkeit zu überwinden. Trotzdem konnte ich mich der aufgeladenen Stimmung nur schwer entziehen. Ich dachte an Don Arturo. Eine Hitzewelle stieg in mir hoch. Ich erhob mich von meinem Stuhl, und ohne dass ich es merkte, reckte auch ich die Faust. Aber es nutzte nichts. Schon nach ein paar Minuten betrachtete ich alles aus der Distanz. Die Ironie der Situation deutete diesmal auf mich: Wie leicht lässt es sich doch in fremden Idealen schwelgen, ein paar Tränen vergießen und spüren, dass man lebt. Eine recht plumpe Ironie, aber in diesem Alter hatte sie ihren Sinn. Erschrocken senkte ich die Faust und schaute noch einmal zu Antonio. Wieder dachte ich an das Gespräch mit seinem Vater.

Nichts von dem, was ich bisher im Leben gemacht hatte, war von besonderer Bedeutung. Um nicht anzuecken, hatte ich die Regeln des Spiels leidlich befolgt, immer in dem Bewusstsein, dass dieses ganze Hin und Her kaum mehr war als eben ein Spiel, ein Test für das, was später kam. Im Grunde gehörte selbst meine Freundschaft mit Antonio in diesen Bereich des Außerwirklichen. Seine Welt und sein Elend hatte ich aus der Distanz betrachtet, ähnlich wie jetzt die Bühne. Dagegen war das, worum Don Arturo mich gebeten hatte, real. Die Zukunft eines Menschen hing davon ab.

Nach mehreren Folklorenummern von eher zweifelhafter Qualität erfüllten plötzlich, als wäre ein Knoten geplatzt, die tanzenden Körper von Claras Gruppe die Bühne. Ich musste an unsere erste Berührung im Haus ihrer Mutter denken, eine Berührung, die sich aus unserem Gespräch über Frida Kahlo ergeben hatte. In Bewegung zeigte sich ihr Wesen von einer völlig neuen Seite.

Am Ende gab es tosenden Applaus. Ich wollte sie umarmen. Ich sprang auf und lief zu dem Raum, wo die Teilnehmer sich versammelten. Von der Tür aus sah ich sie. Antonio hielt sie in den Armen, sie hatte den Kopf an seine Schulter gelehnt, die Augen geschlossen. Ich stand da, unfähig, auch nur einen Muskel zu bewegen, während Antonios Finger sanft über ihren Hals strichen und Claras Hüften sich an seine schmiegten, nichts entging mir. Sie schlug die Augen auf und sah mich. Ihre Miene war nicht die einer Frau, die man bei etwas Unrechtem ertappt hat, im Gegenteil, sie lächelte mir zu, ohne sich von ihm zu lösen. Nach ein paar Sekunden kam sie zu mir und gab mir einen langen Kuss auf den Mund. Dann nahm sie meine Hand und ging mit mir fort. Jede Möglichkeit, ihr eine Szene zu machen, war dahin.

*

An diesem Abend feierten Antonio, Clara und ich sowie ein Teil der Tanzgruppe die Aufführung in einem nahen Pub. Antonio sprach kaum ein Wort mit mir. Erst am Ende, kurz bevor wir gingen, sagte er:

»Du führst also Gespräche mit meinem Vater.«

»Ich führe mit niemandem Gespräche. Dein Vater hat mich gebeten, ihm zu helfen. Er will nicht, dass du fliegst. Aber ich bin kein Verräter.«

»Hat er dir gesagt, was genau er von dir erwartet?«

»Nein, ich habe gleich abgelehnt, wir haben nicht weiter davon gesprochen.« Ich wusste nicht, warum ich log.

»Tut mir leid, wenn ich dir etwas unterstellt habe. Aber ich weiß wirklich nicht mehr, wer auf meiner Seite ist und wer nicht. Mein eigener Vater ist jetzt gegen mich. Bestimmt hat er dir diesen Sicherheitsquatsch erzählt. Er glaubt, ich sei nicht in der Lage, lebend einzureisen und wieder rauszukommen. Er hält mich für einen ziemlichen Trottel. Er selbst hat der Partei eingeredet, sie sollen mich hier lassen. Verstehst du jetzt, warum alles, was ihr tut, so wichtig ist?«

Am liebsten hätte ich ihm gesagt, dass ich log, dass ich

sehr wohl wusste, was Don Arturo plante, aber es war zu spät. Wenn ich Antonio gestand, was ich mit seinem Vater beredet hatte, würde er mir nie mehr vertrauen. Mir dämmerte, wie man sich fühlt, wenn man einen Treuebruch begeht. Dann schlossen wir uns den anderen an, die schon zur Tür strebten. Zu Clara sagte er, er würde zu einem Freund ziehen, er hätte genug davon, unter lauter Frauen zu leben. Zum ersten Mal schliefen Clara und ich die ganze Nacht allein zusammen.

17

Die nächste Zeit widmete ich mich meinen Musikern aus Costa Rica. Ich verbrachte ein paar Tage mit ihnen, dann zog ich mich zum Schreiben in das Zimmer meiner Schwester zurück, wie immer umgeben von Motten und Gerümpel. Eine Geschichte nahm auf dem Papier Gestalt an, eine Geschichte aus dem Leben, in die alle meine Wahrnehmungen aus der unsichtbaren Welt, die ins Bewusstsein gesickert waren, einflossen. Nach einer Woche war ich mit dem Ergebnis zufrieden. An meiner Remington entfalteten sich all die Fähigkeiten, die auszuleben mir sonst verwehrt waren, mit erstaunlicher Leichtigkeit. Ich konnte geistreich sein, bohrend, kühn, ironisch, als hätte jemand anderes in meiner Haut gesteckt, der jetzt eine Möglichkeit fand, in den Worten lebendig zu werden. Ohne es zu wissen, legte ich das Fundament für das, was einmal meine Zukunft sein sollte. Diese besondere Art, von meiner Umgebung zu berichten, wurde zu einem Mittel, mit dem ich in den folgenden Jahren meinen Lebensunterhalt verdiente.

In meiner Euphorie rief ich gleich Tony an. Seine Stimme klang gedrückt. Wir verabredeten uns für den nächsten Tag in dem Pub, wo wir uns vor einem Monat getroffen hatten.

Erst als wir unser Bier bestellt hatten, erzählte er mir, dass Bernard in einer Klinik gestorben war, an einer schlimmen Krankheit, von der man damals wenig wusste. Ich war beeindruckt, wie undramatisch, geradezu liebevoll

Tony von Bernards Leiden sprach, mit einer Ausführlichkeit, die bei jedem anderen morbid geklungen hätte. Bernard hatte niemanden sehen wollen, sagte er, deshalb hatte er mich nicht über seinen Zustand informiert. Wir saßen stumm vor unserem Bier und betrachteten das Auf und Ab der Kerle mit ihren engen Jeans und glänzenden Muskeln. Eine Welt, die Bernard nie mehr sehen würde. Ich wünschte mir, ich könnte diesem schrecklichen Gedanken an seinen Tod entfliehen. Tony bewahrte eine ruhige Miene, die Ellbogen auf den Tisch gestützt, doch aus seinem Schweigen sprach der Kummer. Ich hatte eine seltsame Ahnung. Aus irgendeinem Grund wollte Bernard sich vor seinem Tod mit mir treffen. Ich musste an unser letztes Telefongespräch denken. Bernard hatte eine Geschichte erwähnt. Es war nicht der Moment, Tony zu fragen, aber es gab keinen Zweifel, dass die Antwort dort zu finden war.

Ein Mann kam zu Tony und klopfte ihm auf die Schulter. Wir kehrten beide aus den Tiefen zurück, in die wir, ohne es zu merken, versunken waren.

»Dein Artikel über die Exilchilenen ist sehr gut angekommen. Du kannst sicher sein, dass du in den nächsten Wochen weitere Angebote bekommst«, sagte Tony.

»Von wem denn?«, fragte ich, und die Eitelkeit pochte mir in der Kehle.

»Das wird sich zeigen. Die Welt ist klein, alles macht sofort die Runde. Intelligente und tiefsinnige Porträts liest man heute gern.«

Intelligent und tiefsinnig. Schöne Worte, die mir vor Augen flatterten. Meine Freude schnappte nach der Trauer und versuchte sie zu schlucken.

»Bernard sagte, am besten fragst du deine Mutter nach ihm«, erklärte er mit ernster Miene.

»Meine Mutter? Was hat meine Mutter mit Bernard zu tun?«

»Ich weiß es nicht, Theo. Er erwähnte es irgendwann im Krankenhaus, wollte aber nicht weiter davon sprechen. Du wirst es schon herausfinden.«

Am Nachmittag irrte ich durch die Straßen von Kensal Town. Es fiel mir schwer zu glauben, dass Bernard tot war. Ohne Zweifel gehörte er zur Vergangenheit meiner Mutter, er musste so eng mit ihr verbunden sein, dass er meine Nähe suchte, sich für mich einsetzte und auf dem Sterbebett meinen Namen erwähnte. Und während ich dahinging mit diesen Gedanken, die wie Wirbelstürme herbeiwehten, konnte ich nicht umhin, mich immer wieder von den sommerlichen Schaufenstern ablenken zu lassen, den Mädchen mit ihren engen Röcken und prallen Dekolletés.

Als ich zu Hause war, rief ich gleich meine Mutter in Fawns an. Ich fragte ganz direkt:

»Wer ist Bernard Fitzpatrick?«

Sie zögerte eine Sekunde. Bei jemand anderem wäre dies ein Zeichen verhohlener Besorgnis gewesen, aber da bei ihr alles ein Schwanken war, bedeutete es nicht viel.

»Ein alter Freund«, sagte sie wie beiläufig.

»Aus welcher Zeit?«

»Aus meiner Jugend.«

»Er ist tot, wusstest du das?«

»Ja, leider habe ich es erst aus der Zeitung erfahren. Warum fragst du nach ihm?«

»Bevor er starb, sagte er seinem Lebensgefährten, du

möchtest mir von ihm erzählen. Warum? Wenn jemand vor seinem Tod um etwas bittet, muss es etwas Wichtiges sein.«

»Nicht immer, mein Lieber. Wie ich schon sagte, ich habe Bernard vor vielen Jahren kennengelernt. Wenn du mehr wissen willst, komm her. Du weißt ja, ich hasse das Telefon. Aber erwarte nichts Großartiges.«

»Aber etwas könntest du mir doch verraten. Ich weiß nicht, ob ich Zeit habe, zu dir rauszukommen.«

»Nein, ich verrate dir nichts. Dann kommst du wenigstens demnächst einmal hierher«, sagte sie, worauf sie das Gespräch auf andere Themen wie die ungewöhnlich hohe Pollenkonzentration in diesem Sommer lenkte.

Ich sah sie vor mir, ungeduldig das Telefonkabel durchs Wohnzimmer schleifend, mit zartem Finger über einen Aschenbecher streichend, eine Vase, ein Staubkörnchen. Ich hörte, wie sie durchs Fenster ein paar Worte mit dem Gärtner wechselte. Unmöglich, weiter mit ihr zu sprechen. Sie hatte sich davongemacht, wie immer, wenn das Leben ihr unangenehm wurde.

Ein paar Tage später erhielt ich einen Scheck von *South Now*. Es war, wenn man meine geringe journalistische Erfahrung bedachte, eine erkleckliche Summe. Ich gab das Geld Clara.

Wie von Tony vorhergesehen, bekam ich in den nächsten Wochen Anrufe von zwei Zeitschriften. Ich hatte meine Nische gefunden: Porträts ausländischer Mitbürger. Ein paar Tage später schrieb ich bereits über zwei argentinische Schauspieler, die aus ihrem Land geflohen waren. Veröffentlicht wurde meine Geschichte auf dem Höhepunkt ihres Ruhms, als das Home Office ihnen, nachdem Amnesty International Druck gemacht hatte, den Aufenthalt gewährte. Auch Tony rief an und schlug mir eine Reise nach Nicaragua vor. Er wollte von mir eine Reportage über ein englisches Paar, das dort bei der Guerilla lebte. Kein Anfänger von Verstand hätte dieses Angebot abgelehnt, ich tat es trotzdem. Den Grund hätte ich mich nie auszusprechen getraut, aber ich wollte Clara nicht verlassen, nicht jetzt.

Meine Liebe wurde mit jedem Tag fester, unentbehrlicher auch, und irgendwann sprach ich gar von der Zukunft. Wir saßen in ihrem Zimmer, im Fernsehen lief *Top of the Pops*, eine ihrer Lieblingssendungen. Währenddessen beobachtete ich vergnügt die Bewegungen, die ihrem Körper beim Klang der Musik entschlüpften, noch die kleinste war voller Anmut. Manchmal stand sie auf und probierte einen Schritt. Als sie zum Bett zurückkam, umarmte sie mich, als wäre meine Anteilnahme an diesem Ritual ein erhabenes Zeichen der Liebe. Und das war es auch. Ihre Liebkosungen, ihre bloßen Füße auf dem Federbett waren das Innigste, das ich je erlebt hatte, nie war ich einer Frau so nahe gewesen. Irgendwann sagte ich zu ihr:

»So stelle ich mir den Rest meines Lebens vor.«

Zum Glück lachte Clara nicht. Sie lehnte sich an mich, kuschelte sich in meine Arme und küsste mich.

Für Antonio dagegen wurde die Zukunft mit jedem Tag bedrohlicher. Wohl um nicht daran denken zu müssen, verbrachte er jede freie Minute mit der Suche nach Caroline.

Er stellte Nachforschungen an und ging zu den Orten, wo jemand glaubte, sie erkannt zu haben. Partys, ein Pub am Stadtrand, Nachtclubs, in denen mit Drogen gehandelt wurde. Einmal bat er mich, ihn zu begleiten. Anscheinend war Caroline öfter in einem Club an der Tottenham Court Road gesehen worden. Wir kamen kurz vor Tagesanbruch hin, und obwohl es schon fast hell wurde, blitzten die bunten Lichter an den Ecken wie Wahrzeichen eines Ortes außerhalb der Zeit. Wir sahen sie sofort. Sie saß an der Bar, den Kopf zwischen den Armen auf dem Tresen. Die Musik war ohrenbetäubend. Wir setzten uns zu ihr und bestellten ein Bier. Caroline hob die Augen und schaute herüber, ohne uns zu erkennen, sie war weit weg. Ein Typ mit karottenrotem Haar kam an die Theke und schüttelte sie an der Schulter.

»Zeit für den Abgang, Schätzchen«, sagte er und warf uns beiden einen Blick zu, der trüb war wie ein Giftcocktail. Caroline richtete sich auf. Ohne uns anzusehen, hängte sie sich dem Kerl an den Arm und entfernte sich von uns. Sie gab sich sichtlich Mühe, den letzten Rest Würde zu wahren, den sie noch besaß.

»Es hat keinen Zweck«, sagte ich, während sie über die Tanzfläche davontaumelte.

»Wenn ich mehr Zeit hätte …«, sagte Antonio und konnte seinen Kummer nicht verbergen.

Wir verließen den Club. Das Morgenlicht zeichnete die Umrisse des riesigen leerstehenden Hochhauses an der Tottenham Court Road.

Vier Wochen vor Ende der Sommerferien hatten wir das Geld für Antonios Flug zusammen. Bernard war inzwischen unter der Erde, und Caroline stöckelte auf ihren Pfennigabsätzen in dieselbe Richtung.

18

Clara hatte die Idee, Antonio am Vorabend seiner Reise mit einem Fest zu verabschieden. Sie stellte eine Gästeliste zusammen und begann schon Tage vorher mit der Zubereitung einer Torte aus dünnen Teigschichten mit einer Füllung aus Karamellcreme. Sie war so beschäftigt, dass wir uns in dieser Zeit nicht sahen.

Am Tag des großen Festes gingen wir beide in den Supermarkt und kamen mit Chips, Oliven, Dosenbier, eingelegten Früchten und ein paar Flaschen Wein wieder heraus. Wir bastelten ein paar Dutzend Girlanden, dann machten wir Früchtecocktails und verteilten alles auf Keramiktellern. Als wir mit den Vorbereitungen fertig waren, hatte ich eine unglaubliche Lust, mit ihr aufs Zimmer zu verschwinden. Ich fasste sie um die Schultern und wollte ihr einen Kuss geben. Clara legte die Hände auf meine Brust.

»Ich würde jetzt gern eine Tasse Tee trinken«, sagte sie.

Es ärgerte mich, dass sie nach all den Tagen, in denen wir uns nicht gesehen hatten, keine Sehnsucht verspürte, mit mir ein paar intime Minuten zu teilen. Ich setzte mich an den kleinen Küchentisch, sie machte Wasser heiß. Ihre Bewegungen waren mechanisch und zerstreut. Sie setzte sich mir gegenüber. Ich fragte sie, was los sei. Sie antwortete nicht. Ihre Aufmerksamkeit richtete sich auf etwas jenseits dieses Augenblicks. Ich stand auf und sagte, ich käme später wieder.

»Du gehst nirgendwohin«, sagte sie und hielt meine Hand

fest. Sie gab mir einen Kuss. »Ich kann es kaum glauben, dass der Tag gekommen ist. Da haben wir so viel von seiner Abreise gesprochen, und für mich lag sie immer in weiter Ferne …«

»Glaubst du, wir schaffen es?«, fragte ich. Mit den Fingerspitzen zeichnete ich den Umriss ihres Gesichts nach.

»Ich ja, aber du …« Sie lachte.

»Kommt auf dich an, das weißt du. Mit dir im Bett vergesse ich noch, wie ich heiße.«

»Du denkst nur daran.«

»Du nicht?«

»Manchmal.«

Ich fasste sie um die Taille. Trotz unserer Nähe hatte sie etwas Vages, Ungreifbares. Als wäre nur ein Teil von ihr sichtbar, der luftig leichte, schwebende, und darunter war eine andere Frau, eine vielleicht sehr viel dunklere, zu der ich niemals vordringen würde.

In dem Moment kam eine von Claras Mitbewohnerinnen in die Küche, die Mathematikstudentin, und zerstörte unsere Zweisamkeit.

Nach und nach trafen die Gäste ein. Die Französin aus Wivenhoe hatte ihren intellektuellen Stil abgelegt und gab sich nun als Vamp. Antonio erschien gegen zehn, in schwarzer Jeans und Lederjacke. Er war überglücklich. Die Jungs klopften ihm auf die Schulter, die Mädchen umarmten ihn. Clara und ich hielten uns abseits, jeder an einem anderen Ende des Zimmers, und sagten uns im Stillen, dass wir dieses ganze Tamtam nicht brauchten, er wusste auch so, wie viel er uns bedeutete. Niemand von uns dreien hatte von unserer Trennung sprechen wollen. Antonio reiste in eine ungewisse Welt, und Clara und ich ebenfalls, auch wenn wir uns nicht von der Stelle bewegten. Wir wussten nicht, was es hieß, ohne ihn zu leben, ohne seine Kraft, ohne seine Ziele.

Außerdem fürchtete ich, ohne sein Licht, das auf mich abstrahlte, würde Clara bemerken, wie langweilig ich war.

*

Bald standen überall in der Wohnung buntgemischte Grüppchen. Ich erkannte zwei Professoren aus Essex, die auf Universitätsfesten immer dabei waren. Alle wussten, dass sie ein Liebespaar waren und die Gelegenheit nutzten, ihre besseren Hälften zu Hause zu lassen. Antonio unterhielt sich aufmerksam mit jedem seiner Freunde, als versuchte er, die Augenblicke festzuhalten, die später einmal seine Erinnerung werden sollten. Meine Beschäftigung als Claras Gehilfe löste zum Glück das Problem, jemanden zu finden, mit dem ich reden konnte. Ich war nie sehr bewandert in der Kunst, Leute, die ich vielleicht nie wieder sehe, nach irgendwelchen Belanglosigkeiten zu fragen. Eine Fähigkeit, die mir gleichwohl nicht unangenehm gewesen wäre.

Irgendwann machte jemand das Licht aus und legte eine Platte von Bob Marley auf. Ich suchte nach Clara, sie war als Gastgeberin emsig unterwegs. Antonio stand unter der einzigen brennenden Lampe und sprach mit einem kurzhaarigen Mädchen. Die Französin aus Wivenhoe hatte sich vor ihnen postiert und wartete auf ihre Chance. Ich ging in die Küche, wo ich unter solchen Umständen am Ende immer landete. Nie fehlte es an der Möglichkeit, sich etwas zu essen oder zu trinken zu nehmen oder sich einfach hinzusetzen und so zu tun, als hörte man einem Gespräch zu.

Als ich wieder herauskam, erklang ein Chanson der Piaf aus den Boxen. Die Französin legte sich mächtig ins Zeug, um Antonio zu beeindrucken. Plötzlich fing sie an, *La vie en rose* mitzusingen, erst leise, dann immer lauter, eine Show, der alle Leichtigkeit fehlte, verführerisch wirkte es jedenfalls nicht.

In dem kleinen Garten hatten wir ein paar Sitzgelegenheiten und einen Tisch aufgestellt, um den wir uns nach und nach setzten. Eine spanisch gesungene Ballade gab dem friedlichen Spätsommer eine nostalgische Note. Ein nachdenklicher Junge zündete einen Joint an. Auf ihrem Bänkchen nahm Clara einen tiefen Zug. Es war das erste Mal, dass ich sie rauchen sah. Sie hatte ihre Gastgeberrolle abgelegt und sank in eine genüssliche Lethargie. Unter ihrem tabakfarbenen Kleid schauten die Beine hervor. Die Sandalen hatte sie ausgezogen.

Ein Typ mit einer Mütze bis über die Ohren bat um Ruhe. Er sprach davon, wie wichtig Antonio in seinem Leben sei. Ihm verdanke er es, dass er die Universität geschafft habe. Noch einer seiner Schützlinge, dachte ich. Nichts Neues. Während wir ihm zuhörten, schaute Antonio mich so eindringlich an, dass ich fast Angst bekam. Clara tauchte aus ihrer Entrückung wieder auf und rutschte an mich heran. Jetzt richtete sich sein starrer Blick auf uns beide.

Ich weiß nicht, wann die meisten Gäste gingen. Der Mann mit der Mütze lag nun auf dem einzigen Sofa in der Wohnung. Die Mathematikstudentin setzte sich neben mich und redete auf mich ein. Irgendwann wachte der Typ auf und ging verwirrt, ohne sich zu verabschieden, durch die Tür. Aus dem Garten drangen die Stimmen von Clara und Antonio herein. Ich verlor schon die Geduld mit der Mathematikerin und ihrem langen Monolog, als die beiden auf dem Absatz der Terrassentür erschienen.

»Ich muss jetzt schlafen«, sagte Claras Mitbewohnerin, sprang auf und verschwand.

Jetzt waren wir zu dritt, Clara, Antonio und ich, allein und schweigend. Antonio hatte den Arm um ihre Taille gelegt. Von der Terrasse wehte die Sommernacht herein. Sie schauten mich lächelnd an. Es war etwas Komplizenhaftes zwischen ihnen, das mich irritierte. Clara löste sich von ihm und setzte sich zu mir, wofür ich ihr in dem Moment dankbar war. Antonio zündete sich eine Zigarette an und blies den Rauch an die Decke.

»Ich habe eine Überraschung für euch«, sagte Clara.

Wir sahen uns amüsiert an, während Clara in die Küche verschwand. Nach ein paar Minuten kam sie mit einer Flasche Wein zurück. Wir setzten uns aufs Sofa, Glas in der Hand. Die Geräusche der Nacht erreichten unser stilles Eckchen. Irgendwann stand Clara auf und fing an zu singen. Sie eiferte der Französin nach, aber mit einem Charme, den diese gern gehabt hätte.

»*Quand il me prend dans ses bras ...*«, sang sie, wiegte sich in den Hüften und brach in ein Lachen aus, das auch uns ansteckte.

Obwohl sie Tänzerin war, kam es nur selten vor, dass sie ihr Talent außerhalb der Vorführungen und Proben zeigte. Vielleicht war das alles für sie zu ernst, vielleicht schämte sie sich auch. Doch jetzt, angespornt durch unsere Lust, sie anzuschauen, tanzte sie für uns. Antonio streckte die Hand aus und klapste ihr auf den Oberschenkel, eine Berührung, die sie noch zu stimulieren schien. Claras leicht umwölkte Augen verweilten mal bei dem einen, mal bei dem anderen. Ich fasste an den Saum ihres Kleids und ließ meine Hand daruntergleiten. Sie hauchte einen Seufzer und schloss die Augen, ohne in ihren Bewegungen innezuhalten. Antonio gab ihr einen weiteren Klaps, diesmal kräftiger. Das klatschende Geräusch seiner Hand auf ihrem Oberschenkel erregte mich. Antonio, zurückgelehnt, den Mund halb offen, betrachtete sie mit animalischem Genuss. Claras immer langsameres, tieferes Wogen war von einer sinnlichen Mattigkeit und zugleich von einer Kraft, die jeden einzelnen Muskel anspannte.

Es war der Moment, das Spiel zu beenden, sie am Arm zu nehmen und zurückzuhalten, doch alle Bemühungen, bei Verstand zu bleiben, wurden durch meine Erregung zunichtegemacht. Antonios Gier und sein klebriger Atem provozierten mich. Er stand auf und umfasste Claras Schultern, und als ließe sie sich fallen, warf sie den Kopf zurück. Ich hing im Sessel, unfähig, den Blick von ihnen zu wenden. Antonio nahm Claras Hand und legte sie auf seinen Schwanz, drückte sie, schob sie auf und ab. Ich dachte, ich halte es nicht aus, aber die Lust war größer als die Wut. Vielleicht war es auch die Wut, die meine Lust reizte. Clara drehte sich um und entfernte sich von Antonio, wobei sie mir einen halb herausfordernden, halb wehrlosen Blick zuwarf. Ich stand auf, nahm sie, und sie klammerte sich an mich und küsste mich. Darauf schloss Antonio uns beide in die Arme. Ich spürte seinen Atem an meinem Hals. Fest umschlungen glitten wir in Claras Zimmer.

Als tanzte sie immer weiter, ließ Clara das Kleid fallen. Dann stand sie da, prachtvoll und provozierend, die Augen auf einen unbestimmten Punkt gerichtet. Antonio legte sich aufs Bett. Ohne den Blick von ihr zu wenden, zog er das Hemd aus und zeigte seinen kräftigen dunklen Oberkörper. Ich setzte mich auf die Kante.

Eine unsichtbare Kraft bewegte uns. Ich ahnte, dass dieser Augenblick seit dem Tag, an dem wir uns kennenlernten, vorbestimmt war. Es gab keine Möglichkeit, uns zu verweigern. Wir waren gefangen.

Clara beobachtete uns. Mit dem Arm bedeckte sie ihre nackten Brüste, eine steife Brustwarze schaute hervor. Wie wenig ich sie doch kannte. Diese Frau erschreckte mich, und zugleich schürte sie in mir die heißeste Glut. Je verzweifelter meine Leidenschaft, umso mächtiger wurde sie.

»Fasst euch an«, sagte sie, stand ungerührt da und zeigte ihren Körper.

Antonio steckte sich die Hand in die Hose und fing an, sie zu bewegen, die Augen stur auf Clara gerichtet. Während er wichste, blieb ich reglos auf der Bettkante sitzen. Sie kam zu mir, zog mir das Hemd aus und umarmte mich. Ich muss ein entsetzliches Gesicht gemacht haben. Sie wiegte mich in den Armen, küsste mich auf die Stirn und die Lippen. Nach einer Weile legte Antonio mir den Arm um die Schulter und schob mich zur Seite. Als ich seine verschwitzten Hände auf meinem Körper spürte, überkam mich ein seltsames Taumelgefühl. Ich weiß nicht, wann er in sie eindrang. Ich hörte nur einen tiefen Laut, der aus Claras Mund kam. Ich sah Antonios Hintern, wie er sich bewegte. Ich konnte nichts dagegen tun. Ich versetzte ihm einen Schlag mit der Faust. Als ich sah, wie sich mein Arm in seinen Körper bohrte, schwamm ich in einem Meer von Seligkeit. Er stöhnte. Ein Stöhnen nicht vor Schmerz, sondern vor Lust, als hätte mein Hieb seine Erregung noch angefacht. Ohne sich von Antonio zu lösen, zog Clara mich zu sich und küsste mich. Sofort rutschte er zur Seite. Bevor er kam, hielt er inne und strich mir mit den Fingern übers Gesicht. Ein verstörender Ausdruck der Zuneigung erschien auf seinen geröteten Lippen. Ich hatte Angst. Clara klammerte sich an mich, ich stieß tief, versuchte sie aufzubrechen, etwas Endgültiges in ihrem Körper zu finden. Antonio schaute uns an, kam allein und sackte aufs Bett.

Nach einem zögerlichen Moment stand Clara auf und nahm ihr Glas vom Boden. Sie leerte es in einem Zug, dann legte sie sich ins Bett und deckte sich zu. Antonios Augen und meine trafen sich, ein sekundenlanger Blickkontakt. Dann zog er sich an und ging aus dem Zimmer. Clara war unter der Bettdecke verschwunden. Ihr Atem wurde ruhiger. Als sie zu schlafen schien, verließ ich das Haus. Die Trauer schnürte mir die Kehle zu. Es war das letzte Mal, dass ich mit ihnen zusammen war. Ich konnte es noch nicht wissen, aber ich wusste es. Es war das Ende.

Claras Tagebuch

Ich wache schwitzend auf. Licht fällt durch die angelehnte Tür ins Zimmer. Für ein paar Sekunden weiß ich nicht, wo ich bin. Ich stehe mit geschlossenen Augen auf, gehe ein paar Schritte, stolpere. Ich öffne sie. Im Fenster sehe ich das karge Licht des Morgens. Ein Vogel sitzt ruhig auf dem Ast eines Baums, der schon seine Blätter verliert. Vielleicht schläft er, vielleicht ist er tot, und in der nächsten Sekunde sehe ich ihn aufs Pflaster schlagen. Ich bin durch den Spiegel getreten, den Spiegel, den ich in Carolines verlorenen Augen sah. Jeder Moment hat eine Lücke. Sie ist immer da, aber du siehst sie nicht oder willst sie nicht sehen. Ab und zu erahnst du sie und denkst, dass du irgendwann den Mut hast und sie erkundest. Eines Tages passiert es. Du schaust hinein und lässt dich fallen, berauschst dich am Schwindel und gibst dich der Macht all dessen hin, was du vorher nicht gesehen hast. Antonio und Theo waren schon lange dort, gemeinsam erschienen sie mir im Halbschlaf, löschten das Licht, deckten die Laken meines Bettes auf. Ich bin glücklich, dass ich mit den beiden Männern, die ich liebe, zusammen war, mit beiden zusammen, dass ich sie gereizt habe bis in den Schmerz. Ich bin glücklich, weil es so intensiv ist, weil ich vergesse, wer ich bin.

Wenn die Sonne die Bürgersteige erreicht, kommt für mich die Schuld. Bis dahin kann ich mir im Dämmerlicht jeden Augenblick ins Gedächtnis rufen, kann meinen Körper nach den Spuren abtasten, die ihre Körper hinterlassen haben. Alles, was ich herbeihole, werde ich gelebt haben und wird mir gehören. Ich ziehe die Vorhänge zu, damit die erwachende Stadt mich nicht berührt.

Aber es ist zwecklos, die Nacht geht dahin. Alles beginnt sich zu regen, als setzte eine große Maschine die Welt in Gang. Die Zukunft ist ungewiss geworden und gefährlich. Kein Wort, keine Geste macht das Geschehene ungeschehen. In wenigen Stunden wird Antonio nach Chile fliegen. Der Baum hat ein paar weitere Blätter verloren, und die noch hängen, haben einen fettigen Glanz. Ich schaue zu, wie meine Nachbarin, ihr Seidentuch um die Schulter, die Zeitung hereinholt, und mir wird bewusst, dass ich Theo verloren habe.

19

Ein paar Stunden noch, und Antonio war aus meinem Leben verschwunden. Doch während ich durch den Morgen lief, wurde mir klar, dass das, was ich fühlte, noch lange bleiben würde und dass ich lernen musste, es zu ertragen, ohne zu verzweifeln. Immerhin gab mir das Wissen um seine Abreise das notwendige Quäntchen Willenskraft, nach Hause zukommen und mich schlafen zu legen.

Ich ging schnellen Schrittes und versuchte, mir die äußere Welt in den Kopf zu schlagen, den Dunst, der aus meinem Mund aufstieg, die Radfahrer mit ihren dürren Körpern, die gepflegten Vorgärten und ihre weißen Kieswege. Aber es war unmöglich, die Bilder der Nacht belagerten mich. Ich fühlte mich verloren, die einfachsten Dinge rückten von mir ab, ohne dass ich etwas dagegen tun konnte. Ich lief, als hätten sich meine Sinne plötzlich aufgelöst. Ich sah nur Claras Körper, wie er sich an Antonios klammerte, ihre begierigen Lippen, ihre Arme, die ihn umschlangen, ihr Stöhnen, das die Luft zerriss. Ich hatte eine solche Wut, dass sich meine Faust zusammenballte und gegen einen Baum schlug. Sie waren nicht zum ersten Mal zusammen gewesen. Beide hatten mich angelogen. Doch auch wenn ich es wusste, wollte mein Herz nicht auf Clara verzichten und forderte von meinem Verstand, sie zurückzuholen. Vielleicht lag der Schlüssel in dieser feinen Unterscheidung zwischen Untreue und Treuebruch. Welchen Teil von sich hatte sie ihm gegeben? Ich wollte glauben, dass unsere Verbindung

einzigartig war, dass sie gegenüber Antonio nie die Worte
gesagt hatte, mit denen sie mir ihre Liebe bekannte. Doch
meine Wünsche reichten nicht. Ich brauchte Beweise, und
wahrscheinlich würde ich sie nie erhalten.

Ich kam zum Cadogan Place, als die ersten Sonnenstrahlen schon die Fassaden der Häuser erreicht hatten. Ich
legte mich ins Bett. Ich war so müde, dass ich in tiefen
Schlaf sank. Ein paar Stunden später weckte mich das Klingeln des Telefons.

Es war Don Arturo, Antonios Vater. Wohl keinem Menschen auf der Welt wäre ich lieber ausgewichen, abgesehen
von Antonio und Clara. Seit der Veranstaltung in der
County Hall hatte ich nichts mehr von ihm gehört, den
Moment aber immer gefürchtet. Er fragte gar nicht erst, ob
ich weiterhin bereit sei. Seiner ruhigen, festen Stimme
war anzumerken, dass er auf mich zählte. Er gab mir nur
ein paar Anweisungen, sagte mir die Nummer von Daniel
Nilos Pass, den Flug, die Abflugzeit – die ich natürlich
kannte – und die Telefonnummer der Einwanderungs-
behörde am Flughafen.

Ich sollte von einer Telefonzelle aus anrufen, an der
Westseite der Kreuzung Oxford und Regent Street, vier
Stunden vor Abflug. Meinen Namen sollte ich nicht nennen. Das war alles. Ich war überrascht, wie einfach die
Aktion war. Ein einziger Anruf, und Antonios Schicksal
nahm einen unvorhersehbaren Lauf. Bevor er auflegte,
sagte er mir in demselben ruhigen und deutlichen, von
Zweifeln unberührten Tonfall, dass er alle Verantwortung
übernehme. Antonio würde niemals erfahren, dass ich es
gewesen sei.

Ich blieb auf der Bettkante sitzen und starrte auf die

Hausschuhe, die meine Mutter mir, bevor sie nach Fawns fuhr, als Geschenk dagelassen hatte. Eine mütterliche Geste der Fürsorge für den Sohn, nichts anderes tat Don Arturo. Ich konnte ihm einfach nicht böse sein. Ich musste daran denken, wie er vor dem Eingang der County Hall meine Hand fest umschlossen hatte, ehe er wortlos davonging.

Nach diesen Minuten, in denen alles gerann, fand ich keinen Frieden mehr. Die letzten Geschehnisse drängten mit solcher Macht in die Erinnerung, dass ich am liebsten gekotzt hätte. Ich zog mich an und ging auf die Straße.

Die klare Morgenluft verstärkte noch meine Ungeduld. Zuerst wanderte ich ziellos durch die Straßen. Ich musste diese Anspannung loswerden, ich konnte kaum denken. An einer Ecke blieb ich stehen. Aus einem Auto an der roten Ampel erklang *Charlotte Sometimes* von The Cure, ein Song, den ich sehr mochte. Vielleicht bedeutete es etwas, dass ich ihn gerade jetzt hörte, aber was? Ich sehnte mich nach einem Zeichen, einem versteckten Hinweis, der mir aus meinem Dilemma half. Und während ich lief und die Gefühle wie Gift in mir wirkten, hob ich den Kopf und schaute geradeaus auf die Knightsbridge, deren Gepränge jeden menschlichen Schatten aufhob. Die weißen, laubbedeckten Fassaden, der Platz, der weißblaue Himmel, alles rief mich zu sich, hinein in den warmen Bauch der Normalität. Ich gehörte nicht in die dunkle Welt Antonios. Ich war ein Mensch wie viele andere, ein bisschen durcheinander, aber Hauptsache, ein angenehmes Leben und niemandem weh tun. Oder es war genau das gewesen. Ich war voll Bitterkeit. Ich hasste Antonio, weil er mich belogen hatte, weil er mich in diese Verwirrung trieb, ich hasste ihn, weil er so war, wie er war. Ich wollte, dass er aus meinem Leben verschwand. Der Gedanke entsetzte mich. Es ging um die Zukunft meines besten Freundes, wie konnte ich eine Entscheidung treffen, wenn ich mich von Gefühlen leiten ließ, vor denen ich eigentlich fliehen wollte?

Ich musste meinen Kopf sortieren. Die Dinge auseinanderhalten. Das Einzige, worauf es ankam, war Antonios Schicksal. Mit dem wenigen, das ich zur Hand hatte, musste ich entscheiden, ob die Gefahr, dass Antonio verhaftet wurde, tatsächlich bestand oder ob alles nur der Angst eines Vaters entsprang, der einen Sohn verloren hatte.

Es war zwölf Uhr, die Pubs hatten geöffnet. Ich brauchte dringend ein Bier. Bald saß ich am Tresen. Nach dem ersten Schluck fühlte ich mich besser. Ich versuchte den Faden wiederaufzunehmen, den ich auf der Straße zu spinnen begonnen hatte. Es gab nur eine Alternative: Don Arturos Worten zu glauben oder nicht. Wenn Antonios Leben in Gefahr war, warum hielt Clara ihn dann nicht zurück? Sie schien mir keine von denen zu sein, die der Wirklichkeit ausweichen. Wenn sie es nicht tat, hielt sie die Angst für übertrieben. Und was Antonio selbst betraf, machten auch seine gelegentlichen Depressionen aus ihm noch keinen Selbstmordkandidaten. Im Gegenteil, abgesehen von dem Zwischenspiel im Haus seines Vaters deutete alles auf das Leben. Andererseits durfte man nicht vergessen, dass einer, der mit gefälschten Papieren einreist, um sich dem Widerstand im Land anzuschließen, sein Leben in Gefahr bringt. Aber das wusste Antonio, und dennoch war es für ihn kein Hindernis. »Ich kann nicht weiter im Schatten meines Bruders leben«, sagte er einmal. Dieser Druck, der auf ihm lastete, war dem Tod nicht fern. Wer war ich, ihn aufzuhalten? Antonio würde alles tun, um nach Chile zu kommen, wenn nicht jetzt, dann später, und wenn das Schicksal es so wollte, dass die Militärs ihn umbrachten, würde er es auf sich nehmen. Don Arturo war ein Träumer, wenn er glaubte, er müsse nur seine Abreise verhindern und Antonio bliebe für immer bei ihm. Gegen seine Stärke kam ich nicht an. Die Entscheidung war gefallen. Ich würde nicht anrufen, Don Arturo aber auch nicht über meinen Entschluss informieren. Antonio würde ungehindert sein Flugzeug nehmen. Ich bestellte noch ein Bier und trank es in einem Zug.

Claras Tagebuch

Ich stehe an einem Punkt zwischen Nacht und Morgen, treibe orientierungslos durch einen Schrank mit altem Gerümpel, Puppen ohne Arme, ohne Beine. Ich habe Theo verloren, und mit ihm habe ich mich selbst verloren. Dieses Wesen, das sich nur in seiner Gegenwart zeigt. Gesprungen sind wir beide, aber wir landeten nicht am selben Ort. Beim Aufwachen war ich allein. Ich spüre weder Schuld noch Reue. Nur Trauer. Ist das der Preis für den Mut? Was vor ein paar Stunden in diesem Bett geschah, gehört nicht zur Welt der Lüge, nichts davon. Wir wussten es vorher. Theo wusste es. Aber jetzt sah er es. Alles kommt hervor, all das, was hinter den Schleusen des Bewusstseins haust. Jede unserer behütetsten Gesten fand ihren Platz beim anderen, nichts blieb gefangen im unerfüllten Wunsch. Wie können die Leute nur überleben? Verstecken sie sich im Panzer des äußeren Scheins? Vielleicht haben sie recht. Vielleicht ist es die einzige Möglichkeit, weiterzumachen: die Augen schließen, bis drei zählen, zu Gott flehen, dass er uns den Anstand wiedergibt und diesen Lebenstrieb erstickt, der uns bedroht.

20

Als ich auf die Straße trat, empfingen mich das Licht und die Wärme des Mittags wie eine freundschaftliche Umarmung. Ich ging los und war nach wenigen Minuten wieder am Cadogan Place.

Ich machte mir ein Sandwich, tat ein paar Eiswürfel in die Coca-Cola und schloss mich im Mottenzimmer meiner Schwester ein. Es war halb zwei. Antonios Flug ging erst um neun. Ich setzte mich an meine Remington. Ich musste mich auf irgendwas konzentrieren, egal was, nur nicht daran denken, was passiert war. Gegen drei klingelte das Telefon. Es war Don Arturo.

»Theo?«, fragte er.

Ich sagte ja.

»Ich rufe an, weil du bestimmt alle möglichen Zweifel hast. Die hätte ich an deiner Stelle auch. Aber du sollst wissen, wenn du es tust, wirst du der loyalste Freund sein, den Antonio je hatte. Ich kann auf dich zählen, ja? Ich muss es wissen, sonst rufe ich am Ende noch selber an, und mit meinem verflixten Englisch versteht mich wahrscheinlich kein Mensch.« Er stieß ein Lachen aus, dem anzuhören war, wie viel Mühe es ihn kostete.

Ich schwieg. Wie sollte ich ihm von meinen Grübeleien erzählen, an die ich mich kaum noch erinnerte und die mich zu dem Entschluss geführt hatten, es nicht zu tun?

»Du rufst nicht an. Ich verstehe.«

»Doch, mache ich«, sagte ich.

Erneut überkam mich, was ich für ein paar Stunden in Schach gehalten hatte. Ich hatte Mitleid mit uns. Mit Clara, mit Antonio, mit mir. Ich sah Antonio, wie er seinen Koffer packte, wie er seine Identität, sein Dasein hinter sich ließ. Wir waren längst Teil eines Dramas, und wenn es schlimm kam, verlor einer von uns sein Leben. Vielleicht hatte sein Vater recht, dann würde ich es mir nie verzeihen. Don Arturo hatte die Loyalität erwähnt.

Ich musste an die vielen Gespräche mit Antonio über dieses Thema denken. Er war geradezu besessen davon. Mit der Zeit gehörte Loyalität zu unserem festen Wortschatz, und die Verständigung darüber, was sie bedeutete, war eine der Säulen, auf denen unsere Verbindung ruhte. Einmal waren wir gemeinsam zu dem Schluss gelangt, dass Loyalität sogar über der Wahrheit stand. Wahrheit konnte der Erfahrung eines jeden Einzelnen, den Anforderungen einer höheren Form von Integrität unterworfen sein. Loyalität dagegen, so dachten wir, war immer eindeutig.

Antonio war mir gegenüber nicht loyal gewesen. Er hatte mir vorgemacht, Clara und ihn verbinde lediglich eine tiefe Freundschaft. Gut möglich, dass sie niemals vorher zusammen waren, dass die Vertrautheit ihrer Körper die Folge ihrer gegenseitigen Zuneigung war. Vielleicht hatte mich Antonio gar nicht betrogen und Clara auch nicht.

Doch auch wenn er mich verraten hätte, hieß das nicht, dass ich dasselbe tun musste. Das Einzige, was mich retten konnte, war, so gerecht wie möglich zu sein. Aber wie sollte ich gerecht handeln?

Ich durchforschte rasch meine Empfindungen und stellte fest, dass ich immer noch wütend war. Ich war sogar bereit, Antonio in den Tod zu schicken. Sterben sollte er. Ich spürte eine solche Beklemmung, dass ich das Fenster aufriss. Draußen war ein mildes Licht, Dutzende von Schwalben segelten über die Stadt. Wenn ich am Flughafen anrief, würde Antonio in London bleiben und mit seiner Anwesenheit dafür sorgen, dass all die wirren Gefühle der letzten Nacht mich weiter quälten. Vor allem aber würde ich Clara verlieren, sie würde mir nie verzeihen, dass ich seinen Traum zerstört hatte. So gesehen, war es besser, nicht anzurufen. Wenn er flog, verschwand er aus unser beider Leben.

Mut gehört zum Schwierigsten, das hatte ich schon gehört. Das Leben eines Freundes zu retten und das letzte Stückchen Seil loszulassen, das mich mit der geliebten Frau verband, war eine der seltenen Gelegenheiten, Mut zu beweisen. Ich sah noch einmal zu den Schwalben auf. Die klare Luft drang in meine Lungen ein.

Der Reihe nach nahm ich meine Argumente wieder auseinander. Am schwersten zu entkräften war, dass es nichts nutzte, ihn aufzuhalten, da er ohnehin sein Ziel erreichen würde. Doch dann erinnerte ich mich, wie ein Freund von Antonio bei einem unserer Treffen im Pub erwähnt hatte, es sei der riskanteste Zeitpunkt für eine Einreise nach Chile. Nach dem Attentat auf Pinochet war der Geheimdienst in erhöhter Alarmbereitschaft, auch die Repression nahm zu. Das alles sei noch zu frisch, sagte er zu Antonio. Doch der tat, als hätte er nicht zugehört, und bestellte noch eine Runde Bier.

Alle sonstigen Gefahren, von denen Don Arturo gesprochen hatte, mochten vorgeschoben sein, diese eine aber bestand wirklich, und es lag an mir, ob Antonio sich ihr aussetzte oder nicht. Ohne die Hilfe der Partei konnte er sich keinen neuen Pass besorgen. Er musste sich eine neue Strategie ausdenken, Mittel auftreiben, Verbündete suchen, all das brauchte Zeit. Zeit genug, bis sich die Lage in Chile beruhigt hatte.

Um halb fünf stand ich an der Kreuzung Oxford und Regent Street. Ich postierte mich an der Ecke gegenüber der Telefonzelle. Auf der Straße drängten sich die Touristen. Die Minuten vergingen mit unerträglicher Langsamkeit. Die Stimmen der Passanten, ihre Schritte, der Verkehr, alles schwoll an. Ich wollte nicht denken. Ich fürchtete, wenn ich meinen Kopf einschaltete, würde der es sich anders überlegen. Vor allem wollte ich mir nicht den Schmerz des nächsten Morgens ausmalen, des übernächsten, überübernächsten. Es mochte ja richtig sein, dass ich Antonio meine Loyalität nur beweisen konnte, wenn ich ihn vor sich selbst schützte, aber erst einmal war es nichts anderes als Verrat.

Drei Minuten vor fünf überquerte ich die Straße. Ich trat in die Kabine und wählte die Nummer, die Don Arturo mir gegeben hatte. Ich sollte mit einem gewissen James Reeves sprechen. Alles Weitere lief wie von selbst. Der Mann am anderen Ende hörte mir schweigend zu. Ich wusste, dass er jedes Wort notierte. Dann fragte er mich nach meinem Namen, und ich legte auf. Als ich aus der Zelle trat, war ich schweißnass. Ich blieb ein paar Minuten an der Bordsteinkante stehen, bis mein Atem seinen Rhythmus wiedergefunden hatte. Die Fußgänger stoben lärmend an mir vorbei. Ich nahm ein Taxi und kehrte zurück zum Cadogan Place. Ich fiel aufs Bett, setzte mir Kopfhörer auf, *The Dark Side of the Moon*, und weinte still. Seltsames Paradox: Antonios Zukunft und meine eigene hatten sich verbunden und zugleich getrennt.

Ich weiß nicht, wie die Zeit verging, auf Pink Floyd folgten die Stones und andere, an die ich mich nicht mehr erinnere. Wahrscheinlich schlief ich eine Weile. Um sieben Uhr klingelte erneut das Telefon. Es war Antonio. Seine Stimme stürzte mich von einer Hölle in die andere.

»Theo«, hörte ich nur.

Ich wusste, in weniger als einer Stunde würde er von den Sicherheitsbeamten festgenommen werden, in einen Raum gestoßen, immer wieder verhört, und dann ... Was dann passierte, wusste ich nicht. Bilder über Bilder huschten über meine Augen, wie er misshandelt wurde, gefoltert. Was hatte ich getan?

»Theo, bist du da?«, fragte er.

Ein erbärmlicher Seufzer kroch aus meiner Kehle.

»Theo, ich möchte, dass du weißt, dass Clara dich liebt. Ich war gestern Abend betrunken, wir alle. Es mag uns jetzt unglaublich vorkommen, aber bald wird es keine Bedeutung mehr haben. Es war Sex, verstehst du? Sex verbindet nicht. Was Menschen verbindet, ist etwas anderes, und ihr habt es, Clara und du. Wir beide haben auch etwas ... du weißt es, du bist mein Freund gewesen, der einzige, den ich je hatte. Ich habe es dir nie gesagt, weil es mir schwerfällt, aber es war an der Zeit. Du bist es immer noch, na ja, hoffe ich ... Theo, hörst du mich?« Seine Stimme wurde immer leiser, bis sie nur noch ein dünnes Fädchen war, als hätte die Anstrengung, all das zu sagen, ihn aufgezehrt.

Den Hörer am Ohr, wusste ich nicht, was ich sagen sollte. Von irgendwoher kamen die Worte.

»Antonio, du darfst das Flugzeug nicht nehmen, hörst du? Du darfst der Polizei nicht unter die Augen kommen, verschwinde ... bevor es zu spät ist.«

»Wovon redest du?«, rief er durchs Telefon.

»Dein Vater«, sagte ich.

»Was ist mit meinem Vater?«

»Die Polizei wartet auf dich. Sie lassen dich nicht ins Flugzeug. Dein Vater fürchtet um dein Leben, Antonio. Und ich auch.«

Wie ein Stein fiel die Stille über uns.

»Antonio«, sagte ich, meine Stimme war kaum zu hören.

»Du bist ein Arschloch.« Er legte auf.

Es gab kein Zurück mehr. Ich hätte ihm sagen können, dass er nur den Brief suchen und wegwerfen musste. Hätte.

Eine seltsame Schwerelosigkeit überkam mich. Ich rauchte einen Joint, trank ein paar Wodka und fiel bewusstlos aufs Bett.

Als ich aufwachte, war ein neuer Friede in mir, ein Friede, in dem es keine Hoffnung gab, aber auch keine Angst. Was geschehen musste, war geschehen, und was morgen kam, war nicht mehr zu ändern.

Claras Tagebuch

Kann man jemanden zweimal verlieren, ohne dass man ihn beim ersten Mal zurückgewonnen hat?

Kann man jemanden verraten, und dann spricht dessen eigener Verrat dich frei? Habe ich Theo verraten und Theo Antonio? Er hat uns alle verraten. Mit einem einzigen Hieb hat er den Traum zerstört. Durch seinen Verrat wurde meiner zu einer läppischen Kinderei. Ich habe ihn geliebt, vielleicht liebe ich ihn noch, aber ich weiß nicht, ob ich es nach alldem noch kann. Es sind nicht nur meine Gefühle, es ist mehr. Es ist dieser absurde Schatten, der sich nun zwischen uns legt, der sich unerbittlich auf alles stürzt, was wir tun. Der Rausch ist verflogen, Theos Versprechen liegt in Stücken. Voller Trauer ist der Verstand wieder bei mir eingekehrt. Ich bin zurück auf Antonios Schiff. Ich hätte es niemals verlassen sollen. Uns verbindet der Pakt jener, die wissen, dass sie nur einander haben.

21

Ein paar Tage später rief ich Clara an. Nicht dass ich es mir vorgenommen hätte, aber irgendwann setzte ich mich ans Telefon und wählte ihre Nummer. Sie begriff nicht, was ich getan hatte. An ein einziges Argument geklammert, zerpflückte sie meine Worte. Antonio war erwachsen und wusste, was er tat, niemand hatte das Recht, ihn aufzuhalten. Dann wich ihre Wut dem Misstrauen. Ich schlug vor, uns zu treffen, aber sie weigerte sich. Auch ich war mir nicht sicher, ob ich sie sehen wollte. Die Erinnerungen an diese Nacht quälten mich. Als ich sie nach Antonio fragte, antwortete sie hämisch:

»Was glaubst du wohl?«

Der Anblick seiner verdreckten Wohnung kam mir in den Sinn. Vielleicht hatte ich ihm das Leben gerettet, aber dann hatte ich ihn auch ins Leere geworfen. Womöglich brauchte Antonio die Bewegung, unabhängig von den Folgen, um nicht der Versuchung eines Absturzes zu erliegen.

Nach einer Woche telefonierten wir wieder. Doch die Kluft zwischen uns war nicht mehr zu überwinden. Mir war, als versuchte ich aus einer Ecke herauszukommen, in der ich schon einmal gewesen war, einer natürlichen Distanz, wie sie sich zwischen zwei Menschen immer wieder einstellt, um dann zu merken, dass diesmal, anders als sonst, alle Türen verschlossen waren. In den folgenden Wochen spürte ich nicht viel, eine Erfahrung, die mir wie eine Lokalanästhesie vorkam. Ein Teil des Körpers wird unempfindlich und verdeckt einen Schmerz, der sonst unerträglich wäre.

Ich erhielt einen unfrankierten Brief von Don Arturo. Er selbst, schloss ich, musste ihn gebracht haben. Darin drückte er mir seinen Dank aus. Mit Antonio hatte ich erst fünfzehn Jahre später wieder Kontakt, als er mich in London anrief und einlud, Weihnachten in Chile zu verbringen.

An die Zeit danach habe ich nur wenige Erinnerungen. Die Betäubung hatte auch den Mechanismus befallen, der die Dinge ins Gedächtnis prägt. Woran ich mich allerdings klar erinnere, ist ein Gespräch mit meiner Mutter.

*

Nachdem meine Schwester und ich uns dem Familienurlaub in Italien glücklich entzogen hatten, erfand auch mein Vater eine Ausrede, um nicht ein paar Wochen mit meiner Mutter allein verbringen zu müssen, abgeschieden in einer italienischen Villa, fern von seinen Freunden, seinem Club und vielleicht auch einer Geliebten. Folglich war der Gemütszustand meiner Mutter, die den größten Teil des Sommers allein in Fawns verbracht hatte, nicht der beste. Meiner auch nicht. Angesichts ihrer Beharrlichkeit überwand ich mich und fuhr aufs Land.

Ich war kaum angekommen, als das Gerüst, das meine Gefühle von mir fernhielt, einzustürzen begann. Wie immer konnte meine Mutter nicht aufhören mit ihren ewigen Blumen und ihren Büchern über chinesische Philosophie, und in mir sammelte sich ein dumpfer Groll gegen alles, was auch nur einen Hauch von Schönheit besaß. Wohl in der Absicht, das bisschen gute Laune zu verderben, das mein Besuch ihr bereitete, legte ich es auf einen Streit an.

Wir saßen im Wohnzimmer vor dem Kamin, im Hintergrund erklang eine Arie aus *Manon*. Während meine Mutter in ihrem aktuellen Buch nach einer Passage blätterte, die sie mir vorlesen wollte, schaute ich mich um und wurde noch deprimierter. Auf allen möglichen Tischchen lagen Bücher und verrieten ihre stete Hoffnung, etwas zu lernen. Nur selten las sie die Bücher zu Ende, immer aber griff sie irgendeine Stelle auf, die sie unbedingt mit uns teilen musste. Als sie anfing zu lesen, hielt ich es nicht länger aus.

»Du nervst«, sagte ich. »Sag mir lieber, wer Bernard Fitzpatrick ist.«

»Du hast doch etwas auf dem Herzen, oder?«, fragte sie, beugte sich vor und nahm meine Hände.

Ich löste mich von ihr und schaute gereizt an die Decke. Meine Reaktion beeindruckte sie nicht. Sie sah mich an und wartete auf eine Antwort.

»Darum geht es nicht. Immer lenkst du vom Thema ab. Ich habe dich etwas gefragt, und ich möchte, dass du darauf antwortest.«

»Keine Sorge, Theo, ich werde dir antworten.«

Ich spürte ihre Sanftmut. Sie war wieder die Mutter im Badezimmer, die die Tür schloss und die Welt aussperrte.

»Ich wusste, dass ich dir die Geschichte irgendwann erzählen würde.«

»Wie an der Badewanne«, sagte ich versöhnlich.

»So ist es.«

Seit Jahren schon hatten wir diese vertrauten Momente nicht mehr erwähnt. Sie schaute mich an, als erwartete sie nach ihrer Eröffnung, dass ich mich aufraffte und von mir sprach.

»Ja, ich habe etwas auf dem Herzen«, sagte ich, und im

gleichen Moment bereute ich es. »Vieles, wie alle in meinem Alter, aber erzähl du mir.«

Sie zündete eine ihrer Zigaretten aus schwarzem Tabak an und lehnte sich im Sessel zurück. Sie respektierte die Grenze, die ich ihr gesetzt hatte. Vielleicht ahnte sie, dass all das, was ich in mich hineingefressen hatte, jeden Augenblick herausplatzen konnte.

»Bernard hat tatsächlich etwas mit den Geschichten zu tun, die ich dir damals erzählt habe. Erinnerst du dich?«, fragte sie und lächelte.

»Abenteuer, Heldentaten und irgendjemand, der verwirrt war über einen Jungen und seine Mutter.«

»Genau. Obwohl ich mir nach seinem Tod bei gar nichts mehr sicher bin.« Ihre Miene war nun nicht mehr so fröhlich. »Wir haben uns in Oxford kennengelernt.«

»Du hast mir nie gesagt, dass du in Oxford warst.«

»Meine Noten waren zu schlecht für einen Studienplatz, aber ich habe als Gasthörerin ein paar Kurse in englischer Literatur belegt. Es war eine Idee meiner Eltern. Sie dachten, wenn ich mit Leuten zusammenkäme, die ähnliche Interessen hätten wie ich, würde mich das aus meiner Schwermut reißen. Sie wussten nicht, dass ich mich die meiste Zeit am Flussufer herumtrieb und mir vorstellte, ich wäre eine große Dichterin.« An dem Punkt mussten wir beide lachen.

»Bernard dagegen war ordentlicher Student, aber wegen seiner verdeckten Homosexualität war auch er zu einem verschlossenen Menschen geworden. Wir hatten einen Kurs gemeinsam. Er war es, der mich ansprach. Ich fand ihn gleich sehr attraktiv. Ich weiß nicht, ob er, als du ihn kennenlerntest, noch diesen stolzen Habitus hatte, diese leicht exzentrische Eleganz. Eines Tages fragte er mich nach der Vorlesung, wohin ich gehe. Ich sagte ihm, ich ginge in den Park, wie jeden Nachmittag, ich würde ein paar Enten füttern, Löcher in die Luft gucken und dann auf mein entzückendes kleines Zimmer zurückkehren. Er fand das alles reizend und bot sich an, mich zu begleiten. So begann, was bald zu einer Gewohnheit wurde und uns beiden sehr gut tat.«

Meine Mutter erhob sich aus ihrem Sessel, schürte die Glut im Kamin und setzte sich wieder. Die Fenster umrahmten einen dunkelblauen Himmel. Ich sah eine kleine Gestalt, es war Balthasar, der alte Gärtner.

»Am Anfang dachte ich, seine leicht affektierte Art zu sprechen hätte etwas mit seiner Herkunft aus gutem irischem Hause zu tun, aber eines Tages sah ich, wie er einen Mann anschaute, mit einem Glanz in den Augen, den ich bei ihm noch nie gesehen hatte. Ich ahnte, dass er schwul war. Du musst verstehen, Theo, wir waren damals schrecklich ignorant in allem, was mit Sex zu tun hatte, egal in welcher Form. Homosexualität kannte ich bis dahin nur durch Sebastian, du weißt schon, eine der Hauptfiguren aus *Wiedersehen mit Brideshead*.«

»Deshalb hast du meinen Teddybären Aloysius genannt, ich dachte, es sei zu Ehren von Evelyn Waugh.«

»Es war eine kleine, heimliche Hommage an Bernard«, sagte sie und unterstrich ihre Worte mit einem Schnalzen. »Diese Monate gehören zu den glücklichsten meines Lebens.«

Sie hielt einen Moment inne und fing an, mit ihrem Perlenkollier zu spielen, während sie durch das Fenster ins Abendlicht schaute.

»Wir spazierten durch die Straßen von Oxford, unterhielten uns und lachten über die Angeber, die Parvenüs, die Irrläufer und alle, die vorgaben, etwas zu sein, was sie nicht waren. Sie wurden zu unserer Lieblingsbeute, weil wir selbst kaum anders waren. Eines Nachmittags gingen wir am Fluss entlang, und ich sagte es ihm geradeheraus: ›Bernard, ich weiß, dass dir Männer gefallen.‹ Er blieb stehen und schaute mich an. Er musste mir nicht antworten. Wir gingen weiter. Seither waren wir Verbündete. Wir lebten in unserer eigenen Welt. An seiner Seite fühlte ich mich frei, ich konnte ich selbst sein, was immer das hieß. Mehr als einmal näherte ich mich anderen Männern mit dem einzigen Ziel, sie zusammenzubringen. ›Mein Freund ist ein großer Dichter‹, erzählte ich ihnen, und nachdem ich sie miteinander bekannt gemacht hatte, verschwand ich wie durch Zauberhand. Am nächsten Tag strahlte Bernard und umarmte mich, ohne ein Wort.«

An dem Punkt verschränkte meine Mutter die Arme und lächelte frech. Es war nicht leicht, sie mir als Schwulenkupplerin vorzustellen.

»Jetzt brauche ich einen Brandy. Willst du auch?«, fragte sie und stand auf.

Ich hatte sie nie scharfe Sachen trinken sehen, allenfalls ein Glas Weißwein an einem heißen Tag. Sie schenkte zwei Gläser halb voll, und wir saßen da und schauten ins Licht der überall im Zimmer verteilten Lämpchen.

»Es war an einem Tag kurz vor den Osterferien«, fuhr sie fort. »Er verkündete mir, am Wochenende kämen seine Eltern und seine Verlobte zu Besuch. ›Wie kommst du zu einer Verlobten, wenn du homosexuell bist?‹, fragte ich erschrocken. ›Das bin ich nicht‹, antwortete er. ›Ich mag Sex mit Männern, aber das heißt nicht, dass ich mit einem durchs Leben gehen will.‹ Wie gesagt, ich wusste nicht viel über Sex, aber mein Gefühl sagte mir, dass die Lust eine unaufhaltsame Kraft ist. Dagegen kommt nichts an. Bernard konnte sich noch so bemühen, mit einer Frau zusammenzuleben, irgendwann würde er selbst dieses Leben zerstören. Ich versuchte es ihm zu erklären, aber ich bin sicher, er wusste es längst und wollte es von niemandem hören. Er war entschlossen, seine Neigung zu unterdrücken. So sagte er es mir.

An dem Abend spielte ich Bernard einen kleinen Streich. Schon Wochen vorher hatte ich Karten für ein Stück von Shaw gekauft, und ihm blieb, auch wenn es ihn ärgerte, keine andere Wahl, als mich zu begleiten. Nach der Aufführung gingen wir noch in einen Pub. Als wir hereinkamen, sah ich dort einen Jungen sitzen, blutjung und allein. Er war von dieser herausfordernden Schönheit, die nur Verführung und Zerstörung zu kennen scheint. Ich setzte mich an den Nebentisch, Bernard holte am Tresen zwei Bier. Als er zurückkam, unterhielt ich mich angeregt mit dem Jungen. Er war am selben Tag nach Oxford gekommen und wartete auf einen Freund, der ihn schon vor Stunden hätte abholen sollen. Er war aus Barnsley geflüchtet, einem Bergbaustädtchen ohne große Perspektiven. Das Einzige, wonach er sich sehnte, war eine schützende Hand und neue Erfahrungen, die ihn aus seinem bisherigen Leben herausrissen. Er war der Traum eines jeden Homosexuellen. Jungfräuliches, williges Fleisch.«

Ich staunte über die Begriffe, die meine Mutter verwendete. Sie bemerkte meine Verwunderung und sagte lächelnd:

»Ich weiß, du findest meine Ausdrucksweise vielleicht unpassend. Aber vergiss nicht, mein Lieber, ich bin dreißig Jahre vor dir geboren, das relativiert so manches.«

Ich lächelte beflissen, und sie fuhr fort.

»Es waren noch drei Tage, bis seine Eltern und seine Verlobte nach Oxford kamen, und diese drei Tage verbrachte er mit dem Jungen. Am Samstag saßen wir dann beim Tee im Randolph, alle sehr gesittet, besonders Bernard, der seinen ganzen Charme und seine besten Manieren aufbot. Sein Vater war etwas umständlich, aber sehr höflich, immer mit einem bescheidenen Lächeln, das ihn allem Kleinlichen zu entrücken schien, als hätte die Begegnung zwischen seinem Sohn und seiner zukünftigen Schwiegertochter nicht die geringste Bedeutung. Allein die Bekanntgabe von Bernards exzellenten Zeugnissen entlockte seinem Gesicht ein breites Lächeln, obwohl auch das vielleicht übertrieben ist. Das Mädchen war wirklich reizend. Hübsch, zierlich und mit einem unglaublich albernen Sinn für Humor. Während wir uns die Scones mit Marmelade schmecken ließen und Bernard dabei Roses Hand hielt, dachte ich, dass er vielleicht doch recht hatte und es schaffte, seine heißen Nächte zu vergessen und mit ihr ein normales Leben zu führen. Er hatte mir von seinen beruflichen Plänen erzählt, wozu der heimliche Wunsch gehörte, einmal Herausgeber einer renommierten Tageszeitung wie des *Guardian* zu werden. Nach dem Tee machten wir einen Rundgang durchs College. Unterwegs hatte ich Gelegenheit, ein paar Worte mit Rose zu wechseln. Sie interessierte sich für meine Freundschaft mit Bernard. Ich antwortete ausweichend. Ich sagte ihr, Bernard verbringe die meiste Zeit in der Bibliothek und studiere, während ich lieber an der frischen Luft sei. Meine Erklärung schien ihr zu gefallen, vor allem, dass Bernard so fleißig lernte. Am Ende unseres Spaziergangs hakte sie sich bei mir unter, als wäre zwischen uns eine innige Freundschaft entstanden. Wenn mir etwas an diesem Abend klarwurde, dann dass Rose sich der Liebe Bernards gewiss war, was meine Zweifel hinsichtlich ihrer zukünftigen Ehe beiseiteschob. Deswegen überraschte mich auch der Brief, den ich ein paar Wochen später von ihr erhielt und worin sie von Bernard sprach und ihren Befürchtungen. Ich fand es recht ungewöhnlich, dass sie sich an mich wandte, eine völlig fremde Person. Woraus ich schloss, dass ihre Angst und ihre Verwirrung größer waren, als sie zu erkennen gab. Sie erwähnte Bernards niedergedrückte Stimmung, wenn sie allein waren. Manchmal geriet er ohne sichtlichen Grund aus der Fassung und machte ihr Vorwürfe wegen Dingen, die er bei anderer Gelegenheit bewundert hatte. Sie erzählte mir auch, wohl in dem Versuch, diesem sprunghaften Verhalten Bernards vor sich und vor mir etwas entgegenzusetzen, dass er sehr liebevoll war, niemals vergesse er diese Rituale, die das Verliebtsein begleiten, das Datum zum Beispiel, als sie ihm zum ersten Mal einen Brief schrieb. So bekam ich eine Ahnung davon, wie alles seinen Anfang genommen hatte. Rose war es gewesen, die sich Bernard ausgesucht hatte. Er brauchte nur nach der rettenden Hand zu greifen, die sie ihm ausstreckte. Sie erzählte mir, er habe sie nicht angerührt, womit sie sagen wollte, dass sie noch nie miteinander geschlafen hatten. Nicht dass es sie bekümmerte, letztlich war es eine Art, ihr seine Achtung zu erweisen. Dass er es aber nicht einmal versucht hatte wie die Freunde ihrer Freundinnen, ließ sie an seiner Liebe für sie zweifeln. Sie fragte mich, ob ich von einer Frau wisse, einer vielleicht nicht standesgemäßen, in die Bernard heimlich verliebt sein könnte. Solche Fragen stellten wir Frauen uns damals, heute mögen sie dir lächerlich erscheinen.«

Meine Mutter stand auf und stützte sich auf den Kaminsims. In ihrem Gesicht lag etwas Sanftes, Wehmütiges.

»Nachdem ich Roses Brief gelesen hatte, fühlte ich einfach nur Mitleid mit ihr, unendliches Mitleid. Ich sprach mit Bernard. Den Brief erwähnte ich nicht, Rose hatte mich herzlich gebeten, diesen Kontakt zu verschweigen. Ich sagte ihm, er zerstöre nicht nur sein Leben, sondern auch, wie mir schien, das von Rose, einem sensiblen Mädchen, das es nicht verdient habe, so grausam getäuscht zu werden. Bernard schwang ein paar Argumente, hinter denen ich seine Verzweiflung erahnte. Zwei Tage lang wich er mir aus. Am dritten fing ich ihn an der Tür des Hörsaals ab und sagte ihm, wenn er Rose nicht die Wahrheit sage, würde ich es tun. Er wurde wütend. Er sagte, ich hätte kein Recht, mich in sein Leben einzumischen, er sei alt genug, um zu wissen, was er tue, und wenn er bei seinem Versprechen bleibe, dann weil er sicher sei, dass alles gutgehe. Wenn ich Rose schriebe, sagte er, würde ich sein Leben zerstören. Er wich einen Schritt zurück, vielleicht fürchtete er sich vor dem, was passieren mochte. Dann hob er die Hände und fasste sich an den Kopf. Er schaute mich an. In seinen Augen sah ich Verzweiflung, Angst, aber auch einen Hauch von Erleichterung. Als würde ihn diese Konfrontation zwischen uns für einen Moment von etwas fernhalten, das ihn tödlich verletzte. Am selben Tag schrieb ich Rose. Glaub mir, es war dieser letzte Blick, er gab mir die nötige Kraft. Als ich später daran zurückdachte, begriff ich, dass

Bernard, jenseits aller Wut und ohne sich dessen bewusst zu sein, von mir nur wollte, dass ich ihn vor sich selbst schützte. Dass ich ihn von dieser Pflicht erlöste, die ihn kaputtmachte. Du kannst dir die Folgen meines Briefs sicher ausmalen. Seine Trennung von Rose und auch der endgültige Bruch unserer Freundschaft.«

Meine Mutter stellte sich ans Fenster. Die Zweige eines dichtbelaubten Kastanienbaums zeichneten sich vom dunklen Himmel ab. Ihr Gesicht konnte ich jetzt nicht mehr sehen. Vom Fenster aus sprach sie weiter:

»Ich habe mir mein ganzes Leben Vorwürfe gemacht, Theo. Ich hätte mich niemals einmischen dürfen.«

Meine Augen wurden feucht. Ich zündete eine Zigarette an, nahm ein paar tiefe Züge und blies den Rauch zum Kamin.

»Ihm verdanke ich es, dass ich jetzt Arbeit habe, verstehst du?«, sagte ich voller Ungeduld, ich musste einfach irgendwelche Schlüsse ziehen.

Meine Mutter schwieg.

»Er hat dir verziehen, das ist doch klar. So konnte er sich für das revanchieren, was du für ihn getan hast«, fuhr ich fort.

»Wenn du so tief in das Leben anderer Menschen eingreifst, weißt du am Ende nie, ob es gut oder schlecht war. Wäre ich nicht gewesen, würde Bernard heute vielleicht noch leben. Die Krankheit, an der er gestorben ist, wird durch Geschlechtsverkehr übertragen, wusstest du das?« Ihr Blick schweifte durch das Dunkel des Gartens.

»Klar weiß ich das, aber er hätte sich auch so anstecken können. Selbst wenn er diese Rose geheiratet hätte, hätte das noch nichts bedeutet. Denk nur an all die unglücklichen Jahre, den Schmerz, den er ihr zugefügt hätte, und wozu? Um etwas aufzuschieben, was ohnehin passiert wäre? Du hast es früher begriffen als er, das ist alles. Ich bin sicher, du hast dich nicht geirrt. Ganz sicher«, sagte ich mit brüchiger Stimme.

Sie kam vom Fenster zurück, und als sich unsere Blicke trafen, wurde mir klar, dass sie alles verstand. Sie verstand, dass ich verzweifelt glauben wollte, was ich sagte.

»Wahrscheinlich hast du recht, Theo«, sagte sie langsam, als streichelte sie mich mit ihren Worten.

Ich dachte an das Gespräch mit Antonio im Pub auf dem Campus, als er beschlossen hatte, sich über das Verbot der Partei hinwegzusetzen und nach Chile zu gehen. Ich sah wieder seinen fiebrigen Blick, diese Unsicherheit, die mir für ein paar Sekunden das Gefühl gab, er erwarte von mir nur ein überzeugendes Argument, das ihn zurückhielt.

Die Erzählung meiner Mutter und meine Erfahrung fügten sich auf eine Weise zusammen, dass mir diese Symmetrie in den Sinn kam, die dem Leben eigen zu sein schien. Ihre Loyalität gegenüber Bernard hatte meine Mutter genauso verstanden wie ich die meine gegenüber Antonio. Seine Vergebung brauchte ich nicht mehr. Zu gegebener Zeit würden die Dinge auch bei mir an ihren Platz finden. Die Menschlichkeit meiner Mutter rührte mich, und ich empfand eine große Zärtlichkeit für sie. Ich merkte, wie sie mich beobachtete. Bestimmt ahnte sie, welche Wirkung ihre Geschichte auf mich gehabt hatte.

»Irgendwann erzähle ich es dir«, sagte ich, als hätte sie mein stilles Selbstgespräch gehört.

»Wann immer du möchtest, ich bin da. Das weißt du, ja?«

»Ich weiß es.«

Bevor wir zu Bett gingen, umarmte ich sie so wie früher, als Kind. Ich dachte schon, ich müsste weinen. Meine Anwandlung erschreckte mich. Ich riss mich los und sprang ohne einen Gutenachtgruß die Treppe hinauf.

Nach diesem Abend mit meiner Mutter verwarf ich jeden Gedanken daran, mein Government-Studium abzuschließen. Kaum war ich zurück in London, rief ich Tony an und sagte ihm, ich sei bereit für die Reise nach Nicaragua. Ich musste dem Weg folgen, den Bernard vorgezeichnet hatte. Der eigentliche Grund aber war nicht Bernard, auch wenn es mir damals kaum bewusst war, sondern das unbändige Verlangen, mir einen Ort zu suchen, wo die äußeren Gefahren mächtiger waren als die in meinem Inneren. Einen Monat später flog ich nach Mittelamerika. Es war die erste von vielen Reisen, die noch folgen sollten.

*

Als ich aus Nicaragua zurückkam, versuchte ich Kontakt mit ihnen aufzunehmen. Ich hinterließ Don Arturo eine Nachricht und bat ihn um Antonios Adresse, aber er meldete sich nicht. Ich rief auch Ester an, Claras Mutter. Ihrer schneidenden Stimme entnahm ich, dass sie nichts mehr von mir wissen wollte. Noch lange Zeit gingen mir die Erinnerungen durch den Kopf, plagten mich Schuldgefühle, manchmal war es unerträglich. Dann dachte ich an das Gespräch mit meiner Mutter und versuchte mit aller Kraft, den erlösenden Frieden jenes Abends wiederzufinden. Auch wenn ich ihn nie wieder in dieser ganzen Fülle spürte, schaffte ich es, dass mein Leben nicht zuschanden ging.

Claras Bild ließ mich in all diesen Jahren nicht los. Ihre Präsenz in meinem Kopf und auch in meinem Körper bestimmte meine Begegnungen mit den Frauen, die nach ihr kamen. Um die Sache erträglicher zu gestalten, beschloss ich für mich, dass die Unfähigkeit, eine Beziehung einzugehen oder sie mir auch nur vorzustellen, einem Leben entsprach, das ich selbst entworfen hatte und in dem für echte Zuneigung kein Platz war. Die einzige Ausnahme von dieser Regel war die Liebe zu meiner Tochter Sophie. In ihrer Schuld stand ich immer.

III

Zurück

22

Ich weiß nicht, wie lange wir so saßen an diesem Abend des 25. Dezember, Clara und ich, schweigend auf dem Sofa. Ich merkte nur irgendwann, dass der Mond verschwunden war und mit ihm der See und die Umrisse der Hügel. Wie abweisend die Nähe sein kann, dachte ich. Oft sprechen wir von ihr, wenn sie nicht vorhanden ist. Vertrautheit ist nicht diese verbale oder körperliche Enthemmung, die manchmal über uns kommt, wenn wir glauben, jemandem über den Weg gelaufen zu sein, der unserer Geständnisse oder Leidenschaften würdig ist. Wahre Nähe entgleitet, macht sich klein, zeigt sich im Körper wie eine sanfte, wohlige Wärme, schafft die Illusion von Dauer. Clara und ich, im Schummerlicht unseren Gedanken nachhängend, spürten davon nichts. Im Gegenteil, ich bin sicher, sie fühlte sich so fern von mir wie ich von ihr.

Ich war müde. Ich hatte nicht die Kraft, irgendeine Form des Kontakts herzustellen. Ohnehin wäre jedes Zeichen, jede Bewegung mühsam und vergeblich gewesen. Wir standen auf und sagten uns mit einem Kuss auf die Wange gute Nacht.

Als ich am nächsten Morgen aus meinem Zimmer kam, bereitete Antonio das Frühstück. Er trug ein kurzärmliges Hemd, das seine kräftigen Unterarme zur Geltung brachte. Ich setzte mich an den Küchentisch. Er schenkte mir eine große Tasse Kaffee ein und stellte sich mit seiner eigenen vor mich. In seinem Mund steckte eine selbstgedrehte Zigarette. Ich sah aus dem Fenster, in der Ferne hing eine Regenwolke über den Bergen. Antonio strich sich über das Gesicht und sagte:

»Du hast bestimmt nicht gewusst, dass ich acht Monate später nach Chile geflogen bin. Marcos hat mir geholfen. Er hat mir einen neuen Pass und ein Ticket für Rückkehrer besorgt. War nicht so schwierig. Du siehst, ich war nicht aufzuhalten.« Seine Augen glänzten, er machte einen aufgeräumten Eindruck.

Er blies den Rauch an die Decke und beobachtete, wie er sich in weißen Kringeln auflöste. So oft hatte ich das bei ihm gesehen, dass sich etwas in mir zusammenkrampfte.

»Ich weiß nicht, ob es dich interessiert, aber wenn du willst, erzähle ich.«

»Bitte«, sagte ich leise.

»Als ich herkam, war die Widerstandsbewegung am Boden. Immerhin schaffte ich es, Kontakt zu einer Gruppe in den Bergen aufzunehmen. Sie gehörten zu den wenigen, die sich nicht unterkriegen ließen. Die anderen fingen an, mit jedem Dahergelaufenen zu flirten, Hauptsache, sie bekamen die Demokratie. Ich lebte eine Zeit bei ihnen. Ein paar Sachen haben wir auf die Beine gestellt. Die Leute im Dorf beschützten uns, sie wollten, dass wir mit der Diktatur aufräumen. Es war ein einfaches Leben, aber es gab uns Kraft. Eines Nachts stürmte die Armee das Lager. Es waren Dutzende, sie hatten Befehl, uns zu vernichten. Kämpfen war unmöglich. Tage später wurde unser Kommandant tot im Fluss gefunden. Ein paar wenige konnten fliehen, wir zerstreuten uns in der Stadt, so gut wir konnten.«

Er schaute in die Landschaft. Die Regenwolke war näher gekommen.

»Bald ist sie hier«, sagte er und deutete auf die Wolke. »Schon komisch, wenn man sehen kann, was später passiert. Ist das nicht unglaublich? Hätten wir diese Möglichkeit doch öfter.«

Ich nickte.

»Und Clara«, sagte er dann. »Du willst wissen, wie sie in die Geschichte passt, oder?«

Er öffnete seine Tabaksdose und drehte sich eine weitere Zigarette. Ich wartete ungerührt, dass er den Faden wiederaufnahm. In diesem Moment kam Clara herein und setzte sich zu uns. Sie trug Schlafshorts und ein weißes T-Shirt, unter dem sich ihre Brustwarzen abzeichneten. Wie es aussah, hatte sie nicht gut geschlafen.

»Vor der ersten Tasse Kaffee weiß Clara nicht mal, wie sie heißt«, sagte Antonio und streichelte ihr über den Hals. »Stimmt's?«

Sie raffte ihr Haar zusammen und machte sich einen raschen Pferdeschwanz.

»Darum geht es nicht. Ich mag nicht so in den Tag springen«, sagte sie.

Der Regen erreichte unsere Hütte und wurde nach ein paar Minuten zu einem wahren Wolkenbruch. Durch den grauen Vorhang war die Sonne zu erkennen, sie stand über dem benachbarten Hügel.

»Irgendwo muss ein Regenbogen sein«, sagte Clara und trat durch die Tür auf eine weite, ungemähte Wiese.

»Geh ruhig raus. So ein Schauspiel wirst du nicht vergessen«, sagte Antonio zu mir.

Ein vollkommener Bogen spannte sich über den silbergrauen Himmel. Clara schaute hinauf. Sie schlang die Arme um die Schultern und flüchtete sich bald wieder ins

Haus. Auf einmal glänzte der Regen hell, glitt mit großer Geschwindigkeit zum See und verschwand.

*

Der Vormittag verlief friedlich. Ich wollte Sophie anrufen, doch die Verbindung war zu schwach. Am Nachmittag schien die Sonne, und wir gingen hinunter zum See. Clara rannte ins Wasser. Antonio legte sich auf ein Handtuch und schloss die Augen. Ich blieb am Ufer und sah zu, wie Clara hinausschwamm. Ich hatte es noch nicht geschafft, meinen Körper an dieses wechselhafte Klima zu gewöhnen. Vor allem aber spürte ich eine immer größere Unsicherheit. Es war Angst, aber anders als die Angst im Krieg. Wenn ich als Reporter unterwegs war, fand ich immer einen inneren Raum, in den ich mich flüchten konnte. Ich brauchte mir nur einen fernen Augenblick in Erinnerung zu rufen, eine Landschaft, Sophie natürlich, mit ihrem ansteckenden Lachen und diesem Gesicht eines erwachsenen Kindes. Aber mir kam nichts in den Sinn. Ich war schutzlos.

Bald kam Clara wieder aus dem Wasser und legte sich neben mich. In dem Moment sahen wir das Boot zum ersten Mal in voller Geschwindigkeit auf die Bucht zurasen. Wir konnten einen Mann erkennen und zwei junge Frauen. Eine der beiden winkte uns zu. Das Boot kurvte ein paarmal durch die Bucht und beschleunigte dann wieder auf den See hinaus.

Das Mädchen, das ich am Tag vorher im Garten hatte Reisig sammeln sehen, setzte sich ein paar Meter von uns entfernt hin, ohne etwas zu sagen. Clara rief sie bei ihrem Namen. Sie kam ein Stück näher, wahrte aber einen gewissen Abstand.

»Kommst du mit ins Wasser?«, fragte Clara, und das Mädchen nickte.

Sie brachte ihr Schwimmen bei. Die Kleine stellte sich geschickt an. Sie holte mit den Armen weit aus und hob ihren Kopf in perfektem Rhythmus. Nach einer Weile setzte Antonio sich auf. Clara wollte ihn ermuntern, sich ihnen anzuschließen, aber er schlug das Angebot aus, mit einem so energischen, anhaltenden Schütteln des Kopfes, als bezöge sich seine Ablehnung auf vieles andere mehr.

»Die Beine nicht hängen lassen, Loreto, dann kannst du schneller schwimmen und wirst nicht müde. Ja, sehr schön«, rief Clara ihr zu.

Nach einer Weile kamen sie aus dem Wasser und hüpften über die Steine. Clara legte sich auf ihren orangefarbenen Pareo, das Mädchen ließ sich neben sie fallen. Die Luft war frisch und klar. Antonio und ich saßen da und beobachteten, wie das schwindende Licht auf dem Wasser glitzerte. Als die Sonne sich vom See zurückzog, gingen wir wieder ins Haus.

*

Nachdem wir einen Tee getrunken hatten, fragte Antonio mich, ob ich Lust hätte auf einen Spaziergang, und wir zogen los. Der hungrige Hund folgte uns ein Stück und war irgendwann verschwunden. Auf einer Anhöhe setzten wir uns auf ein paar Felsblöcke.

»Du kannst gerne weitererzählen«, sagte ich.

»Ich weiß. Du möchtest, dass ich dir von der schönen Clara erzähle, von Clara, dem leuchtenden Stern.« Er zeigte auf das rötliche Holzhaus, seine Umrisse zeichneten sich von einem der Hügel ab. »Die Hütte gehört ihr. Es war ihre Idee, dich einzuladen. Hat gut getan, dich zu sehen, Theo.«

»Ich weiß nicht, ob ich das Gleiche sagen kann«, musste ich gestehen, auch wenn ich mir meiner Unhöflichkeit bewusst war.

»Ich weiß, es ist verwirrend, Dinge zurückzuholen, die wir am liebsten vergessen würden.«

»Vergessen waren sie für mich nie, Antonio. Ich möchte, dass du mir erzählst, was danach war, wie es mit euch weiterging.«

Meine plötzliche Erregung war mir unangenehm, und ich beugte mich vor, um einen Stein aufzuheben. Seit meiner Ankunft hatte ich mühsam vermieden, meine Unruhe offen zu zeigen. Als ich den Kopf hob, schaute er mich an.

»Du weißt, Claras Leben und meins waren immer eng verbunden, es fällt uns nur schwer, zusammen zu sein. Das war's auch schon. Alles andere sind Anekdoten. Ist doch egal, wie wir uns wieder getroffen haben, was wir gemacht haben und so weiter …«

Der Hund tauchte zwischen den Büschen auf und legte sich ein paar Meter weiter hin, die rosa Zunge hing ihm feucht aus dem Maul.

»Serrucho, komm her«, rief Antonio.

»Mir ist es nicht egal.« Ich ärgerte mich, wie ungeniert er den Tatsachen auswich.

»Du willst doch nur über uns urteilen können, stimmt's? Du möchtest sagen: Klar, ich hatte recht, sie haben mich verraten … und so die Wut rechtfertigen, die Enttäuschung, die Zeit, die du aufs Wundenlecken verwendet hast. Und was danach alles kam, das Misstrauen, die Angst, jemand könnte dich wieder verletzen. Glaubst du, ich weiß das nicht?«

Wir schauten uns herausfordernd an, gehalten durch diese sonderbare Würde des Schweigens. Was er als meine Gefühle beschrieb, waren auch seine eigenen. Diese Symmetrie schuf eine neue Ordnung: Keiner von uns konnte sich die Rolle des Opfers anmaßen oder sagen, die Dinge seien auf eine bestimmte Weise geschehen. Und doch wollte ich es wissen, ich hatte zu lange gewartet.

»Es ist ganz einfach«, murmelte ich. »Clara war die Frau, die ich liebte, und du warst mein bester Freund. Ist doch egal, was ich mit alldem bezwecke. Ja, womöglich will ich mein Gewissen beruhigen oder das Chilenenkapitel beenden«, sagte ich und malte mit den Fingern Anführungszeichen in die Luft. »Ich könnte noch viele andere Gründe anführen, die genauso richtig wären. Erzähl mir«, sagte ich und schämte mich des bettelnden Tons in meiner Stimme.

»Clara hat mir das Leben gerettet«, erklärte er plötzlich. Er stieß ein polterndes Husten aus, dann sprach er weiter. »Als ich aus den Bergen in die Stadt kam, versteckte ich mich bei einer Familie im Haus. Nicht sehr lange, es war zu riskant für sie. Ich fand eine Arbeit als Putzmittelverkäufer und mietete mir ein Zimmer in einer Pension im Zentrum. Die einzige Person, mit der ich Kontakt hatte, war ein Bruder meines Vaters. In bestimmten Abständen trafen wir uns, und er gab mir die spärlichen Nachrichten weiter, die ihn von meinen Kameraden erreichten. In dieser Zeit sind mehrere von ihnen gefallen. Das Leben in der Pension war eintönig, aber sicher. Nachts las ich, die übrige Zeit zog ich von Haus zu Haus. Ich verkaufte Unmengen von Chlorreinigern, Bleichmitteln, Fettlösern, Möbelpolituren. In meinem Zimmer stapelten sich die Kartons. Abgesehen von meinem Onkel war meine einzige feste Beziehung die mit meinem Lieferanten«, sagte er lächelnd. »Der Typ nahm mein Geld entgegen und gab mir von seinem Schreibtisch aus die Produkte. Ich habe ihn nie stehend gesehen.

Du wirst dich jetzt fragen, wie es so weit kommen konnte. Aber das geht schneller, als man denkt. Ich musste mir meinen Lebensunterhalt verdienen, und solange der Geheimdienst mich suchte, hatte ich keine andere Wahl, als mich in Luft aufzulösen. Aber wie gesagt, ich hatte jede Menge Zeit zu lesen, was die Sache einigermaßen erträglich machte. So fand mich Clara, inmitten meiner Kartons und meiner Bücher. Sie hatte die Adresse von meinem Onkel, ich hatte ihm einmal von ihr erzählt, deshalb gab er sie ihr. Clara sagt immer, ich hätte ein Gesicht gemacht wie ein Wahnsinniger.« Er lächelte schwach und schüttelte den Kopf. »Ich weiß noch, wie sie gegen die Kartons trat, als wären die an allem schuld. Sie hatte mich überall verzweifelt gesucht. Damals war sie bei einer englischen Gruppe, die mit modernem Tanz durch Lateinamerika tourte. Sie stieg aus, um nach mir zu suchen. Du kennst sie ja«, sagte er und schaute mich an, sicher erinnerte er sich an dieselben Episoden, an die auch ich denken musste. »Kurzum, ein paar Wochen später zog ich zu ihr. Das Haus hatte sie von einer Schwester ihres Vaters geerbt. Clara und ihr guter Stern, du weißt schon. Erinnerst du dich, wo sie in London wohnte? St. John's Wood: Keiner von uns hätte davon auch nur zu träumen gewagt. Jedenfalls fand Clara einen Psychiater, der mir Antidepressiva gab. Als die Demokratie kam, fing ich an, für eine Zeitung zu schreiben. Bald arbeitete ich für verschiedene Medien, auch für ein paar ausländische Tageszeitungen. Das hat Clara für mich getan. Sie schaffte es, dass ich morgens aufwachte und genau wusste, was ich zu tun hatte, ohne mich jedes Mal zu fragen, warum zum Teufel ich lebte. Das war mehr als genug, oder? Es war eine schöne Zeit. Sie mit ihren Kinderbüchern, ich mit meinen Artikeln. Ein beschauliches Leben.«

Das also war die romantische Geschichte von Antonio und Clara. Ich konnte meine Wut und meine Eifersucht nicht verbeißen. Ein beschauliches Leben hatten sie geführt, während ich mich fünfzehn Jahre lang in Hotelbars herumschlug, in Flüchtlingslagern und verwüsteten Städten.

Für einen Moment lauschten wir den Rufen der Vögel, unsere Blicke verloren sich in den abendlichen Schatten. Dann fuhr Antonio fort:

»Aber es dauerte nicht lange. Eines Nachts wachte ich auf, schaute zum Fenster und wusste, dass Clara mich verlassen hatte. Es war ganz einfach, ihre Blumen begannen zu welken. Ansonsten hatte sich nichts verändert. Aber alles hatte sich verändert, weißt du? Es mag dir lächerlich erscheinen, aber für mich war es offensichtlich. Noch nie war es passiert, dass Clara die Blumen am Fenster vergaß. Manchmal sagte sie sogar zu mir: ›Komm, schau sie dir an.‹ Es muss ein langsamer, unsichtbarer Prozess gewesen sein. Ich nehme an, so ist das mit dem Verlassen. Zuerst ist dir nicht mehr wichtig, was der andere denkt, was er sagt, seine Argumente klingen für dich abgestanden. Dann interessiert dich nicht mehr, was er macht, was er fühlt, und ohne dass du es merkst, zack, bist du weg. Du kannst natürlich weiter dableiben, morgens zusammen Kaffee trinken. Du bist längst auf und davon, und was von dir bleibt, ist kaum mehr als eine Hülle. Genau das hatte Clara mir zurückgelassen, eine wunderbare Hülle ihrer selbst.«

Er schüttelte den Kopf und lächelte spöttisch.

»Ohne die Illusion von dem, was ich als ›unser‹ Leben bezeichnete, verlor alles wieder seinen Sinn. Ich hatte meine Ideale für Clara eingetauscht. Ein bloßer Ersatz. Es war hart, mir das klarzumachen, aber ich spürte auch eine große Freiheit. Das mag dir ungewöhnlich vorkommen. Aber du klammerst dich an irgendwen oder irgendwas, und wenn es seinen Sinn verliert, findest du einen anderen Ansporn, und so weiter bis zum Tod. Letztlich sind es bloß Illusionen, ein einziges Blendwerk, mit dem du eine unumstößliche Tatsache verdeckst: dass du letztlich allein bist, und ringsum ist die Leere. Klingt affig, ich weiß. Ich wundere mich selbst, wie einige dieser Gemeinplätze, die wir das ganze Leben vermieden haben, am Ende die ehrlichste Art sind, manche Dinge zu benennen.

Und während ich das dachte, fühlte ich mich wie einer dieser Helden aus einem Hollywoodstreifen, der am Höhepunkt des Films das Licht sieht und sich der Wahrheit stellt. Aber jetzt kommt das Bemerkenswerteste. Eines Nachts sagte Clara im Schlaf deinen Namen. Ja, guck mich nicht so an, es stimmt.«

Ich zuckte zusammen.

»Du kannst dir nicht vorstellen, wie dankbar ich war, dass du weit weg warst.«

Tränen liefen ihm über die Wangen. Er sprach weiter, ohne sie abzuwischen. Und ich dachte, er sei tapfer wie die homerischen Helden, die er so bewunderte.

»An dem Tag sagte ich ihr nichts davon, auch nicht am nächsten. Kurz, ich entfernte mich allmählich von ihr.«

Er blieb ein paar Sekunden still. Dann sagte er:

»Jetzt hast du's, das wolltest du doch wissen, oder? Vielleicht habe ich dich deshalb hergeholt. Wer weiß …«

»Um mir das zu sagen.«

»Um dir das zu sagen.«

Er stand auf und ging, ohne mich anzuschauen, zurück zum Haus. Ich folgte ihm mit ein paar Schritten Abstand.

Dass Clara meinen Namen genannt hatte, machte sie mir nicht zugänglicher. Was genau hatte Antonio damit sagen wollen? Wollte er auf sie verzichten? Dann wäre das alles ebenso grausam wie paradox: Jede Tür, die Antonio schloss, war eine Tür, die ich öffnen konnte.

Ich schlief kaum. Am nächsten Morgen musste ich unbedingt mit Sophie sprechen. Meine Liebe für sie war das Einzige, was mir sicher schien. Rebecca war am Apparat. Sie antwortete freundlich, als hätte sie meinen Gemütszustand geahnt. Ich hörte Sophie durch den Flur laufen und dann ihre Stimme. Ich hatte einen Kloß im Hals und konnte kaum *hello* stammeln, aber Sophie plapperte fröhlich drauflos und erzählte mir von dem kleinen Fohlen, das am Morgen geboren worden war. Sie hatte es Daddy genannt, so würde sie an mich denken, wenn sie es sah. Sie erzählte von einem schwarzen Fleck auf seiner Nase, deshalb wollte sie es erst Blacky nennen, aber dann entschied sie sich für Daddy, der Fleck konnte ja wieder weggehen, wenn es größer wurde, und dann würde niemand seinen Namen verstehen. Während sie redete, als hätten wir uns nie auch nur für einen Tag getrennt, hielt ich mir die Hand vors Gesicht, mir kamen fast die Tränen.

»Ich liebe dich, mein Schatz.« Das einzig Wirkliche war ihre Stimme. »Du wirst immer meine Tochter sein, ja?«

Sie lachte über meinen Einfall, vielleicht spürte sie, dass ihr Vater einen schwierigen Moment durchlebte und sie brauchte.

»Klar werde ich immer deine Tochter sein, und du bist mein Daddy, auch wenn das Fohlen stirbt, manchmal sterben sie nämlich, wusstest du das? Manchmal überleben sie die Sommerhitze nicht, oder den Winter.«

*

Nach dem Frühstück gingen wir zum See hinunter. Diesmal hatte ich meine Badehose dabei und blieb eine ganze Weile im Wasser. Später kam Loreto, das Mädchen, dem Clara Schwimmen beibrachte. Sie setzte sich zu uns, wieder mit einem gewissen Abstand, und wartete darauf, dass Clara sie aufforderte, näher zu kommen. Ermuntert von unseren Komplimenten, schwamm sie bald allein auf den See hinaus.

Auf einmal sahen wir es. Dasselbe Boot wie am Tag zuvor. Es kam vom Ufer der hügeligen, mit Bäumen bestandenen Halbinsel links der Bucht genau auf unseren Badeplatz zu. Das Geräusch des Motors sägte durch die Mittagsluft. Clara machte eine verärgerte Handbewegung. Es schoss mir durch den Kopf, aber dann verwarf ich den Gedanken. Antonio dagegen überlegte nicht lange. Er lief zum Wasser und schwamm auf die Stelle zu, wo Loretos Kopf zu sehen war. Der Lärm des Bootes wurde immer lauter. Jemand stand am Bug. Bald war Antonio bei Loreto. Wir sahen, wie er sie an der Schulter packte und mit ihr zum Ufer zurückschwamm. Das Boot kam immer näher. Clara schrie. Die Leute auf dem Boot konnten sie nicht hören. Sekunden später fuhr das Boot über ihre Köpfe hinweg, und beide verschwanden. Ein paar Meter weiter hielt das weißglänzende Gebilde an. Ganz kurz war lateinamerikanische Musik zu hören, dann trat Ruhe ein, eine elektrisierende, unheilvolle Ruhe, die etwas Unwirkliches hatte. Ich sah, wie Clara den Mund aufmachte, aber es kam kein Ton heraus. Ich dachte, sie würde gleich ohnmächtig, aber ich rannte trotzdem zum See. Plötzlich, wie bei einer Explosion, schossen die beiden Köpfe aus dem Wasser. Loreto stieß einen schwachen Angstschrei aus. Die Leute auf dem Boot, ein Mann, zwei Frauen und ein etwa sechzehnjähriger Junge, brüllten. Die Köpfe von Loreto und Antonio schaukelten auf dem Wasser. Das Boot fuhr auf sie zu, ich schwamm in die gleiche Richtung. Auf einmal war nur noch Loreto zu sehen. Als ich bei ihnen war, hielt der Junge sie in den Armen. Antonio blieb verschwunden.

Ich tauchte, so tief ich konnte. Blind schwamm ich auf den Grund zu, ohne ihn zu erreichen, dann im Kreis. Antonio musste irgendwo dort sein, aber ich konnte ihn nicht sehen. Ich wollte weitersuchen, aber ich musste zum Luftholen an die Oberfläche. Da sah ich Clara. Sie war ins Wasser gesprungen und schwamm auf mich zu. Ich füllte die Lungen mit Luft und tauchte wieder ab. Tief unten berührten sich unsere Körper, das Wasser war ruhig. Mich erschreckte die Vorstellung, was ich dort finden konnte, und zugleich konnte ich meine Erregung beim Anblick von Claras Körper nicht unterdrücken, wie ihre Arme durchs Wasser glitten, ihr Haar in Zeitlupe wogte, ein Traum, ein Traum, der im Innern des Albtraums wohnte, dieser entsetzlichen Wirklichkeit, deren Richtung wir beide umzukehren versuchten. Aber es war zwecklos. Antonio war verschwunden. Das Ufer war zwar nur wenige Meter entfernt, aber der See senkte sich an dieser Stelle in einen tiefen, dunklen Graben. Die Umrisse von riesigen Baumstämmen waren zu erkennen, die Aststümpfe ausgestreckt, wie prähistorische Tiere. Für einen Moment hatte ich den Eindruck, der See würde uns mit seinen tödlichen Klauen ebenfalls auf den Grund hinabziehen. Ich griff nach ihrer Hand, und wir tauchten wieder auf. Die Luft schoss mir in die Lungen, als risse sie mich ins Leben, ins Licht. Der Spiegel des Wassers war nun wieder ruhig. Clara schrie, ihre Augen waren glasig, aber sie weinte nicht. Am liebsten hätte ich auch geschrien. Der Mann auf dem Boot schwenkte die Arme wie eine Stockpuppe.

»Wo ist er, wo ist er? Tun Sie was, verdammt nochmal, tun Sie was, ich bitte Sie.«

Hinter seinen Schreien hörte ich Loreto jammern. Ich tauchte wieder hinunter, bis meine Sinne aussetzten, bis mein pochendes Herz fast platzte und mich stoppte.

Der Typ half uns ins Boot. Loreto klammerte sich an Clara. Sie hatte eine blutende Schnittwunde am Kopf.

»Sie muss ins Krankenhaus«, sagte ich.

Der Mann nickte. Er hatte eine deutliche Alkoholfahne.

»Schaffen Sie das?«, fragte ich, nachdem ich gemerkt hatte, dass er betrunken war.

»Ich kann das Boot fahren«, erklärte der Junge.

Er sah nüchtern aus, seine Augen flößten mir Vertrauen ein. Der Ältere widersetzte sich nicht.

Clara fing an zu zittern, als beherrschte sie ihren Körper nicht mehr. Sie stammelte leise, unverständliche Wörter.

Wir verabredeten, dass ich mit Clara an Land ging, während sie Loreto zum nächsten Ort brachten. Sobald sie dort waren, würden sie mich auf meinem Handy anrufen.

Ich nahm Loretos Hand und sagte ein paar Worte zu ihr, um sie zu beruhigen.

»Und Don Antonio, wo ist Don Antonio?«, fragte sie, fast bewusstlos.

»Es geht ihm gut«, log ich. Und indem ich es sagte, wünschte ich, meine Worte gingen in Erfüllung und alles Geschehene wäre nicht mehr als ein böser Traum. »Sie bringen dich jetzt in ein Krankenhaus, da bekommst du die Wunde verbunden. Mach dir keine Sorgen, alles wird gut.«

Das Boot setzte uns am Ufer ab. Clara konnte kaum atmen. Ich nahm sie in die Arme und drückte sie an mich. Ihr Körper war kalt.

So standen wir da, bis ein Bauer aus der Nachbarschaft ans Ufer kam.

23

Noch am selben Nachmittag bargen Taucher Antonios Leiche. Sein Kopf sah aus wie ein Ballon kurz vor dem Platzen. Das Wasser hatte einen Teil seiner Kleidung fortgespült, sein aufgedunsener weißer Körper erinnerte an eine Stoffpuppe. Ein langer, tiefer Schnitt zog sich durch seinen Bauch wie eine riesige Lippe. Als Clara ihn sah, schloss sie die Augen. Ich legte meinen Arm um sie. Sie saß am Ufer, stocksteif, ohne zu weinen oder etwas zu sagen, während die Männer von der Seewache und die Polizisten hin und her gingen und Fragen stellten, sich den Hergang genau schildern ließen, über Funk mit ihren Vorgesetzten sprachen, Antonios Leichnam verhüllten, bürokratische Routinesachen erläuterten, die niemand hören wollte.

Marcos und ich kümmerten uns um die Einzelheiten der Beerdigung. Pilar rief ein paar Freunde und Verwandte in Santiago an und versuchte, Antonios Mutter zu erreichen. Clara saß die meiste Zeit zusammengekauert auf dem weißen Sofa – auf dem Antonio immer gesessen hatte –, mit abwesendem, fragendem Blick, als hätte der Tod sie in die Kindheit zurückgeworfen. Als es Nacht wurde, wollte sie nicht von dort weg. Wir deckten sie zu und sahen abwechselnd nach ihr.

Am nächsten Morgen holte Marcos Claras Mutter in Puerto Montt ab. Nur mit Mühe erkannte ich in dieser hageren, ergrauten Dame, die aus dem Pick-up stieg, die energische Frau wieder, die ich in Wivenhoe kennengelernt hatte. Als Ester hereinkam, war Clara immer noch wie abwesend. Dann sah sie ihre Mutter und warf sich ihr in die Arme. Ihr erstarrter Schmerz hatte den unseren zurückgehalten. Doch beim Anblick, wie sie in den Armen ihrer Mutter zitterte und schluchzte, das Gesicht an ihrer Brust verborgen, wurde all der Schrecken der letzten Stunden Wirklichkeit. Pilar umarmte Marcos. Ich dachte an Sophie, an meine Gleichgültigkeit. Ich hatte es verdient, dort allein herumzustehen.

Am Nachmittag beerdigten wir Antonio.

*

Als Clara nach der Beerdigung in den Schlamm fiel, wurde mir bewusst, dass ihre Beziehung zu Antonio in Wahrheit sehr viel stärker und tiefer gewesen war, als er mir häppchenweise gestanden hatte. Ester und ich stützten sie und brachten sie zum Haus. Sie weinte nicht, hatte nicht einmal feuchte Augen, ihr Körper hatte jede Spur von Leben verloren. Als wir ankamen, ließ Ester die Badewanne einlaufen. Fast ohnmächtig, kauerte sich Clara in ihrem verschmutzten Kleid auf das weiße Sofa. Kurz darauf nahm Ester sie an die Hand und führte sie ins Bad.

Wir anderen versammelten uns auf der Terrasse. Es wurde dunkel. Der Regen hatte aufgehört.

»Ich habe sie hierher gebracht«, sagte Marcos irgendwann. »Antonio und Clara. Vor vier Jahren. Gleich beim ersten Mal hat Antonio sich in diesen Ort verliebt. Mit einer seiner Kolumnen hatte er einen Sturm ausgelöst, und wir wollten ihn davon fernhalten. Für alle Übel der Welt gab er der katholischen Kirche die Schuld. Das ist seine Lieblingsbeschäftigung, es mit den Institutionen aufzunehmen und sich mit ihnen zu messen«, erzählte er und merkte gar nicht, dass er von Antonio sprach, als würde er noch leben.

Später kamen Mutter und Tochter. Marcos und Pilar umarmten Clara. Als die Reihe an mir war, nahm auch ich sie in die Arme und wünschte mir, ich könnte ihr die Liebe geben, die mich mit ihr verbunden hatte und immer noch verband.

Ihre Augen starrten weiter ins Nirgendwo. Ester brachte sie ins Schlafzimmer, sie schlossen die Tür und kamen nicht wieder. Marcos und Pilar verabschiedeten sich und fuhren nach Hause.

Ich blieb noch eine Weile auf der Terrasse und betrachtete den Himmel, die dunklen Umrisse der im Nachtwind schaukelnden Bäume. Wie oft, dachte ich, musste Antonio diese Landschaft, die ich jetzt vor Augen hatte, gesehen haben. Ob ihm jemals in den Sinn gekommen war, dass er hier den Tod finden könnte? Ich erinnerte mich an die Szene am Tag meiner Ankunft, als ich meinen Koffer auspackte und er das Gedicht von Horaz an seinen besten Freund zitierte: *Würdest du mich nach Gades begleiten, nach Kantabrien, zu den wilden Syrten … Ans Ende der Welt. Dort wirst du die warme Asche deines Dichterfreundes einst mit schuldgen Tränen netzen.*

Seine Worte suggerierten, offenbarten oder verbargen etwas, ich konnte nicht sagen, was davon am treffendsten war, jedenfalls war es nur schwer zu benennen. Die Umstände seines Todes waren nicht vorhersehbar gewesen, aber war es denkbar, dass er, wo er sich schon vom Leben abgewandt hatte, sein eigenes so rücksichtslos aufs Spiel setzte? Und wenn er tatsächlich in den Tod gegangen war, warum hatte er es getan? Vielleicht gehörte er zu jenen Menschen, die, getrieben von Aktionismus, lieber im Vollbesitz ihrer Kräfte dem Tod entgegengehen, als sich von diesem unwürdigen Zustand überraschen zu lassen, den das Leben für uns am Ende bereithält.

Ich erinnerte mich an ein Gespräch vor vielen Jahren, kurz nach dem Tod seines Bruders, als wir aus einem Pub kamen und durch Soho spazierten. Wir verglichen einen individuellen Tod – aus welchen Gründen auch immer, Krankheit, Alter, Unglücksfall – mit einem an ein größeres Ziel gebundenen Tod, einen sinnvollen Tod. Wie den seines Bruders Cristóbal. So wollten wir sterben. Plötzlich machte er einen Sprung und schüttelte sich. Ich sah ihn verblüfft an, und er lachte schallend.

»Davon zu sprechen gibt mir Kraft, ich bekomme Lust, loszulaufen und etwas Aufregendes zu erleben, etwas Gefährliches, und ein für alle Mal dem Tod die Stirn zu bieten, diesem Arsch«, rief er und boxte in die Luft.

Ebenso erinnerte ich mich daran, wie der Mann auf dem Boot mehrmals der Polizei zu erklären versuchte, dass er Antonio noch hätte erreichen können, wenn der nur die Arme ausgestreckt hätte, doch statt dessen, sagte er, ließ er sich treiben und versank mit dem Gesicht nach oben im Wasser. Er war gestorben, ohne den Kopf zu senken, den Blick zum Himmel, wie die arabischen Pferde. Die Version des Mannes war leicht zu widerlegen, die tiefe Bauchwunde musste das Herz in Mitleidenschaft gezogen haben, sehr wahrscheinlich war er bereits tot.

Aber das waren nur Mutmaßungen. Unbestreitbar war, dass Antonio sich im Gegensatz zu den meisten Menschen niemals damit begnügt hatte, den Helden nur in der Phantasie zu geben, im Spiel, in den Träumen. Er war sich treu geblieben und gestorben, als er ein Leben rettete.

Die Gedanken und Erinnerungen, die mir durch den Kopf gingen, deuteten alle in eine Richtung. Vermutlich aber wollte ich selbst daran glauben, dass Antonio den Tod gesucht hatte, so konnte ich mich der Verantwortung dafür entziehen, dass ich nicht rechtzeitig reagiert hatte.

*

Am nächsten Morgen, Clara und Ester schliefen noch, kam Pilar mit ihrem Handy in die Küche und arrangierte von dort aus unsere Rückkehr nach Santiago.

»Soll ich dir ein Hotelzimmer reservieren oder wohnst du bei Clara?«, fragte sie mich, während sie auf die Buchungsbestätigung der Fluggesellschaft wartete.

»Ich weiß nicht, darüber hatte ich gar nicht nachgedacht.«

Ihre Frage verwirrte mich. Ich wusste nicht einmal, was ich in den nächsten vierundzwanzig Stunden tun sollte. Ich fühlte mich allein. Kontakt mit Clara war unmöglich, ich kam mir vor wie ein Eindringling, ein unnützes Zubehör. So wie die Dinge standen, hatte es keinen Sinn, dass ich blieb, ich konnte aber auch nicht davonlaufen.

»Was wäre besser für sie, was meinst du?«, fragte ich.

Sie lächelte. Offenbar schmeichelte es ihr, dass ich sie um Rat fragte.

»Was sagt dir dein Herz?«

Ich hasste diese Frage. Nicht nur weil sie kitschig klang, genau das wollte ich ja um jeden Preis vermeiden. Alte Hexe, dachte ich.

»Ich mache mir eher um Claras Herz Sorgen, nicht um meins.«

»Entschuldige, Theo, dass ich mich einmische«, erklärte sie, »aber du hast mich gefragt. Was Claras Herz verbirgt, können wir nicht wissen. Und was für sie besser wäre, genauso wenig. Du kannst nur wissen, was dein Herz fühlt, und wenn du ihm folgst, liegst du sehr wahrscheinlich richtig«, schloss sie mit einem inspirierten Lächeln.

Ich hatte tausend Argumente, mit denen ich ihre Worte zurückweisen konnte. Wie oft war ich meinen Regungen gefolgt und an der grausamsten Gleichgültigkeit gescheitert?

In dem Augenblick erschien Clara. Sie trug das Haar im Nacken zusammengebunden und hatte sich das Gesicht gewaschen. Ihre Augen waren verquollen. Pilar schaute mich erwartungsvoll an, das Telefon immer noch in der Hand.

»Und, wie hast du dich entschieden?«, fragte sie. »Wenn du ein Hotel willst, müssen wir gleich reservieren.«

Es ärgerte mich, dass sie vor Clara davon sprach. Wir schauten beide zu ihr. Sie stand mit verlorenem Blick am Fenster. Abseits der Welt, durch die sie einsam streifte, schien nichts und niemand sie zu berühren.

»Ja, bitte«, sagte ich, und das Thema war beendet.

Kurze Zeit später kam Ester und dankte Pilar dafür, dass sie die logistischen Einzelheiten in die Hand genommen hatte.

»Du weißt ja, mit diesen Herrschaften am Telefon habe ich mich noch nie verstanden.«

Pilar nickte lächelnd, als wäre Esters mangelnder Sinn fürs Praktische allseits bekannt und akzeptiert.

Nach dem Frühstück packte Clara ihre Sachen, und während wir noch vor unseren Kaffeetassen saßen, hatte ich Gelegenheit, mit Ester zu sprechen. Sie bat mich, das Geschehen noch einmal Schritt für Schritt zu schildern. Jedes Detail wollte sie wissen, vor allem, wann genau Clara in sich versunken war. Ich sah wieder die Frau von früher, ihren lebhaften, aufmerksamen Blick, ihre berückende Art, zuzuhören. Danach fragte sie mich nach meinem Leben, und ich gab ihr eine Kurzversion des Üblichen. Sie erzählte mir, sie unterrichte immer noch, ihre große Leidenschaft, und seit zehn Jahren lebe sie mit einem Engländer zusammen, der sich mit Antiquitäten beschäftige.

Gegen zwölf fuhren uns Marcos und Pilar in ihrem Pickup zum Flughafen. Den Kopf gegen die Scheibe gelehnt, schaute Clara schweigend in eine Landschaft, die mir vor fünf Tagen noch wie ein Freudenfest vorgekommen war und die jetzt Trauer zu tragen schien. Nichts hatte sich geändert, und doch war alles anders. Ich musste daran denken, wie Antonio eines Nachts aufwachte und sah, dass die Blumen im Zimmer verwelkt waren. Sowie sie ihre Pracht einbüßten, hatten die Blumen den Schleier der Illusion heruntergerissen. Die Wirklichkeit zeigte sich nackt. Ich war mir nicht sicher, aber ich ahnte, dass Clara und Antonio das Gleiche getan hatten wie die meisten Menschen: sie hatten sich einen Raum geschaffen und mit Dingen vollgestellt, die etwas bedeuteten, um so das Schweigen zu überdecken und die Distanz mit Gemeinsamkeiten zu kaschieren. Zumindest wollte ich das glauben.

Am Flughafen verabschiedeten wir uns von Marcos und Pilar. Während wir über das fast leere Rollfeld zum Flugzeug gingen, wirbelte ein Windstoß den Staub auf und fegte ihn über den Rand des Betons, wo er auf dem Feld zerstob. Ester ging voraus. Ich nahm Claras Hand, ihre Finger klammerten sich fest um meine. Am Horizont, über

224

der Silhouette des Flugzeugs, sahen wir eine Wolke. Dort musste der Regen sein.

Clara und Ester setzten sich nebeneinander. Als ich auf meinem Platz saß, schlug ich eine Zeitung auf. Auf Seite zwei war ein Foto von Antonio. Ein Dreitagebart legte einen Schatten auf sein fröhliches Gesicht. Er trug einen breitkrempigen Hut wie auf einer Expedition. »Antonio Sierra, der geistige Freischärler, von Bootsschraube getötet.« Weiter unten wurde erläutert, dass er starb, als er einem Mädchen das Leben rettete. Der Artikel führte seine virulentesten Ideen auf. Eine seiner Kolumnen war vollständig abgedruckt. Darin schrieb Antonio, eine Passage von Philip Roth aufgreifend, über »das Angemessene«. Sein Argument stützte sich auf den Gedanken, das Angemessene sei ein aufgezwungener Wert, um so die grundlegenden Triebe der menschlichen Natur zu bändigen, weshalb es auch keinesfalls ein dauerhafter Wert sei. Das Angemessene sei nur ein Deich, den die Zeit und die menschliche Natur schließlich niederreißen. Ich schlief ein und wachte erst auf, als wir mit dem Landeanflug begannen.

Am Ausgang sah ich von weitem einen Mann, der uns durch das Türglas zuwinkte. Matt, Esters Engländer, war mindestens fünfzehn Jahre jünger als sie, kräftig, mit kantigem Kinn und üppigem braunem Schnurrbart.

Bald fuhren wir durch eine graue Stadt, der Himmel hing tief, die Hitze drückte. Ester machte den CD-Player an. Mozarts Klarinettenquintett erklang.

»Gibt es nicht mal was anderes, Matt?«, fragte sie.

»Wir haben auch Bob Dylan, nicht wahr?«

»Stimmt, wie konnte ich das vergessen«, sagte Ester. Clara lächelte zum ersten Mal.

»Warum kommst du nicht für ein paar Tage zu uns?«, fragte Ester, vorsichtig und besorgt.

»Ich bin lieber zu Hause.«

»Bist du sicher? Möchtest du nicht bei mir bleiben, Clara? Du weißt, wir würden uns sehr freuen.«

»Ich bin sicher, Mama. Ich will nach Hause.«

»Na gut«, sagte Ester und gab sich geschlagen.

»Und du, Theo? Wäre doch albern, wenn du ins Hotel gehst. Wer ist nur auf diese komische Idee gekommen? Du kannst bei uns bleiben oder bei Clara.«

Clara sagte nichts.

»Keine Sorge. Du weißt ja, wir Herumtreiber fühlen uns am wohlsten im Hotel.«

Ich weiß nicht, warum ich das sagte. Ich hätte ihr Angebot annehmen können, nichts lieber wünschte ich mir. Es war Claras gleichgültige Haltung, oder ich wollte mich noch einsamer fühlen.

Wir kamen an einem französisch anmutenden Park vorbei. Nur ein paar Meter neben der dichtbefahrenen Straße planschten unzählige Kinder in Badehose in einem Brunnen mit einer Skulptur, die etwas Wagnerisches hatte. Die Fahrt zog sich endlos hin, es war die Hitze, waren die auf so kleinem Raum überschießenden Gefühle. Schließlich kamen wir zu dem Hotel, das Pilar für mich ausgesucht hatte. Wir verabredeten uns zum Abendessen bei Ester und Matt. Ich nahm mein Gepäck aus dem Kofferraum. Clara stieg aus.

»Danke, Theo. Für alles …«, sagte sie mit dünner Stimme.

Ich küsste sie auf die Wange, nahm meinen Koffer und wartete, dass sie wieder einstieg. Ich blieb stehen, bis sie verschwunden waren.

Kaum war ich auf meinem Zimmer, wählte ich Sophies Nummer. Ich hatte erst vor zwei Tagen mit ihr gesprochen, aber es kam mir vor, als wären seither hundert Jahre vergangen. Immer hatte ich das Bild vor Augen, wie Ester ihre Tochter umarmte. Alles Geschehene sammelte sich in dieser Umarmung und in Claras Untröstlichkeit. Es war Entsetzen, aber auch eine große, tiefe Verbundenheit. Und während sie sich umarmten, wünschte ich mir, ich wäre in Sophies Nähe.

Dania war am Apparat, das Hausmädchen. Bei einem meiner Besuche hatte ich sie kennengelernt. Ich hatte sie als eine rundliche, redselige Frau in Erinnerung. Diesmal jedoch grüßte sie mich kurz angebunden. Ich fragte sie nach Sophie, aber sie schwieg.

»Ist etwas passiert?«, fragte ich.

Die Frau schwieg weiter, und ich konnte nicht mehr an mich halten.

»Himmel, jetzt antworten Sie doch, ich bitte Sie!«

Sie schluchzte. Es war klar, dass etwas nicht stimmte. Während ich wartete, dass sie sich beruhigte, ging ich mit dem schnurlosen Telefon im Zimmer auf und ab. Ich war so durcheinander, dass ich gegen ein Tischchen stolperte und eine Lampe umwarf.

»Die Frau und das Kind sind weggegangen«, sagte sie.

»Was heißt das, sie sind weggegangen, wohin?«

»Ich weiß nicht.«

»Was ist passiert? Sagen Sie schon.«

»Der Herr und die Frau haben sich gestritten. Das war gestern Abend. Fragen Sie mich nicht. Ich rede nicht über andere Leute. Die Frau hat die Koffer gepackt, dann sind sie gegangen.«

»Wohin?«

»Ich sage doch, ich weiß es nicht.« Die Frau hatte ihre Fassung wiedergewonnen, und ihre Stimme war so schneidend wie zu Beginn.

»Hat sie wenigstens ihr Handy dabei?«

»Nein. Sie hat es dagelassen. Wo der Herr es ihr bezahlt …« Der Tonfall verriet ihre Abneigung gegen Rebecca. »Es hat den ganzen Morgen geklingelt, aber ich gehe nicht dran. Ich habe Ihnen doch gesagt, ich mische mich nicht in fremde Angelegenheiten.«

»Weiß jemand, wo sie sind?«

»Der Herr hat gesagt, er will nichts mehr von ihr wissen, und wenn jemand nach ihr fragt, soll ich das sagen.«

Mir wurde schwindlig. Nie in Sophies acht Lebensjahren hatte ich mehr als zwei Wochen am Stück mit ihr verbracht. Doch zu wissen, dass sie an einem Ort war, zu dem ich jederzeit Zugang hatte, gab mir Sicherheit. Rebecca hatte alle Türen offen gelassen, damit ich mit ihr sprechen oder sie sehen konnte. Sie war nachsichtig mit mir, wenn auch ein wenig ungläubig. Ich nehme an, sie hatte immer den Verdacht, dass ich früher oder später meine eigene Familie gründen und Sophie vergessen würde. Mehr als einmal erhaschte ich ihren argwöhnischen Blick, als sie sah, wie ausgelassen und fröhlich wir beide bei meinen Besuchen waren. Ich weiß nicht, ob Rebecca mit Sophie darüber sprach oder ob sie es sich vornahm, wenn sie älter war, jedenfalls hatte ich den Eindruck, dass sie das Mögliche tat, um die Gefühle ihrer Tochter zu schützen, und wenn das bedeutete, den meinen zu misstrauen, würde sie es, ohne zu zögern, tun.

Dania erbarmte sich meiner und sagte, ich könne ja Anne

anrufen, eine Freundin von Rebecca, die müsste wissen, wo sie sich aufhielten.

Seit fünf Jahren lebten Rebecca und Russell zusammen. Es war eher unwahrscheinlich, dass er ihrer überdrüssig geworden war. Russell war zweimal verheiratet gewesen, was sein Wesen sanfter stimmte, er hatte Lust auf ein Leben ohne allzu große Überraschungen, aber mit genügend Schwung, um nicht vor der Zeit zu sterben. Rebecca dürfte seine Erwartungen erfüllt haben. Sie hatte sich ihre Reize weitgehend bewahrt, mit einer gewissen Reife, die ihr alles andere als schlecht stand. Ich kann mir vorstellen, dass sie ihm ab und zu eine Privatshow bot und mit ihrer sonoren Stimme eins dieser Lieder sang, mit denen sie mich in Mexiko betört hatte. Gut möglich, dass sie es war, die Russell leid wurde. Auch wenn es in diesem Fall ihrerseits klug gewesen wäre, es ihn nicht merken zu lassen. Rebecca war schon lange nicht mehr aufgetreten, und sosehr die Jahre ihre Züge gemildert haben mochten, für eine zweite Karriere würde es ihr nichts helfen.

Dania gab mir die Nummer von Anne, und ich rief gleich an. Während ich es klingeln hörte, war mir zumute, wie ich es aus vielen Kriegssituationen kannte. Ich konnte augenblicks verschwinden, und niemand würde mich vermissen. Rebecca nahm ab.

»Wo bist du?«, fragte sie, kaum dass sie meine Stimme hörte. Sie wusste, ich konnte für eine Reportage an irgendeinem Zipfel der Welt sein.

»Ich bin noch in Chile.«

»Aha«, sagte sie ungerührt.

»Und wo seid ihr?« Meine Frage war lächerlich, schließlich hatte ich sie selbst bei ihrer Freundin angerufen.

»Ich warte, bis diese bescheuerten Feiertage vorbei sind, dann suche ich uns eine neue Bleibe.«

Ich hörte, wie sie gierig einatmete, sie musste eine Zigarette zwischen den Fingern haben. So liebenswürdig wie möglich fragte ich:

»Du willst mir bestimmt nicht erzählen, was passiert ist.«

»Natürlich nicht.«

Ich schauderte. Mir wurde klar, dass die Welt meiner Tochter zusammengebrochen war. Zurück blieben die Farm, Dania, Sophies kleines Fohlen. Allein die Vorstellung, dass Rebecca ihr Leben zerstören könnte, machte mich wütend. Aber ich wollte ihr die Stimmung nicht noch mehr verderben, also sagte ich nichts. Ein Gedanke schoss mir durch den Kopf, und bevor ich es mir anders überlegte, sprach ich ihn aus:

»Ich will versuchen, gleich morgen einen Flug nach Jackson Hole zu bekommen.«

Ich war erleichtert, dass ich nun ein klares Ziel vor Augen hatte, einen Ort, an dem ich inmitten dieses Sturms landen konnte.

»Ich weiß nicht, ob das eine gute Idee ist«, antwortete sie.

»Ich glaube, Sophie tut es gut, wenn sie mich sieht. Wo sie alles verloren hat …«

»Jetzt werd nicht dramatisch«, sagte sie.

»Mir wird es auch guttun.«

»Dachte ich mir. Wie immer. Deine Bedürfnisse sind ja so wichtig. Mach, was du willst.«

»Sag Sophie bitte nichts. Ich möchte sie überraschen. Außerdem möchte ich nicht, dass du falsche Hoffnungen weckst, falls ich kein Ticket mehr bekomme.« Ich gab ihr die Telefonnummer meines Hotels und legte auf.

Ich rief meinen Reiseagenten in London an und bat ihn, mir so schnell wie möglich einen Flug nach Jackson Hole zu besorgen. Gewöhnt an die Änderungen meiner Pläne im unpassendsten Moment, beeindruckte ihn mein Anliegen nicht weiter. Er sagte, ich könne in Ruhe abwarten, er würde mir meine Flüge umgehend bestätigen.

Ich war alles andere als ruhig. Nie zuvor hatte ich ein solches Bedürfnis verspürt, meine Tochter in die Arme zu schließen. Ich schaute aus dem Fenster auf die Straße. Ein befreundeter Dichter von den Kanarischen Inseln sagt, die Einsamkeit sei ein Fenster, das auf einen Baum schaut. Die Einsamkeit ist ein Mensch in einem Hotel, der aus dem Fenster schaut, hätte ich ihn korrigiert, wenn ich den Elan aufgebracht hätte, zum Telefon zu greifen und ihn in Teneriffa anzurufen.

*

Langsam wurde es dunkel. Es waren noch zwei Tage bis Neujahr, durch die Fenster der Gebäude schimmerten die Weihnachtslichter. Ester wohnte in einem ruhigen Viertel mit dichtbelaubten Bäumen und niedrigen, gleichartigen Häusern. Ihr eigenes war einstöckig und an das Nachbarhaus gebaut. Ester öffnete die Tür. Ich musste daran denken, wie Antonio mich einmal, fern in der Zeit und der Erinnerung, zu ihr nach Wivenhoe mitgenommen hatte. Es war der Beginn einer Reise gewesen, die vielleicht jetzt, in Chile, wo Antonio tot war und in der Erde verweste, an ihr Ende kam. Ich blieb stumm auf dem Absatz stehen, unfähig zu irgendeiner Reaktion, bis Esters Stimme mich aus dem Labyrinth meiner Erinnerungen riss.

Das Haus war klein, die Einrichtung wie unbeabsichtigt,

als hätte alles zufällig seinen Platz gefunden, was eine lockere und gemütliche Atmosphäre schuf. Clara hatte sich in einen Sessel verkrochen und schien in dem dämmrigen Licht einer Lampe zu schweben. Ein älteres Paar saß ihr gegenüber. Matt kam mit umgebundener Schürze aus der Küche.

»Das sind Emma und Mauricio Silberman«, stellte Ester das Paar vor. »Mauricio lehrt Logik an der Universität, Emma ist Psychoanalytikerin. Sie hat eine Zeitlang Antonio behandelt. So haben sie sich kennengelernt. Sie haben mit der Analyse aufgehört und sind Freunde geworden. Entspricht nicht ganz der reinen Lehre, wie du siehst.«

Emma stand auf und begrüßte mich ungezwungen, so als kenne sie mich. In ihrer Gegenwart fühlte ich mich sofort wohler. Vielleicht waren es ihre in sich ruhenden Bewegungen, ihr reines, ungeschminktes Gesicht. Mauricio gab mir eine knochige, aber energische Hand. Mit seiner schlanken Figur, der großen Nase und der angestrengten Miene sah er aus wie ein neurotischer jüdischer Intellektueller.

Clara bedeutete mir, mich neben sie zu setzen. Ich gab ihr einen Kuss und streichelte ihren Handrücken. Zuerst wollte kein Gespräch in Gang kommen, auch wenn das Paar ohne Zweifel Ester und ihrer Tochter nahestand. Matt trug das Essen auf, wir setzten uns an den Tisch. Ermutigt von Ester, erzählte Emma, wie Antonio seine Therapie abgeschlossen hatte. Außer mir kannten alle die Geschichte. Demnach hatte Antonio sich eines Tages auf die Couch gesetzt und, statt zu sprechen, sein Hemd ausgezogen. »Von innen kennst du mich schon«, sagte er, »jetzt kennst du mich auch von außen. Ich denke, damit können wir unser Abenteuer für beendet erklären. Ich würde lieber mit Mauricio Silberman und deinen beiden Töchtern Tee trinken.« Emma erzählte, es sei das erste und, wie sie zuversichtlich hoffte, auch letzte Mal gewesen, dass sie die Freud'sche Theorie kurzerhand über Bord warf. Angeregt durch unsere Aufmerksamkeit, sprach sie nun von der Freundschaft, die sie mit Antonio verband, und wie präsent er in ihrem Leben immer gewesen war. Clara, die ihr Weinglas nicht absetzte und sich mehrmals nachschenkte, schaute sie fest an und holte immer wieder tief Luft. Emmas Worte taten uns gut. Es war uns ein Bedürfnis, von Antonio zu sprechen, ihn an unseren Tisch zu holen, ohne uns dem Eigentlichen zu stellen oder es auszusprechen: dass sein Tod eine Tragödie war. Ich bin sicher, ihnen gingen dieselben Gedanken durch den Kopf wie mir.

Als ich Ester die Einzelheiten des Unfalls schilderte, hatte ich beiläufig, ohne dem eine Bedeutung beizumessen, erwähnt, dass der Mann auf dem Boot noch versuchte, Antonio zu retten. Ihr war anzusehen gewesen, dass dieser Umstand sie nicht losließ. Doch nichts davon durfte ausgesprochen werden. Alles, was wir taten, diente unserem Schutz. Vor allem Claras Schutz. Nach dem Essen kehrte sie gleich wieder zurück in den Sessel, leerte ihr Glas und heftete den Blick auf einen unbestimmten Punkt an der Wand.

Ich dachte, dass ich sie nie wirklich gekannt hatte. In all den Jahren, in denen ich versuchte, sie in meinen Erinnerungen aufleben zu lassen, hatte ich gesehen, wie sie sich bewegte, lachte, tanzte, redete, mich verführte, doch nie nahm ich sie ganz wahr, nie konnte ich sagen: Clara ist so oder so. Sie war wie Antonio, ungreifbar, aber auf eine andere Art. Er war immer ein paar Schritte voraus gewesen, als wären ihm die Momente nicht genug, als müsste er sie in die Zukunft projizieren, um ihnen Bestand und Bedeutung zu geben. Sie dagegen lebte jeden Augenblick, ohne ihn wohin auch immer zu projizieren, auf eine gleichsam ätherische Weise, als schweifte ein Teil von ihr durch einen anderen Raum.

Clara erhob sich schwankend.

»Möchtest du ins Bad?«, fragte Ester und nahm sie am Arm.

Clara löste sich mit einem verärgerten Ruck von ihr, und wir sahen, wie sie verschwand.

»Ich glaube, du solltest zu ihr gehen«, meinte Emma.

Ester folgte ihrem Rat. Matt schenkte uns Wein nach und legte eine CD mit einer Klaviersonate ein. Emma fragte mich ein paar Einzelheiten zu Antonios Tod, die sie in Claras Anwesenheit nicht hatte ansprechen wollen. Nach einer Weile kamen Mutter und Tochter wieder ins Wohnzimmer.

»Alles in Ordnung, macht euch keine Sorgen«, sagte Clara und nahm ihr leeres Glas. Sie wollte nach der Flasche greifen, aber Ester hielt sie zurück.

»Bin ich etwa nicht brav gewesen?«

Ich hatte den Eindruck, mit ihrem Benehmen wollte sie in die Tochterrolle schlüpfen, ihre Mutter bitten, das Kommando zu übernehmen und sie von der Verantwortung für sich selbst und ihre Gefühle zu befreien. So ist der Tod, er richtet sich ein unter den Lebenden und stellt ihr Dasein auf den Kopf, schleicht sich in den Verstand und lässt die Kindheit von der Kette.

Sie nahm die Flasche und schenkte sich ein. Für einen

Moment herrschte tiefes Schweigen, während die Klaviertöne durch den Raum strichen. Ich musste daran denken, wie sie einmal sagte, sie hätte nicht genug Zeit gehabt, um ihre Kindheit zu beenden.

Ich wollte sehen, wie sie an ihre Grenze ging. Meine Grausamkeit war mir selbst unheimlich. Was fühlte ich für Clara? Freude darüber, zu sehen, wie sie den Grund erreichte, war keine Liebe. Letztlich bedeutet es nicht viel, wenn man fünfzehn Jahre lang von einer Frau phantasiert. Sie schmiegt sich in deine Wünsche und verliert jede Wirklichkeit. Die Clara, die ich unzählige Male im Halbschlaf gerufen hatte, die alle anderen Frauen überstrahlte, die Frau meines Lebens, sie existierte nur in der Einbildung. Der Zeitpunkt war gekommen, sie zu einem Menschen aus Fleisch und Blut zu machen und meine Freiheit wiederzugewinnen. Auch wenn ich begriff, dass ihr idealisiertes Bild aufzugeben hieß, von nun an schutzlos zu sein. Die Vorstellung von der Frau, die sie in meinen Augen verkörperte, hatte alle Regungen von mir ferngehalten.

»Theo hat als Letzter mit Antonio gesprochen«, sagte Clara plötzlich und schaute mich an. »Gibt es etwas, das du mir erzählen kannst? Etwas, das mir hilft?« Es war ein Flehen in ihrem Ton, aber auch ein Hoffen.

Ich spürte alle Blicke auf mir ruhen. Wie hätte ich ihr sagen können, dass Antonio resigniert und voller Schmerz von ihr gesprochen hatte?

»Dass er dich liebte. Aber das weißt du, es wird dir nicht helfen, es zu verwinden.«

»Natürlich nicht«, murmelte sie.

»Natürlich nicht«, wiederholte Ester. Sie setzte sich neben Clara und legte ihr den Arm um die Schulter.

Emma, Mauricio und Matt schwiegen.

»Würdest du mich nach Hause bringen, Theo?«, fragte Clara. Ihre Augen waren, trotz des trübenden Alkoholnebels, entschlossen.

»Kind, bleib doch hier, das wäre besser«, sagte Ester.

»Nein, Mama. Ich will mein Zuhause. Mein Bett.«

»Dann bringe ich dich.«

»Ich möchte aber, dass Theo mich bringt«, sagte Clara, trotzig wie ein kleines Mädchen.

Ihre Worte beeindruckten mich, es war die erste Äußerung eines Willens, und sie hatte mit mir zu tun.

»Ich rufe ein Taxi«, schaltete Matt sich ein.

Bevor wir hinausgingen, bat Ester mich, über Nacht bei Clara zu bleiben. Bald saßen wir im Taxi und fuhren zu ihr.

»Weißt du, am liebsten würde ich mich nie wieder bewegen, nur so sitzen bleiben, durch die Gegend fahren«, flüsterte sie.

»Können wir, wenn du möchtest … die ganze Nacht hier im Taxi«, sagte ich mit einem Lächeln, und sie erwiderte es.

Ich streichelte ihr Gesicht.

»Hat Antonio dir erzählt, dass er dir in all deinen Kriegen gefolgt ist?« Als sie meine fragende Miene sah, sprach sie weiter: »Hat er nicht, wie ich sehe. Er hat dich im Internet gesucht. Er hat alle deine Berichte und Artikel aufgehoben.«

Mich wunderte, dass sie das sagte. Antonio war unempfänglich gewesen für jede Bemerkung, die mit meiner Arbeit als Reporter zu tun hatte. Vielleicht erklärte das alles, mehr brauchte ich nicht zu wissen.

»Er hat sie in einer Mappe aufgehoben, chronologisch geordnet, da war er sehr penibel.«

»Und du, hast du sie gelesen?«

»Bei Gelegenheit.«

»Bei welcher?«

»Wenn Antonio mich darum bat«, antwortete sie ernst.

Mir war zumute wie in jener Nacht, als wir bei Antonio ins Haus einstiegen und versuchten, ihn auf unsere Seite zu ziehen, wohl wissend, dass jede Geste zu viel oder zu wenig alles verderben würde. Ich musste herausfinden, was Clara in all den Jahren für mich gefühlt hatte. Der Mann, der mein Schicksal bestimmt hatte, der der Grund dafür war, dass ich, verblendet von der Vorstellung einer heroischen Existenz, zum Kriegsreporter wurde, dieser Mann war tot. Jetzt wollte ich wissen, ob sie mich geliebt hatte, ob sie mich noch liebte. Aber das konnte ich, vierundzwanzig Stunden nachdem wir ihn beerdigt hatten, unmöglich ansprechen.

»Ich wusste, dass Antonio früher oder später gehen würde. Ich habe den Moment nur hinausgeschoben. Vielleicht nicht mal das«, murmelte sie.

Ich wollte etwas sagen, doch bevor ich auch nur den Mund auftun konnte, hob Clara die Hände.

»Sag mir nicht, ich hätte getan, was ich konnte, dass ich ein reines Gewissen haben sollte. Ich fühle keine Schuld.« Sie biss sich auf die Unterlippe und schaute stumpf geradeaus, die Arme verschränkt.

Ich wollte meinen Arm um sie legen, aber ihre Miene hielt mich zurück. Sie hatte sich wieder in ihre steinerne Abwesenheit geflüchtet. Es war so schwer, sie zu beschützen. Wir kamen an unser Ziel.

»Du kannst bleiben, wenn du möchtest. Ich weiß, worum meine Mutter dich gebeten hat, du sollst mich nicht eine Minute aus den Augen lassen«, sagte sie resigniert.

Nichts konnte mich entmutigen. Meine Würde stand nicht auf dem Spiel. Wir gingen hinein. Es war ein Haus, das den Hang hinaufkletterte. Ohne auch nur das Licht im Erdgeschoss anzumachen, gingen wir hoch in den ersten Stock. Clara zeigte mir das Gästezimmer, aber ich sagte, ich würde bei ihr bleiben, bis sie eingeschlafen war. Sie schaute mir nicht in die Augen, als wäre ihr Begleiter ein Fremder, ein bezahlter Aufpasser.

»Anweisung meiner Mutter?«, fragte sie. Ich nickte und folgte ihr ins Zimmer.

Es war einfach möbliert: ein großes Bett mit einer weißen Bettdecke und zahllosen Kissen, ein Sessel, ein Bücherregal, eine Kommode. Clara zog die Schuhe aus und legte sich aufs Bett.

»Ich fühle mich, als wäre ich hundert Jahre alt«, sagte sie und lächelte matt.

Bald hatte sie die Augen geschlossen, ihr Atem ging ruhig. Ich deckte sie zu und blieb im Sessel vor dem Bett sitzen. Ich schaute sie an, bis mir fast die Augen zufielen. Dann ließ ich sie allein und versuchte zu schlafen.

24

Es war ein Morgen ohne Zwischentöne, einer dieser Tage, die sehr heiß zu werden versprechen. Ich trat aus dem Zimmer. Claras Tür war zu. Ich ging ins Bad, wusch mir das Gesicht und stieg die Treppe hinunter. Eine Frau mit grauem Zopf und blauer Schürze fegte das Wohnzimmer.

»Guten Morgen«, sagte sie ohne jeden Anflug von Misstrauen.

Der Raum war nicht sehr groß, eingerichtet mit Dingen aus den verschiedensten Gegenden der Welt. Hinter einem Fenster mit einem Eisenrahmen, der an die Konstruktionen Eiffels erinnerte, zeigte sich eine üppige Vegetation, wie sie an diesem Berghang mit seinem frischen Klima gedieh.

»Möchten Sie frühstücken?«, fragte sie.

»Und Clara?«

»Die Senora schläft«, sagte sie bewegt. »Ihre Mutter ist bei ihr, sie ist heute früh gekommen.«

Zuerst wollte ich bleiben, bis sie aufwachte, aber dann entschloss ich mich, zu gehen. Ester kümmerte sich um sie, meine Anwesenheit würde nur stören.

»Ich gehe kurz hinaus, bin bald wieder zurück«, sagte ich und ging über den langen Kiesweg zur Straße.

Mittlerweile war ich mir meiner hastigen Entscheidung vom Vortag nicht mehr so sicher. Ich wollte bei Sophie sein, daran bestand kein Zweifel. Außerdem würde mein Besuch sie nach allem, was passiert war, bestimmt trösten. Aber da war auch Clara. Dass sie mich gebeten hatte, sie nach

Hause zu bringen, dass sie nach langen Stunden des Schweigens mit mir gesprochen hatte, ließ mich schwanken. Vielleicht brauchte sie mich. Genauso gut konnte es aber auch sein, dass dies nichts zu bedeuten hatte. Es war nicht klug von mir, auf Gedanken zu vertrauen, die dem Wunsch und der Sehnsucht entsprangen.

Als ich zum Hotel kam, gab mir der Portier zwei Nachrichten von Rebecca. Ich wurde unruhig und rief sie gleich an. Kaum hatte sie abgehoben, sagte sie:

»Deine Tochter will mit dir sprechen.«

»Rebecca, du solltest ihr doch nichts sagen.« Ich war völlig durcheinander. Nicht weil sie damit den Plan, meine Tochter zu überraschen, durchkreuzte. Aber wenn Sophie von meiner Reise wusste, konnte ich nicht mehr zurück.

»Daddy!«, rief sie durchs Telefon. »Mama hat mir erzählt, dass du kommst.«

»Ja, das möchte ich gerne, aber ich habe noch keinen Flug.«

»Ach, das ist doch egal, du schaffst das immer. Wann kommst du?«

Sophies Vertrauen war entwaffnend. Nie hätte ich diesen Rest Glauben an mich, den sie noch bewahrt hatte, verraten können.

»So bald wie möglich, mein Schatz. Ich möchte dich so gerne sehen.«

»Ich vermisse dich auch«, sagte sie und gab den Hörer ihrer Mutter.

»Ich musste es ihr sagen. Sie war todunglücklich. Kommst du oder nicht?«, fragte mich Rebecca.

»Ich sehe zu, dass ich einen Flug bekomme, du weißt ja, in diesen Tagen ist es nicht einfach.«

»Es hängt davon ab, ob du willst, das ist alles«, schloss sie.

Ich legte auf. Was sie mir sagte, war, dass ich meinen Willen endlich einmal auf etwas richten sollte, das mit meiner Tochter zu tun hatte. Es war nicht einfach, aber mein Reiseagent besorgte mir schließlich eine komplizierte Flugverbindung, die mich am nächsten Tag nach Jackson Hole bringen würde. Danach rief ich Clara an. Ester war am Apparat. Sie sagte, sie ziehe für ein paar Tage zu ihr und ich solle doch das Gleiche tun.

»Und was meint Clara?«

»Wir haben nicht darüber gesprochen, aber ich bin sicher, sie wird sehr einverstanden sein.«

Ihre Antwort klang nicht gerade überzeugend. Ich sagte nicht, dass ich noch am selben Abend abreiste. Erst wollte ich Clara sehen. Insgeheim hoffte ich jedoch, dass sie mich zurückhielt. Ich sagte, ich käme später vorbei. Ester erwähnte, dass sie eine Weile nicht im Haus sein würde, was mir sehr gelegen kam. So konnte ich mit Clara allein sein.

Ich wollte ein Geschenk für sie kaufen. Die Hitze war unerträglich, der Lärm der Busse höllisch. Zum Glück fand ich in einer alten Buchhandlung nahe dem Hotel eine schöne Ausgabe der gesammelten Werke von Jane Austen. Ich nahm ein Taxi und machte mich auf, ihr mein Mitbringsel zu überreichen.

Die Frau mit dem grauen Zopf öffnete mir das Törchen. Wir gingen den langen, mit Holzbalken abgestuften Kiesweg hinauf. Jetzt hatte ich Gelegenheit, mir das Haus anzuschauen, das sich in die dichte Vegetation einfügte. Es war eine etwas eigentümliche, aber harmonische Architektur, in der sich der herrschaftliche Geist eines Architekten zu Beginn des zwanzigsten Jahrhunderts mit diesem Hauch von Abenteuer der Schiffshäuser aus den dreißiger Jahren verband. Den Schatten der Bäume im Garten empfand ich sofort als eine Wohltat. Wir gingen hinein, und während die Frau Clara von meiner Ankunft benachrichtigte, setzte ich mich ins Wohnzimmer und wartete. In der schläfrigen Atmosphäre des sommerlichen Halbdunkels mit all den zusammengewürfelten Gegenständen schien die Zeit still-zustehen. Zurückgeblieben waren die Hitze, die staubigen Büsche an den Straßen, in weiter Ferne waren der Fluss und seine aasfressenden Möwen. Bis jetzt hatte ich Anto-nios Stadt hartnäckig ignoriert, aber das Schicksal wollte es, dass ich nun für den einzigen Ort zu schwärmen be-gann, der sein Ort gewesen war, der Ort, an dem er, und daran zweifelte ich nicht im Geringsten, Zuflucht gefunden hatte.

Nach einer Weile kam Clara. Sie trug eine weiße Hose und ein weißes Hemd. Etwas von ihrem umwölkten und abwesenden Ausdruck der letzten Tage war verschwun-den.

»Jetzt bist du keine hundert Jahre mehr«, sagte ich.

»Fünfundneunzig«, scherzte sie.

Wir setzten uns auf ein paar Kirschbaumstühle. Das Licht floss weich durch die Fensterscheiben und tauchte das Zim-mer in die Farben einer Daguerreotypie.

»Ich habe ein Geschenk für dich«, sagte ich und gab ihr das Päckchen, das der alte Buchhändler mit großer Geduld gebunden hatte.

Sie öffnete es und schaute sich jeden Umschlag der Bände an.

»Ganz wunderbar sind die, Theo.« Sie stand auf und gab mir einen Kuss auf die Wange.

»Du hast ein sehr schönes Haus«, sagte ich, und unsere Blicke schweiften durch das gemütliche Ambiente, als würde jemand anderes uns seinerseits betrachten.

»Ich reise heute Abend ab«, sagte ich unvermittelt. Meine Worte kamen mir vor, als hätten sie das Gewicht eines Urteils.

»Schon?«, fragte sie. Ihre Miene war sachlich.

»Wenn ich wüsste, dass ich etwas für dich tun kann, würde ich länger bleiben.« Ich schwieg einen kurzen Moment und wünschte mir, sie würde mir widersprechen. »Aber wie ich sehe, bist du von lieben Menschen umgeben, die sich um dich kümmern.«

»Ich weiß, am Ende geht alles seinen gewohnten Gang, und ohne dass du es merkst, ist der Schmerz auf einmal vorbei. So ist es.« Sie hatte meinen Gesprächsfaden gar nicht erst aufgegriffen, als liefe in ihrem Kopf ein innerer Dialog ab. »Es ist eine Frage von Geduld, nehme ich an. Ich habe auch ein Geschenk für dich«, fuhr sie fort, und in ihren Augen lag ein Leuchten.

Die Ankündigung eines Geschenks hellte mein Gemüt nur unwesentlich auf. Clara war es völlig egal, was ich tat. Zum Glück gab es etwas, auf das ich mich freuen konnte. Nach Jackson Hole zu fliegen war eine gute Entscheidung gewesen.

Wir gingen hinauf in ihr Schlafzimmer, das nun von einem frischen Licht durchflutet war. Am Abend vorher hatte ich sie nicht gesehen: am Fenster standen die Blumen, die Antonio erwähnt hatte. Claras Blumen. Ein Strauß duftender weißer Lilien. Sie fing meinen Blick auf.

»Antonio hat dir von den Blumen erzählt, nicht wahr?«

»Den Blumen am Fenster.«

»Ich war krank und hatte Fieber, da habe ich vergessen, neue hinzustellen.«

»Antonio hatte eine andere Version.«

»Ich weiß. Aber so war es. Du weißt ja, was immer wir sagen, tun oder lassen, hat für jemand anderen eine andere Bedeutung.«

»Das ist richtig …«

Ihre Worte waren der Schlüssel für vieles, was zwischen uns gewesen war. Noch ehe ich fortfahren konnte, hielt sie mir ein Buch hin und sagte:

»Hier, dein Geschenk.«

Ich wusste sofort, dass es ein Buch von ihr war, den Namen auf dem Umschlag brauchte ich gar nicht zu lesen. Es war der Schmetterling mit dem Mädchenkopf, den ich vor fünfzehn Jahren in ihrem Zimmer gesehen hatte. Ich nahm das Buch, drehte es um und las laut den Text:

»Micaela stieg zum Himmel auf und betrachtete die Welt dreihundertfünfundsechzig Tage lang. Sie sah Schönes und Hässliches, doch als sie auf die Erde zurückkam, wollte sie kein Kind mehr sein. Sie bat die Natur, sie in einen Schmetterling zu verwandeln, nur ihren Mädchenkopf wollte sie behalten. Darin bewahrte sie ihre Erinnerungen, und mit ihnen konnte sie der Welt Gutes tun. Wie sollte sie sonst wissen, warum jemand traurig oder verzweifelt war?«

Ich nahm ihre glühenden Finger und drückte sie auf meine Wangen, auf meinen Mund. Ich glaube, wir schlossen beide die Augen, und so blieben wir eine Weile stehen, hörten die Vögel und im Hintergrund das Rauschen der Stadt. Wir waren uns so nahe, wie wir es bisher nicht geschafft hatten. Es war einer dieser Momente, von denen man sich nur schwer wieder löst, denn was immer man danach sagt oder tut, kann ihn verderben.

Und als hätte jemand am anderen Ende das Murmeln meiner Gedanken gehört, klingelte das Telefon. Clara nahm den Hörer und ging zum Fenster. Es war Ester. Ich sah zu ihr hin, während sie mit ihrer Mutter sprach. Eine Weide wiegte sich in der Brise des Nachmittags. Clara erzählte ihr, dass ich am Abend abreiste. Sie gab mir den Hörer, und wir verabschiedeten uns bewegt.

Es war sechs Uhr. Mir blieb gerade noch Zeit, meine Sachen im Hotel abzuholen und zum Flughafen zu kommen. Clara bestellte ein Funktaxi, und wir gingen zusammen hinaus und warteten. Bald stand das Taxi vor dem Haus.

Wir umarmten uns, ich stieg ein. Nach ein paar Metern drehte ich mich um und schaute durch die Heckscheibe. Sie stand immer noch da, die Arme verschränkt. Ich hob die Hand, und Clara winkte zurück.

25

Während des Flugs nach Jackson Hole machte ich kein Auge zu. Und in diesen schlaflosen Stunden beschloss ich, unsere Geschichte aufzuschreiben. Im Dunkel der Kabine stiegen die Bilder vor mir auf, als spulte jemand einen ungeschnittenen Film ab. Ich sah Antonio mit konzentriertem Blick in der Bar auf dem Campus; sah, wie er, die Manteltaschen prall gefüllt mit Lebensmitteln, durch den Supermarkt lief, optimistisch, selbstbewusst, als wäre die Welt nur dazu da, durchstreift und erobert zu werden; ich sah ihn reden und dabei seine großen dunklen Hände heben, erkannte seine Straße, die feixenden Kinder auf dem Bürgersteig, seine zusammengekauerte Gestalt am Ende des Flurs. Alles drängte sich in meinem Gedächtnis zusammen. Ich würde die Kriege verlassen, ein sesshafter Mensch werden, die Tür meiner Wohnung abschließen und schreiben. Ich wusste noch nicht, zu welchem Zweck, aber ich musste es tun. Ich musste mit mir ins Reine kommen.

Am Morgen des 31. Dezember landete ich in Jackson Hole. In der Nacht hatte es geschneit, es war eisig kalt. Im klaren Morgenlicht, mit beiden Füßen fest auf dem Boden, kamen mir meine nächtlichen Gedanken albern vor. Selbst wenn ich alles daransetzte, mich an die Wahrheit zu halten, wäre nichts von dem, was ich schrieb, die gültige Version der Ereignisse, da es eine solche nicht gab, schon viel zu lange hatten meine Gefühle und meine Phantasien das Geschehene verarbeitet. Im Übrigen war ich mir ganz und gar nicht sicher, dass ich zwischen Einbildung und Wirklichkeit unterscheiden konnte. Vor allem aber war ich mir bewusst, dass die Vergangenheit eine geschmeidige Masse war, die sich bei Berührung veränderte.

Ich brachte meine Sachen zu dem Hotel, wo ich gewöhnlich abstieg, und ging ins nächstgelegene Einkaufszentrum. Eine Stunde später stand ich mit meinen Geschenken für Sophie vor einem kleinen Haus. Den Taxifahrer hatte ich gebeten, zu warten. Eine Frau öffnete mir die Tür, ihre Erscheinung erinnerte mich an die federlosen Köpfe mancher Raubvögel.

Drinnen lief der Fernseher, in einem Sessel hing ein Mädchen, das mindestens achtzig Kilo wiegen musste. Durch eine Tür erkannte ich Sophies blonden Schopf. Als sie mich sah, stürzte sie in meine Arme. Sie klammerte sich an mich und verbarg ihr Gesicht an meiner Schulter. Ich hielt sie fest und begrüßte Rebecca mit einem Kuss.

»Ich habe dir deine Weihnachtsgeschenke mitgebracht«, murmelte ich.

Sophie nickte nur. Es war das erste Mal, dass sie kein Interesse an den Geschenken zeigte.

Rebecca gab mir einen kleinen Rucksack, den sie für Sophie gepackt hatte, und brachte uns zur Tür.

»Sie ist ganz aufgewühlt«, flüsterte sie mir ins Ohr, als wir draußen waren. »Geht schon wieder vorbei. Wie bei uns allen.«

»Was machst du heute Abend?«, fragte ich vorsichtig. Sie zuckte mit den Schultern, was wohl heißen sollte, dass sie es nicht wusste und dass es ihr auch egal war.

»Ich könnte vorbeikommen und dich abholen, dann essen wir mit Sophie zu Abend«, schlug ich vor.

Ohne ihre Antwort abzuwarten, stieg ich ins Taxi. Bevor wir losfuhren, ließ ich die Scheibe herunter und rief ihr zu, dass wir sie um acht Uhr abholen würden.

Sophie klammerte sich immer noch an mich.

»Geht es dir gut?« Sie schüttelte den Kopf.

»Es geht dir nicht gut, weil du dein kleines Fohlen zurücklassen musstest und weil du diese Frau mit dem Vogelgesicht nicht magst, stimmt's?« Sophie nickte stumm.

»Du hast allen Grund, traurig und wütend zu sein.«

Sie hob den Kopf, und ich konnte ihre mandelförmigen Augen sehen, die, selbst wenn sie fröhlich waren, immer etwas Melancholisches hatten.

»Das ist echt ungerecht, dass ich nicht zu Daddy kann. Der Freund von Russell ist schuld«, platzte sie heraus.

»Welcher Freund?« Ich dachte, ich brauchte nur an dem Faden zu ziehen, den Sophie gelöst hatte, und ich würde von den jüngsten Ereignissen erfahren. Aber Sophie war sich ihrer Indiskretion bewusst und wechselte das Thema.

»Das Mädchen ist echt viel zu dick. Sie sieht aus wie ein großer Ballon.« Sie ließ mich los und sagte mit der Miene einer erfahrenen Frau:

»Man hat sie am Magen operiert. Sie haben ihn kleiner gemacht, damit sie nicht mehr isst. Jetzt kann sie nur noch Coca-Cola light trinken und dünne Suppen essen und Wackelpudding. Sie schämt sich, dass sie so dick ist, deshalb hat sie sich nicht von dir verabschiedet. Aber weißt du was? Sie hat mir ihren Schatz geschenkt. Eine Schachtel voll mit Süßigkeiten. Sag Mama nichts davon, jetzt gehören sie mir.«

»Willst du mir nichts von diesem Freund von Russell erzählen?«, versuchte ich es noch einmal.

Sie wischte sich mit dem Handrücken über die Nase und schüttelte ihre blonde Mähne.

»Mama hat gesagt, ich soll mit niemandem darüber sprechen.«

»Auch nicht mit mir?«

»Zu dir hat sie mir nichts gesagt, aber ich nehme an, niemand heißt niemand, oder?« Sie schaute mich mit klaren, offenen Augen an. Sie wusste, dass sie mich in eine schwierige Situation gebracht hatte.

Ihre Standhaftigkeit gefiel mir.

»Du hast recht, mein kleines Mädchen. Niemand heißt niemand. Gehen wir eine Pizza essen. Okay?«

Sophie war einverstanden, und wir baten den Taxifahrer, uns zur besten Pizzeria von Jackson Hole zu bringen. Wir kamen auf die Hauptstraße, eine Zeile mit Läden im Holzfällerhüttenstil, voll gestopft mit Hüten, Stiefeln und allem möglichen Cowboykram. Das Überraschendste an diesem Ort aber war das Gebirge im Hintergrund, das wie ein wachender Gott die Menschheit in ihrem Lauf anhielt. Man musste nur aufblicken, schon wurde die Straße, über die Jungs in Gap-Jeans auf und ab schlenderten, fast unwirklich, eine Handvoll Zivilisation, mitten ins Nichts geworfen.

Die Möglichkeit, allein durch den Eindruck eines Bildes der Welt zu entfliehen, hatte mich schon immer gereizt. Deshalb schaute ich, während ich mit Sophie nach einem Tisch für uns suchte, hinaus auf die Berge. Das Licht der untergehenden Sonne rötete ihre felsigen Zacken und schuf die Illusion eines lodernden Feuers. Offenbar war ich ein paar Sekunden stehen geblieben, denn Sophie schob mich ungeduldig in eine Ecke, wo ein Platz frei war.

Die Arme auf dem Tisch verschränkt, beobachtete sie mich. In ihrer Begleitung, dachte ich, brauchte ich nicht zu flüchten. Dieser Augenblick mit meiner Tochter an einem Pizzeriatisch genügte. Und während ich zuhörte, wie sie mit dem unverwechselbaren Akzent eines Mädchens aus Texas beim Kellner ihre Bestellung aufgab, dachte ich weiter, dass der Moment gekommen war, mit ihr zusammenzuleben. Nie zuvor hatte ich es in Betracht gezogen. Jetzt aber gab es nichts, was ich mir sehnlicher wünschte. Ich wollte mich um die kleinen Dinge ihres Lebens kümmern, wollte da sein, wenn ein Junge sie verfolgte oder verschmähte, wenn sie mir unbedingt ein Geheimnis anvertrauen musste.

Als ich ein Kind war, rief meine Schwester mir, wenn sie mir weh tun wollte, ins Gesicht, man hätte mich aus der Themse gefischt. Aufgrund einer Wachstumsstörung war ich kleiner als normal, und in einer Familie, in der es nur halbe Riesen gab, hatte ich allen Anlass, an meiner Herkunft zu zweifeln. Dieses Misstrauen fraß sich in mein Bewusstsein und sonderte mich ab. Ich besaß nicht wie meine Schwester jenes unzerstörbare Band, das über den Verstand und den Willen hinausreicht und die Menschen vor der Vereinsamung bewahrt. Ebendieses Unverbrüchliche aber verband mich mit Sophie. Verband Clara mit ihrer Mutter. Clara. Es fiel mir schwer, nicht an sie zu denken.

»Was ist denn mit dir, Papa?« Sie hatte gespürt, was dieser Gedanke in mir auslöste.

»Dass ich dich liebe, mein Mädchen, das ist mit mir.«

»Aber das wissen wir doch schon.«

»Du hast recht, das wissen wir allerdings, aber es ist gut, dass wir uns immer daran erinnern.«

Ich konnte ihr nicht von meiner Idee erzählen. Etwas so

Ernstes musste ich zuerst mit Rebecca besprechen. Alles schien zu passen. Ich hatte beschlossen, aus dem Krieg auszusteigen, zu Hause zu bleiben, ein Buch zu schreiben. Entscheidungen, die nur ein paar Tage vorher undenkbar gewesen wären. Zum ersten Mal dachte ich, dass ein Leben mit Sophie nicht bedeutete, auf Freiheit zu verzichten, sondern Freiheit zu gewinnen. Und doch erschütterte mich der Gedanke. Ich konnte sie nicht einfach mitnehmen und drei Monate später feststellen, dass ich es nicht schaffte.

Sophie saß nachdenklich da.

»Du hast viele Freundinnen hier, oder?«, fragte ich.

»Nur eine. Sie heißt Sandy. Du hast sie letztes Jahr kennengelernt, weißt du noch? Sie ist nach Los Angeles gezogen, jetzt mailen wir uns.«

»Heißt das, dass du in Jackson Hole keine einzige Freundin hast?«

»So schlimm ist es auch wieder nicht, ich kenne fast alle Mädchen in meinem Alter, es ist nur so, dass …«

»Was?«

»Ich weiß nicht«, murmelte sie und wollte nicht weiter davon sprechen.

»Ich habe auch nicht viele Freunde.«

Ich dachte, ich könnte ihr erzählen, dass mein bester Freund vor ein paar Tagen gestorben war. Wieder überschlugen sich die Bilder in meinem Kopf. Mir war, als würde der Mensch, den ich für Antonio und Clara aufgebaut hatte, in Stücke fallen. Dieser Mensch, den ich selbst vor fünfzehn Jahren entdeckt hatte, als mir im Gespräch mit Bernard und seinen Freunden in einem Pub bewusst wurde, dass Antonio und Clara fest in meinem Kopf verankert waren und dass ich durch sie zu jemandem wurde.

»Hörst du mir zu?« Sophies Frage drang an mein Ohr. Ich schaute sie an. Die Enttäuschung war ihr anzumerken. So oft hatte ich diesen Ausdruck gesehen. Es passierte immer. Ich schweifte ab, andere Gedanken flogen mir durch den Kopf, und Sophie war zu Recht beleidigt. Danach kam demonstrative Gleichgültigkeit. Ich gab ihr einen Kuss.

»Entschuldige, Sophie. Mein bester Freund ist vor ein paar Tagen gestorben, und als du von deiner Freundin sprachst, habe ich mich erinnert.«

»Hast du an ihn gedacht?«

Ich nickte.

»Ich denke auch oft an Sandy.«

Sie hatte mir verziehen.

»Du sagtest, du kennst fast alle Mädchen in deinem Alter.«

Sophie überlegte einen Moment, holte tief Luft und sagte dann:

»Na ja, es ist nicht ganz einfach, wenn man eine Mama wie meine hat, weißt du?«

»Mhmm«, bestätigte ich.

»Also, nicht dass du denkst, dass ich sie nicht mag, ja? Sie ist eben anders. Aber das macht es nicht einfacher, und hier erst recht nicht. Hier kennen sich alle seit der Geburt, sie kennen ihre Onkel, ihre Tanten, ihre Großeltern. Du weißt schon.«

»Sophie.« Ich musste eine Pause machen. Es war nicht leicht, ein Argument zu finden, das ein achtjähriges Mädchen davon überzeugte, dass ihr Anderssein auch Vorteile haben konnte. Ich erinnerte mich an Claras Kinderbuch und dachte, das wäre ein guter Einstieg.

»Eine Freundin von mir, die in Chile lebt, hat mir ein

Buch geschenkt, sie hat es selber geschrieben und illustriert. Ich zeige es dir, wenn wir im Hotel sind, aber die Geschichte kann ich dir jetzt schon erzählen. Es ist für Kinder, die jünger sind als du, aber ich glaube, es könnte gut passen. Magst du?«

Sophie bejahte ohne große Begeisterung, aber ich ließ mich nicht abbringen. Ich erzählte ihr von dem Mädchen, das die Natur bat, sie in einen Schmetterling zu verwandeln, ihren Kopf aber unverändert zu lassen. Sie war jetzt kein Mädchen mehr, aber auch kein Schmetterling. Sie war ein anderes Wesen. Sophie fing an, ungeduldig mit den Füßen zu scharren. Ich sprach ein wenig lauter, und statt mich auszudrücken, wie man es für kindgerecht hält, benutzte ich eine etwas gelehrtere Sprache, die wieder ihre Aufmerksamkeit fesselte. Sie wollte nicht, dass ich sie wie ein Kind behandelte. Dass ihr Vater sie von so weit her besuchte und jetzt mit ihr allein in einer Pizzeria saß, war etwas, das sie von den anderen Mädchen unterschied und das ihr guttat.

»Und dennoch«, fuhr ich fort, »erlaubten ihr genau diese Unterschiede, Dinge zu tun, die weder ein Mädchen noch ein Schmetterling vermocht hätten. Mit ihrem Köpfchen eines Mädchens gelang es ihr, die Menschen zu verstehen, und mit ihrem fröhlichen bunten Körper eines Schmetterlings gab sie ihnen Trost.«

»Ich glaube, ich habe verstanden«, sagte sie sehr ernst. »Aber wie du gesagt hast, das ist eine Geschichte für kleine Kinder, niemand in meinem Alter glaubt solche Märchen.«

»Und was hast du verstanden?«, hakte ich so behutsam wie möglich nach.

»Ich bin doch nicht dumm, Papa. Anderssein ist doof. Aber wenigstens kannst du sicher sein, dass du eine Arbeit findest.«

Ich musste lachen. Sophies Sinn fürs Praktische war umwerfend. Sie lachte auch. Für Clara, dachte ich, wäre es bestimmt ermutigend gewesen, bei diesem Gespräch dabei zu sein. Ich versuchte mir vorzustellen, wo genau sie sich jetzt befand. Schon wieder Clara.

»Mit deinem Köpfchen wird es dir an nichts fehlen, Sophie.«

Doch statt sie aufzumuntern, machten meine Worte sie traurig, vielleicht erinnerte es sie an all das, was sie in den vergangenen Tagen verloren hatte. Wir gingen hinaus. Als die letzten Sonnenstrahlen verschwanden, wurde die Kälte noch schneidender. Ich schlug ihr den Jackenkragen hoch, und sie schaute mich mit einer widersprüchlichen Miene an, als wollte sie sagen »ich bin schon groß, das kann ich allein« und zugleich durchblicken lassen, dass sie gerne von mir gehätschelt wurde.

Ich nahm sie fest bei der Hand, und wir gingen weiter in Richtung Hotel, vorbei an den Schaufenstern mit ihrer noch weihnachtlichen Dekoration. Kaum waren wir an der Rezeption, erblickte ich Rebecca in einem Sessel unter einer großen goldenen Lampe. Sie hatte die Beine übereinander geschlagen, den Oberkörper vorgebeugt, und steckte sich nervös eine Zigarette an. Zwei Koffer neben ihr deuteten darauf hin, dass etwas nicht sehr Erfreuliches passiert war. Sophie hatte sie noch nicht gesehen. Es war besser, wenn ich mit Rebecca allein sprach. Ich ging mit Sophie auf mein Zimmer. Mir würde schon etwas einfallen, um für ein paar Minuten in die Lobby zurückzukehren.

»Ich möchte dir das Buch zeigen, von dem ich dir erzählt habe«, sagte ich, als wir oben waren.

Sophie nahm das Buch und schaute sich das dunkelhaarige Schmetterlingsmädchen an. Wir blätterten darin, die Illustrationen zeigten Schritt für Schritt die Verwandlung.

»Hübsches Monsterchen«, bemerkte sie.

»Wie du, mein Mädchen.«

»Wenn du meinst.«

Ich schaltete den Fernseher ein und sagte, ich müsse noch einmal hinunter, vielleicht sei eine wichtige Nachricht für mich gekommen.

Rebecca saß noch genauso da wie vor ein paar Minuten. Sie trug hellblaue Jeans, Cowboystiefel und einen schwarzen Synthetikpelz. Sie rauchte gierig. Es ging ihr nicht gut, das war klar. Für mich war es eine privilegierte Situation, so konnte ich erreichen, was ich wollte. Ich versuchte mich zu erinnern, was mich in Mexiko an ihr fasziniert und was einen solchen Groll in mir hervorgerufen hatte. Ihre Entscheidung, ohne Rücksicht auf meine Wünsche ein Kind zu bekommen, führte dazu, dass ich im ersten Jahr von Sophie nichts wissen wollte. Noch heute plagt mich deshalb mein Gewissen. Damals wohnte Rebecca in San Franciso in einer Pension. Sie sang abends in einem Restaurant, eine Nachbarin passte auf Sophie auf. Über ihren jeweiligen Wohnsitz hielt sie mich auf dem Laufenden, auch wenn es ganz und gar nicht ihre Absicht war, mich in die Verantwortung zu nehmen. Im Gegenteil, sie gab mir deutlich zu verstehen, dass ich für sie entbehrlich sei. Auf einer Reise nach Brasilien entschloss ich mich, einen Zwischenstopp in San Franciso einzulegen und meine Tochter kennenzulernen. Als ich sie zum ersten Mal sah, saß sie an einem

Tischchen im Schlafzimmer und versuchte, sich einen Löffel in den Mund zu stecken. Ihre schrägen Mandelaugen blickten mich fröhlich an, überzeugt, dass das Leben schön war, dass sie nichts zu fürchten hatte von diesem Unbekannten, der sie vom Türrahmen aus beobachtete und nicht wusste, wie er reagieren sollte. Seither besuchte ich sie in unregelmäßigen Abständen und übernahm ihren Unterhalt. Rebecca war mir dankbar, ließ mich aber auch nie darüber im Zweifel, dass sie Sophie auch ohne mich voranbringen konnte und dass die Entscheidung, die ich getroffen hatte, als das Kind ein Jahr alt war, mir absolut kein Recht über es gab.

Vielleicht war es ihr unerschütterlicher Wille, der mich ärgerte, diese eiserne Entschlossenheit, Mutter zu sein trotz aller Beschränkungen: die Eltern halbe Analphabeten, die Schule abgebrochen, ihr Talent etwas flatterhaft. Außerdem brachte es mich auf die Palme, dass sie, so einfach sie gestrickt war, auf alles eine Antwort hatte, Argumente aus Frauenzeitschriften, die ich mit dem Verstand widerlegte, während sie mich mit ihren Kulleraugen ansah und keinen Zweifel daran ließ, dass meine vielschichtigen Betrachtungen nur dazu taugten, mich noch unglücklicher zu machen.

All das dachte ich, während ich langsam auf Rebecca zuging. Als sie mich sah, sprang sie auf. Ich schlug vor, die Koffer an der Rezeption zu lassen und auf einen Schluck in die Bar zu gehen.

»Und Sophie?«, fragte sie.

»Sie ist auf dem Zimmer und schaut Fernsehen.«

Wir setzten uns an einen Tisch abseits des Treibens. In der Mitte war eine Tanzfläche aufgebaut, ein Mann im blauen Overall lag auf dem Boden und steckte Kabel zusammen. Ohne mich anzusehen, nahm Rebecca eine Puderdose aus ihrer Handtasche und tupfte sich die Nase. Eine Geste, wie man sie von den Diven aus den Dreißigern kennt, denen sie beflissen nacheiferte. Ich wartete, bis sie fertig war. Dann fragte ich, was passiert sei.

»Ich konnte nicht mehr bei Anne bleiben. Russell hat ihr vor einiger Zeit ein paar Dollar geliehen, damit sie einen Friseursalon aufmachen kann. Heute Nachmittag rief er an und sagte, wenn ich über Nacht bliebe, müsste sie ihm das Geld sofort zurückgeben.«

»Der Mann hasst dich ja«, rief ich, ich war völlig verblüfft.

»Ich nehme an, er ist im Recht«, sagte sie und senkte die Augen.

Auf der Tanzfläche gingen mit einem Mal die bunten Lichter an, und der Mann im Overall stand zufrieden vom Boden auf.

»Du hast ihn betrogen.«

»Ich will mich gar nicht rechtfertigen, aber mit einem Sechzigjährigen zu leben, wenn man vierunddreißig ist, ist nicht so einfach. Der andere Rhythmus, die Interessen und so weiter. Und außerdem, du weißt, dass ich da nicht drum herumrede, ein alter Körper ist ein alter Körper, egal wie viel Viagra und Gepluster es verbergen wollen. Ich habe immer Liebhaber gehabt, Theo. Meine Welt ist Singen und Bumsen.«

Ich lächelte, sie auch. Ich konnte bezeugen, was sie sagte. Und wie sie bumste. Und wenn sie es gern tat und es gut machte, war es logisch, dass sie danach suchte.

»Aber wenn du immer Liebhaber gehabt hast, wieso dann jetzt?«

»Diesmal hat er es erfahren.«

Es war die immer gleiche Geschichte, als wäre sie den Menschen in die Gene eingeschrieben. Nur dass es diesmal für mich anders war. Diese Frau, die sich niedergeschlagen eine weitere Zigarette ansteckte, war die Mutter meiner Tochter.

»Was weiß Sophie davon?«

»Sie weiß, dass ein Freund von Russell ihm irgendeine Geschichte über mich erzählt hat und dass er wütend geworden ist.«

»Und weiß sie, was für eine Geschichte?«

»Ich nehme an, sie ahnt es. Aber sie fragt mich nicht, und ich werde es ihr auch nicht sagen.«

Ich musste an den Pferdezüchter denken, den Sophie ein paar Tage vorher so begeistert am Telefon erwähnt hatte.

»Und was hast du jetzt vor?«

»Ich weiß nicht«, sagte sie und drückte die Zigarette im Aschenbecher aus.

»Fürs Erste kannst du hierbleiben.«

»Danke«, murmelte sie und starrte auf ihre Knie.

Der Zeitpunkt war gekommen, ihr meine Absichten darzulegen, und ich dachte, am besten erklärte ich es ihr ohne große Umschweife.

»Ich habe mir überlegt, für Sophie wäre es sicher gut, wenn sie eine Zeit bei mir in London lebt«, sagte ich ganz ruhig.

»Du willst sie mitnehmen?« Sie schrie mich fast an und schüttelte den Kopf, als wollte sie diesen Gedanken schnell wieder loswerden.

Ich blieb unbeeindruckt und fuhr im selben Ton fort:

»Nein. Ich will sie nicht mitnehmen, ich will mit ihr leben. Es ist nicht meine Absicht, sie von dir zu trennen, sondern ihr näher zu sein.«

Meine Begründung war wirr, und wahrscheinlich sah Rebecca auch keinen Unterschied zwischen den beiden Szenarien.

»Bitte, Rebecca, ich werde Sophie nicht mitnehmen, wenn du nicht einverstanden bist.«

»Das könntest du gar nicht«, donnerte sie, an ihren Rechten als Mutter ließ sie keinen Zweifel.

»Ich könnte es nicht, und ich würde es auch nicht wollen. Darum geht es nicht. Ich weiß nicht, was du vorhast, und offenbar weißt du es auch nicht. Ich gebe dir keine Schuld. Ich bin sicher, das Leben mit Russell war nicht das Paradies. Aber es liegt auf der Hand, dass es für dich schwer sein wird, Sophie das Leben zu bieten, das sie hatte, und dass dein Leben sehr viel erträglicher wäre, wenn du eine Weile allein sein könntest.«

»Ich habe es immer geschafft. Ich wüsste nicht, warum es jetzt anders sein sollte.« Sie zündete sich eine neue Zigarette an und nahm einen kräftigen Zug. »Russells Farm war gut, solange es sie gab. Sophie wird sich an etwas anderes gewöhnen, und ich werde mich darum kümmern, dass es ihr an nichts fehlt. Sie hat mich. Darauf kommt es an.«

»Ich meine eine Zeitlang, nicht für den Rest ihres Lebens. Bis du eine Arbeit findest, eine Wohnung. Sonst landest du beim Erstbesten, nur damit Sophie etwas auf dem Teller hat.«

»Das ist mir egal, Theo. Kannst du das nicht verstehen? Ich bin zu allem bereit. Ich war nie ein verzärteltes Püppchen.«

»Aber du könntest mir erlauben, dir etwas abzunehmen.«

»Als ob es dich interessiert, mir etwas abzunehmen. Was dich interessiert, ist Sophie mitzunehmen. Weiß der Himmel, warum es dir plötzlich einfällt, Vater zu sein. Du hast dich nie für etwas anderes interessiert als für deine reizende Person, Theo. So sieht es aus.«

»Und für Sophie«, sagte ich und versuchte ein Lächeln, das die Spannung auflöste.

»Weil sie dein reizendes Blut hat.«

»Denk doch mal nach, Rebecca, ich bitte dich. Für sie kann es eine wichtige Erfahrung sein, mit ihrem Vater in London zu leben, ihre Großeltern zu sehen. Überlegst du es dir?«

Ich wartete, dass sie mir antwortete, ehe ich weitere Argumente für meine Idee anführte. Mit einer Stimme, in der Sanftmut und Kummer schwang, sagte sie:

»Ich kann ohne Sophie nicht leben.« Ihre Worte nahmen mir allen Wind aus den Segeln.

»In dem Fall habe ich nichts gesagt. Vergiss es. Es war nur eine schöne Idee, aber wie ich sehe, ist es unmöglich«, schloss ich, so niedergeschlagen wie sie.

Wir saßen eine Weile da und schwiegen, sahen dem Hin und Her der Kellner zu, die die Tische umstellten, Kerzen anzündeten, Lichterketten aufhängten und Blumensträuße platzierten. Die Bar verwandelte sich in ein Bühnenbild wie am Broadway. Wir wären eine Insel inmitten des hektischen Festbetriebs.

»Sophie wartet sicher schon auf dich.«

Ich schlug vor, dass wir, bevor wir hinaufgingen, ihre Übernachtung regelten. Der Mann an der Rezeption lächelte müde, als wir ihn fragten, ob noch ein Zimmer frei sei. Von überall her kamen Touristen, um sich das Feuerwerk an den Berghängen anzuschauen. Er bot uns an, in meinem Zimmer ein zusätzliches Bett aufzustellen, und wir stimmten beide zu, obwohl wir wussten, dass es für Sophie verwirrend sein musste, wenn ihre Eltern in einem Zimmer schliefen. Aber wir hatten keine Wahl.

Als wir das Zimmer betraten, lag Sophie auf dem Bett und sah fern. Sie blickte zu uns herüber.

»Wir haben beschlossen, heute Nacht hierzubleiben«, rief ich fröhlich und bereute es, dass wir uns keine plausible Erklärung ausgedacht hatten. Mein Bauch sagte mir, dass ich ihre Skepsis abfedern musste, ohne sie anzulügen.

Sophie schaute uns argwöhnisch an. Sie wusste, dass dieser Satz, den ich mit dem größten Optimismus gesagt hatte, nur eine unklare Situation überspielte.

»Alle drei?«, fragte sie mit gerunzelter Stirn.

»Alle drei«, bestätigte Rebecca.

»Sie stellen hier noch ein Bett auf, in dem schläft deine Mutter. Du und ich in meinem, so einfach.«

»Na prima. Annes Haus riecht nach Butter«, sagte sie, und die Sache war erledigt.

An der Tür klopfte es. Es war der Boy, der Rebeccas Koffer brachte.

Mutter und Tochter schlossen sich im Bad ein wie zwei Backfische, die sich für ihr Rendezvous zurechtmachen. Ich hörte sie lachen und schäkern. Nach einer Stunde waren wir bereit, auszugehen und das neue Jahr zu feiern. Bevor wir das Zimmer verließen, stellte Rebecca auf eins der Nachttischchen eine kleine Lampe, die leuchtendblaue Figuren an die Decke warf.

»Das ist Sophies Lampe, ohne kann sie nicht einschlafen.«

Sie hatte die unmöglichsten Sachen an, enganliegende Jeans mit Applikationen, schwarze Stiefel mit spitzen Absätzen, ein durchsichtiges, bis zum Bauchnabel offenes Hemd, eine goldene Weste, und trotzdem sah sie recht gut aus.

Auf Sophies Drängen gingen wir ein paarmal die Hauptstraße auf und ab, blieben an den weihnachtlich beleuchteten Ecken stehen, den Schaufenstern mit ihren künstlich beschneiten Tannen und arktischen Sternen. Ihre Begeisterung überraschte mich. Als würden in diesen gemeinsamen Momenten mit ihrer Mutter und ihrem Vater viele ihrer Träume greifbar. Sie zog unseren Spaziergang hinaus, und wir ließen uns gerne treiben. Wir wussten alle drei, dass diese Harmonie so flüchtig war wie das Feuerwerk, das wir bald sehen würden. Es war schon zehn Uhr, als wir zu dem Restaurant kamen, wo Rebecca einen Tisch reserviert hatte.

Nach dem Essen gingen wir wieder auf die Straße. Die vereisten Pfützen glitzerten. Die Laternen mit ihrem gelblichen Licht beschienen die erwartungsvollen Gesichter der eilig auf die Berge zustrebenden Kinder und Erwachsenen. Der Wind drang bis in die Knochen.

Plötzlich fing es an. Eine Rakete schoss, weiße Funken sprühend, durch die Dunkelheit und explodierte in roten und blauen Kaskaden, die den Himmel erleuchteten, dass es für ein paar Sekunden taghell war. Beide schauten wir zu Sophie. Mit hochgerecktem Kopf hielt sie den Atem an. Bevor die nächste Rakete losschoss, umarmte sie uns. Ein Zuschauer hätte bestimmt gedacht, wir seien eine glückliche Familie. In gewisser Weise waren wir es auch. Dann lösten wir uns, und Sophie bezog wieder Posten. Ich schaute zu Rebecca, sie sah zu den Lichtern einer Salve von Raketen auf. Ich legte den Arm um ihre Schulter, und wir betrachteten weiter das Spektakel, das immer gewaltiger wurde, bis der ganze Himmel in tausend Farben leuchtete. Das neue Jahr war gekommen. Zwei Mädchen kamen zu uns und wünschten uns ein frohes neues Jahr. Unsere Tochter schloss sich ihnen an, und Rebecca und ich beobachteten, wie sich die drei ein paar Meter entfernten.

»Wir sollten morgen eine Wohnung für dich und Sophie suchen. Ich will gerne die Miete zahlen, bis du eine Arbeit gefunden hast«, sagte ich.

»Du kannst sie mitnehmen.«

»Was sagst du?« Ich dachte, ich hätte mich verhört.

»Du kannst Sophie mitnehmen«, wiederholte sie.

»Bist du sicher?«

»Für eine Zeit, bis ich alles im Griff habe.«

Ich schaute sie an, sie nahm eine Zigarette und verbrannte sich die Finger am Streichholz. Ich sagte nichts. Ich fürchtete, jede Bemerkung könnte ihre Worte zerstören.

»Sie wird es besser haben bei dir. Ich gehe nach San Franciso. Es hat keinen Sinn, dass ich in diesem Kuhkaff bleibe. Ich will singen. Das ist das Einzige, was ich kann.«

Ich war einverstanden. Es war wahrscheinlicher, dass sie in San Francisco eine Arbeit als Sängerin fand als in diesem Kuhkaff, wie sie es nannte.

»Du brauchst mir nicht zu helfen. Ich bitte dich nur, Sophies Flüge zu bezahlen, damit sie mich besuchen kommt. Irgendwann werde ich so weit sein und kann selber zu ihr kommen, und später können wir dann beide wieder zusammenleben.«

Ihr Optimismus rührte mich. Bei der Aussicht auf eine solche Zukunft zeigte sie jetzt sogar ein Lächeln.

»Ich helfe dir selbstverständlich, Rebecca. Das ist das Geringste, was ich für dich tun kann. Es geht nicht um einen Gefallen oder Ähnliches.«

Ich hätte nie gedacht, dass ich so etwas je sagen würde. Gefühle für Rebecca hatte ich immer von mir ferngehalten. Mein Part bestand darin, Sophies Unkosten zu bezahlen, und allein der Gedanke, Rebecca könnte von dem Geld profitieren, weckte in mir eine merkwürdige Kleinlichkeit. Bei allem Glück, das Sophie mir bescherte, war ich immer der Ansicht gewesen, das Leben hätte mir einen bösen Streich gespielt, als es mich mit einer so gewöhnlichen, so ungebildeten, so engstirnigen Frau wie Rebecca verband. Nach den letzten Ereignissen sah ich die Dinge jedoch aus einem anderen Blickwinkel. Allen Widerständen zum Trotz hatte sie ein Kind bekommen und aufgezogen. Meine Tochter. Und was hatte ich dazu beigetragen? All die Jahre, in denen ich von Kriegen berichtete, war ich letztlich nur einer jugendlichen Laune hinterhergelaufen, dem Ideal eines Mannes.

»Was ich dir vorhin gesagt habe, stimmt aber trotzdem. Sophie hält mich am Leben. Deshalb ist es mir lieber, wenn sie bei dir ist. Eine zu große Verantwortung für jemand so Kleines, meinst du nicht?«, fragte sie und lächelte traurig.

*

Vier Tage später reisten wir aus Jackson Hole ab. Bevor wir das Hotel verließen, rief ich Clara an. Ihre Stimme klang etwas munterer. Dennoch war unser Gespräch eher zäh. Ich erzählte ihr nicht, dass ich mit meiner Tochter nach London fliegen würde und dass die Tage in ihrem Land mein Leben verändert hatten. Nachdem ich aufgelegt hatte, schaute ich noch eine Weile aus dem Fenster, während Rebecca und Sophie mit ihren Koffern hantierten. Ich dachte, das Einzige, was ich tun könnte, war, mich den Dingen zu stellen, wie sie kamen, ohne mich auf eine Zukunft zu kaprizieren, die ich ohnehin nicht voraussehen konnte.

Rebecca nahm ihren Flug nach San Francisco, Sophie und ich nahmen unseren nach London. Wir hatten Sophie gemeinsam die Situation geschildert und dabei versucht, möglichst keine Wörter zu benutzen, die einen Anstrich von Endgültigkeit hatten. Sie würde eine Zeitlang bei mir wohnen, und wenn sie ihre Mutter sehr vermisste, konnte sie immer nach San Francisco fliegen und sie besuchen. Wir verabredeten sogar, die Ostertage zusammen zu verbringen, den Ort durfte sie sich aussuchen. Zuerst reagierte sie misstrauisch. Vielleicht dachte sie, ihre Mutter wollte sie nur loswerden, oder im Gegenteil, ich hätte Rebeccas hilflose Situation ausgenutzt. Sie fragte uns, was wir füreinander fühlten, in der Hoffnung, die Neujahrsnacht hätte unsere Beziehung verändert. Wir waren so ehrlich wie möglich. Wir wollten nicht, dass sie sich etwas vorstellte, was dann nicht eintrat. Zwischen Rebecca und mir hatte sich allerdings etwas geändert, und die Feindseligkeit, mit der wir uns in diesen acht Jahren begegnet waren, hatte sich aufgelöst. Sophie musste es bemerkt haben, und sie verstand, dass wir beide uns wünschten, dass es ihr gutging, und dass wir alles unternahmen, damit es auch so kommt.

Rebecca flog etwas früher als wir. Wir brachten sie zum Flugsteig. Als wir uns schon verabschieden wollten, schlug Sophie vor, ihr das Buch von dem Schmetterlingsmädchen zu schenken, das sie in ihrem Rucksack dabeihatte.

»Damit es ihr nichts ausmacht, dass sie anders ist als die anderen Mütter«, sagte sie mir ins Ohr.

26

Das Leben mit Sophie in diesen letzten zehn Monaten war in mancher Hinsicht einfach, in anderer schwierig. Meine Tochter war selbständiger, als ich gedacht hatte, zugleich auch zerbrechlicher. Doch etwas vereinfachte die Dinge. Sophie hatte eine besondere Begabung, ihre Empfindungen mitzuteilen. Die Sache war, mit ihnen zurechtzukommen. Zum ersten Mal berührten mich die Gefühle einer anderen Person, als wären sie meine eigenen. Wenn sie mir betrübt erzählte, ein paar Klassenkameradinnen hätten sie in der Schule beschimpft oder übergangen, war der Schmerz, den ihre Klage mir bereitete, sehr viel heftiger, als wenn ich selbst ein solches Unrecht erlitten hätte. Mein erster Gedanke war, die Mütter der Kinder anzurufen und ihnen zu sagen, dass ihre Herzchen echte Kotzbrocken seien, der zweite, mich für unfähig zu halten, weiter mit Sophie zusammenzuleben, und der dritte, gemeinsam einen Spaziergang an der Themse zu machen und ihr etwas zu kaufen, das sie für ihr Ungemach entschädigte. Ich war mir absolut nicht sicher, dass ich es richtig machte, und diese Ungewissheit nahm in meinem Kopf einen beträchtlichen Raum ein.

Wenigstens war unser Zusammenleben organisiert. Während sie in der Schule war, schrieb ich. Wenn auch das Wort Schreiben nicht ganz zutraf, denn die meiste Zeit versuchte ich, die Hunderte von Erinnerungen, die sich in meinem Kopf versammelten, auf eine stimmige Weise zu ordnen. Nachmittags half ich ihr bei den Hausaufgaben, und gegen acht kam eine Studentin, die ein paar Straßen weiter wohnte, und passte auf sie auf. Dann ging ich in den Pub an der Ecke und trank ein paar Pints. Ein leidlich asketisches, häusliches und manchmal auch unerträgliches Leben, das ich aber gerne hinnahm. Vor allem, weil ich unter anderem feststellte, dass die Zeit, in der ich von einem Ort zum anderen gezogen war, etwas Unvorhersehbares bewirkt hatte: Ich glaubte nicht mehr. Anders gesagt, ich glaubte an nichts. Ich war einer von diesen Kriegsversehrten, die lernen müssen, wieder zu leben. Es gab viele Möglichkeiten, und was ich versuchte, war eine davon.

Mit Sophie fuhr ich auch wieder zum Landhaus in Fawns, wohin sich meine Eltern zurückgezogen hatten. Die Wochenenden verbrachten wir meist dort. Wir aßen gut, hielten lange Mittagsschlaf, spielten abends vor dem Kamin Scrabble und nutzten ansonsten, Sophie und ich, die Gelegenheit, so wenig wie möglich zusammen zu sein und uns von unserer Symbiose zu erholen.

Mein Vater, der nach seinem Abschied vom Berufsleben zunächst schwer am Unruhesyndrom litt, hatte sich mit der Zeit entspannt und einen besonderen Gefallen am Großvaterdasein gefunden. Auch wenn Sophie, ehrlich gesagt, die Einzige war, der er seine späte Zuneigung zuteilwerden ließ. Ihre amerikanische Ausdrucksweise und Erscheinung und ihre fehlende Förmlichkeit sorgten dafür, dass mein Vater mehr Spaß an ihr hatte als an den Kindern meiner Schwester, die sich einen Teil ihres jungen Leben erfolglos um seine Aufmerksamkeit bemüht hatten. Meine Mutter hatte sich mit den Jahren ganz auf die Blumenzucht gestürzt. In ihrem Treibhaus zog sie die seltensten Arten, zusammen mit ihrem Gärtner, den sie alle paar Jahre austauschte und, egal wie er hieß, Balthasar nannte. Was im Übrigen für alle Bewerber eine Grundvoraussetzung war und im Anforderungsprofil an erster Stelle stand: Er musste erlauben, dass seine Identität mit der aller vorangegangenen Balthasare verschmolz.

Eines Abends, während Sophie im Esszimmer mit meinem Vater Scrabble spielte, saß ich mit meiner Mutter im Wohnzimmer, im Kamin brannte das Feuer, aus den Boxen erklang eine Arie aus *Manon*. Ich musste an das Gespräch denken, das wir vor Jahren am selben Ort geführt hatten und das mir den ersehnten Frieden schenkte. Seither hatte meine Mutter gewartet, ohne ihren Teil einzufordern. Und da saß sie nun, an derselben Stelle wie vor sechzehn Jahren, das Gesicht von Falten durchzogen, mit wachen Augen, und schaute mich an.

»Jetzt kann ich es dir erzählen«, sagte ich.

»Was dir damals im Sommer passiert ist, ja?« Sie war nicht im Geringsten überrascht.

Es wunderte mich nicht, dass sie es wusste. Dinge zu wissen, gehörte zu ihrem Wesen. Ich erzählte ihr von Clara und Antonio, von unserer Freundschaft und von meinem Dilemma, aus dem sie mir mit Bernards Geschichte herausgeholfen hatte. Nur wusste ich mittlerweile, dass mein Anruf Antonio nicht daran gehindert hatte, nach Chile zu gehen und sich dem Widerstand anzuschließen. Meine Tat hatte mehr geschadet als genützt, sein Drang und seine Überzeugung waren stärker gewesen.

»Ich bin sicher, Theo, er hat nicht eine Minute seines Lebens vergessen, was du für ihn getan hast. Es war ein Akt der Liebe. Dein Freund wäre so oder so in sein Land gereist. Es war bestimmt nicht einfach, aber er hat es geschafft. Du aber hast bei dem Versuch, ihn zu retten, verloren, was dir am kostbarsten war, die Frau, die du geliebt hast, und ihn.«

Was sie mir sagte, überzeugte mich nicht, aber es war egal, ich freute mich, dass sie daran glaubte, und vielleicht konnte ich es eines Tages selber glauben. Ich nahm ihre Hände. Mich beeindruckte, wie rau sie waren und mit welcher Ruhe sie die meinen hielten.

*

Ende Oktober rief Clara an. Wir hatten eine scheue Beziehung per E-Mail aufrechterhalten, die nicht weitergediehen war, weil, anders als Sophie, weder Clara noch ich die Dinge beim Namen nannten. Ich hatte ihr erzählt, dass ich seit meiner Reise nach Chile mit meiner Tochter zusammenlebte. Ebenso, woran ich schrieb. Worauf unsere zarte Verbindung endgültig abriss. Es überraschte mich also, dass sie mich anrief. Sophie saß neben mir und machte ihre Schularbeiten, während ich an einem Artikel für eine Zeitschrift schrieb. Als ich ihre Stimme hörte, stand ich vom Schreibtisch auf, ging ins Schlafzimmer und machte die Tür zu. Es fiel mir schwer, in Sophies Gegenwart mit Clara zu sprechen.

»Kommst du mit dem Buch voran?«, fragte sie gleich zu Beginn.

Trotz ihres beiläufigen Tons war deutlich, dass es sie beschäftigte.

»Es geht. Beim Schreiben weiß man nie, ob es gut ist oder schlecht, zumindest versuche ich, so klar und ehrlich wie möglich zu sein«, sagte ich und wusste, dass meine Worte sie nur noch mehr beunruhigten.

»Hast du daran gedacht, es mir zu zeigen, bevor du es veröffentlichst?«

»Clara, ich weiß nicht mal, ob ich es veröffentlichen werde.«

»Sicher wirst du das. Niemand schmeißt alles hin, um etwas zu schreiben, was danach im Papierkorb landet.«

»Dann bin ich vielleicht der Erste«, sagte ich im versöhnlichsten Ton, den ich zustande brachte.

»Na schön«, sagte sie knapp, »deshalb rufe ich nicht an. Wir machen an Antonios Todestag eine kleine Gedenkfeier am See, und ich dachte, du wärst gerne dabei.«

»Natürlich wäre ich das gerne.«

»Weiteres Material für dein Buch.«

»Sei nicht ungerecht, Clara. Du sprichst von mir, als wäre ich ein Vampir. Du weißt, dass ich das nicht bin.«

»Du hast recht. Entschuldige bitte. Es ist nur …«

»Was?«

»Kommst du also?«

»Klar komme ich. Aber du wolltest mir etwas sagen.«

»Darüber sprechen wir, wenn du hier bist«, schloss sie.

Ich verstand, dass es zwecklos war, weiterzufragen. Wie so oft hatte sie alle Türen zugeschlagen.

Ich blieb auf dem Bett liegen und schaute durchs Fenster auf eine Schar dahinfliegender Wolken. Claras ständiges Schweigen war ermüdend. Zum ersten Mal in all den Jahren dachte ich, dass ich sie ganz und gar nicht begehrte und dass jede andere Frau besser war als sie. Genau die richtige Einstellung, wenn ich mit meiner Arbeit vorankommen wollte. Ich hatte mich von Clara gelöst.

Mein Bild von ihr war nicht mehr vom Wunsch verformt, auch nicht von einer möglichen Zukunft, an der es festzuhalten galt.

27

Vor einem Jahr hatten wir Antonio hier beerdigt, auf diesem Hügel am Ende der Welt. Ich erinnerte mich an den immer gegenwärtigen Regen, wie er hinter den benachbarten Bergen lauerte, um sich dann mit Macht über uns zu ergießen. Es waren drei lähmende Tage gewesen, die sich mit ihren zahllosen Details in meinem Gedächtnis abgesetzt hatten.

Ein Jahr später gab es keine Wolken, der Himmel war tiefblau, und die Sonne entlockte dem See silbrige Blitze. Antonio war nun ein Bündel Knochen in der Erde, eine Erinnerung, eine unsichtbare Gestalt ringsum in der Luft. Sophie hielt meine Hand und schaute den Schafen zu, die zwischen den Gräbern umherliefen und hier und da stehen blieben, um das hohe grüne Gras zu fressen. Viele von uns waren an diesem Morgen an seinem Grab zusammengekommen, Ester, Marcos, Pilar, die Silbermans, aber auch andere Gesichter, die mir unbekannt waren. Etwas abseits sah ich eine große, elegant gekleidete Frau mit markanten Gesichtszügen. Sie stand neben einem schon älteren Herrn von vornehmer Stumpfheit. Ich erinnerte mich an das Foto, das mir vor Jahren bei Antonio zu Hause aufgefallen war. Die Frau war seine Mutter. »Die Kleinbürgerin«, wie er sie nannte. Es hatte etwas überlegen Würdevolles, wie sie reglos dastand und auf das Grab ihres Sohnes schaute, als wäre niemand außer ihr anwesend.

Das Grab war nun mit Azaleen bepflanzt und mutete

inmitten der verwahrlosten anderen Gräber wie ein kleiner Garten an. Bei meiner Ankunft hatte jemand erwähnt, Loreto, das Mädchen, für das Antonio sein Leben geopfert hatte, kümmere sich eifrig darum.

Clara las einen Text vor, den ein mit Antonio befreundeter Dichter geschickt hatte. Er sprach von der Welt, in die wir geworfen wurden, einer Welt, auf die nicht alle von uns vorbereitet waren. Antonio habe zu jenen gehört, die am wenigsten darauf eingestellt sind, sie zu bewohnen, und dies sei seine Größe gewesen. Er und seinesgleichen hätten von den Rändern her und ohne Furcht auf jene Orte geschaut, welche die anderen, die sich in der Welt einrichteten, nicht zu sehen in der Lage waren. Als Clara endete, erfasste eine tiefe Stille unsere Gruppe, unterbrochen nur durch das Schnarren der Ibisse. Ich ergriff das Wort. Nicht dass ich es mir vorgenommen hätte. Ich fing einfach an und sprach von Antonio, von dem Tag, als wir zusammen unseren Geburtstag feierten und in den Himmel zwischen den Betonblöcken des Campus schauten und uns wünschten, unsere Freundschaft würde immer währen. Immer. Welch vollkommene Bedeutung dieses Wort damals für uns hatte. Ein Immer, das sich machtvoll erhob, das alles, wonach wir strebten, umfasste und das wir früher oder später mit unserer Willenskraft erreichen würden. Hatte Antonio vom Leben bekommen, wonach er suchte? Ja. Er hatte es geschafft, und der Beweis war dieser blaue Himmel, die imposante Landschaft, in der er seine Ruhe gefunden hatte. Dann sprach ich von Clara, auch wenn sie es mir wahrscheinlich übelnahm. Aber ich war nicht länger bereit hinzunehmen, dass die gelebten Augenblicke im Schweigen erstickten. Ich hatte viel gelernt in diesem Jahr mit Sophie und mit meinem Schreiben, und das vielleicht Wichtigste war, dass ich den Wert der Worte schätzen lernte. Die Dinge zu benennen war nicht mehr ein Akt der Schwäche, im Gegenteil, es war ein Zeichen von Standhaftigkeit. Ich sprach von unserem unerschütterlichen Dreieck. So wie Sophie mich anschaute, musste sie meine Anspannung bemerkt haben, das Zittern in meiner Stimme, den Schweiß auf meiner Hand. Als ich aufhörte, gab Clara mir einen Kuss. Ich war sehr gerührt über diese Geste, und ich erkannte, dass es trotz aller Entscheidungen, die ich getroffen hatte, um mich von dieser Frau zu befreien, noch Kräfte gab, die mich an sie banden. Und während ein Kind mit schwarzen Haaren und Mandelaugen einen Psalm sang, dachte ich, dass letztlich nichts endgültig ist. Da glaubt man, man hätte etwas herausgefunden, und beschließt glücklich, die nächsten Tage im Licht der neuen Erkenntnis zu leben, und dann schafft man es doch nicht, es ist zwecklos. Die Triebe hören weder auf den Verstand noch auf die Erfahrung.

In kleinen Gruppen machten wir uns auf den Weg den Hügel hinab. Ein Schwindelgefühl packte mich, als ich begriff, dass alles, was ich erlebte, Teil dieser Geschichte sein würde. Nicht dass ich es mir wünschte, aber von Beginn an war ich mir bewusst gewesen, dass ich und nicht Antonio die Hauptperson war, und wenn ich mich an das Versprechen hielt, das ich mir selbst gegeben hatte, und die Erzählung der Ereignisse nicht zu meinen Gunsten verbog, musste ich zu allen meinen Handlungen stehen. Allein indem ich da war, beobachtete, mich fragte, gab ich die Richtung vor. Ich fürchtete, dass es mir nicht gelang, diesen Gedanken beiseitezuschieben und meiner Umgebung frei zu begegnen.

Ester kam zu mir und beglückwünschte mich zu meiner kleinen Rede, genauso Emma, die ihr eine therapeutische Wirkung bescheinigte. Ein paar Meter vor uns ging Clara neben einem Mann, der nicht von ihrer Seite gewichen war. Er hatte uns vom Flughafen abgeholt und sich als Antonios Verleger und Freund von Clara vorgestellt. Er war jung und kräftig und trug eine Brille mit quadratischem Gestell. Neben einer kleinen Frau mit indianischen Gesichtszügen ging Antonios Mutter. Ich lief schneller und wollte mit ihr sprechen, aber Clara war schneller bei ihr und nahm sie am Arm. Ihrem Umgang war anzumerken, wie sehr sie einander zugetan waren. Sie gingen Arm in Arm weiter bis auf den Weg, wo der Herr mit der vornehmen Miene bei einem Wagen wartete. Antonios Mutter nahm Claras Hände und sagte ihr etwas ins Ohr. Sie hörte ihr ernst zu. Dann verabschiedeten sie sich, und die Frau stieg ein.

Im Haus erwarteten uns Loreto und ihre Mutter. Wir gingen in den Garten, wo ein Mann an einem langen Spieß ein Lamm briet. Loreto und die beiden Töchter der Silbermans verteilten Gläser mit Wein. Eins der Mädchen ging zu Sophie, und in perfektem Englisch fragte sie, ob sie ihnen nicht helfen wollte. Bester Laune erzählte Ester mir, Matt sei es leid gewesen, in den Rumpelkammern grämlicher alter Frauen nach Plunder zu kramen, und sei gegangen. Jedenfalls begleitete sie ein Exemplar, das sehr viel jünger war als sie. Ester gehörte nicht zu diesen Frauen, die allein bleiben.

Ich beobachtete Sophie, wie sie konzentriert Gläser sortierte. Ab und zu hob sie die Augen, um zu sehen, ob jemand sie beobachtete. Unsere Blicke trafen sich, und wir lächelten beide. Sie schnitt eine Grimasse, damit ich sie nicht weiter anschaute, ließ aber gleichzeitig erkennen, dass sie genau wusste, ich würde es nicht unterlassen. Clara ging zu ihr, und sie sprachen miteinander. Clara lächelte. Vielleicht erzählte Sophie ihr von dem Schmetterlingsmädchen, es war immerhin etwas, woran sie anknüpfen konnte. Sophie hat diese Gabe, das Gespräch auf Dinge zu lenken, die dem anderen Vergnügen bereiten. Dutzende Male habe ich es erlebt, auch ihre eigene Zufriedenheit darüber. Es ist, als schenkte sie etwas und beobachtete dann aufmerksam, welche Wirkung es auf den Beschenkten hat. Clara nahm ihre Hand. Ich konnte kaum hinschauen. Genau das, was dieser Anblick in mir auslöste, meine Tochter zusammen mit Clara, wollte ich vermeiden. Eine der kleinen Silbermans rief Sophie an ihren Tisch. Clara kam zu mir. Ich dachte, sie würde mir etwas über Sophie sagen, aber sie tat es nicht.

»Setzen wir uns zusammen, Theo.«

Wortlos folgte ich ihr an einen Tisch unter einem üppigen Ulmbaum, wo sich bereits ihr Freund, Ester und die Gruppe vom letzten Jahr niedergelassen hatten. Clara strotzte vor Energie. Sie trug einen Hosenrock, unter dem ihre festen, matt schimmernden Beine hervorschauten. Clara hatte sich verändert in diesem Jahr. Sie redete, war immer in Bewegung, lachte laut. Ich fragte sie nach Antonios Mutter.

»Sie lebt seit Jahren in Italien. Sie hat einen Italiener geheiratet, mit irgendwelchen Titeln.«

»Antonio hatte also recht.«

»Dass sie eine Kleinbürgerin ist?«, fragte sie und lachte. »Natürlich nicht. Sie war und ist eine Bilderbuchbürgerin. Sie hat sich in einen Kommunisten verliebt und mit ihm zwei Kinder bekommen. Als sie merkte, dass die Sache keine Zukunft hatte, trennte sie sich. Das ist alles.«

»Und sie hat ihre beiden Kinder verlassen?«

»Bis 1973 haben sie zusammengelebt. In gewisser Weise waren es die Kinder, die sie verlassen haben. Antonio entschied sich, mit seinem Vater nach London zu gehen, und Cristóbal zog zu ein paar Kommilitonen.«

»Und warum hat Antonio dann so von ihr gesprochen?«

»Weil es für uns damals nur schwarz oder weiß gab. Wenn jemand kein Revolutionär war, war er reaktionär. Weißt du nicht mehr?«

»Ja«, sagte ich und dachte nicht ohne Wehmut an die Zeiten, als eine Handvoll Überzeugungen unser Leben ordnete.

Später, beim Kaffee, erzählte Clara vor den übrigen Gästen von unserer Reise nach Dover. Der Ausführlichkeit, mit der sie einige Szenen beschrieb, entnahm ich, dass sie sich genauso deutlich erinnerte wie ich. Als sie ein wenig näher an mich heranrutschte, spürte ich die Wärme ihrer Haut. Es fiel mir schwer, sie nicht anzuschauen, mich nicht zu vernarren in dieses fröhliche, ungezwungene Bild, das so anders war als die Frau vor einem Jahr, die sich mit abwesendem, melancholischem Blick in die Ecken verkroch oder uns aus ihrer fernen Welt beobachtete, die alles vermied, was das labile Gleichgewicht zwischen uns in Gefahr bringen konnte.

*

Es war schon nach sechs, als unser Kreis sich aufzulösen begann. Die meisten flogen noch am Abend zurück nach Santiago, andere wollten Silvester in Osorno oder einem

Ort in der Nähe verbringen. Wir Übrigen blieben im Garten, in Hängematten oder auf Strandstühlen, und sahen zu, wie die Sonne sich hinter die Berge schlich. Es herrschte eine angenehme Stille, unterbrochen nur von Sophie, Loreto und den Silberman-Töchtern, die lärmend den Hang hinunterrannten.

Als die Sonne verschwunden war, nahmen wir die letzten Weingläser und gingen ins Haus. Nach einer Weile brachte ich Sophie ins Bett. Bald schlief sie, ihre beiden Plüschtiere im Arm, die Lampe mit dem leuchtendblauen Licht auf dem Nachttisch. Als ich aus dem Zimmer kam, unterhielten sich Ester und Emma in einer Ecke des Wohnzimmers. Ich musste an Wivenhoe denken, an Ester und Antonio und ihre unnahbare Vertrautheit, die gleiche, die ich jetzt zwischen ihr und Emma beobachtete. In der Küche bereiteten Clara und der Verleger etwas zu trinken. Eine Maraschinokirsche und Eis, in einem Glas Pisco schwebend, eine Kreation, so erzählte man mir, eines der ersten Städter, die an diesen Ort kamen.

Clara servierte die Cocktails, und ich ging auf die Terrasse. Der Himmel nahm einen dunkelblauen Ton an, durchbrochen von pflaumenblauen Pinselstrichen. Bald würde es dunkel. Ein Schauspiel, das unzählige Male in meine Erinnerung eingefallen war. Für Clara war es bestimmt nicht einfach, hier zu sein, auch wenn sie sich noch so ungezwungen gab. Auch für mich war es nicht einfach. Ich spürte, dass ich Antonio etwas wegnahm, das ihm gehörte. Etwas, das er geliebt hatte. Ich setzte mich in einen Korbsessel, schloss die Augen und rief mir Sophies Bild ins Gedächtnis, ihr feines, gelöstes Lächeln, das sich im Moment des Einschlafens zeigt, ihr letztes schläfriges Blinzeln, das sie wie eine Leine auswirft, um sicher zu sein, dass ich da bin und über ihre Reise in den Schlaf wache.

Ich hörte jemanden herbeikommen, öffnete die Augen und sah Clara mit ihrem Glas auf den Stufen der Terrasse.

»Ich habe dich gesucht«, sagte sie, als sie mich entdeckte, und setzte sich neben mich. Ihr duftendes langes Haar war wie ein Angriff auf meine Sinne.

»Und der Verleger?«, fragte ich. Ich wusste selbst nicht, warum. Es gab so viele Möglichkeiten, ihr zu sagen, wie sehr ich mich freute, sie zu sehen, und ich fragte ausgerechnet nach ihm. »Ist er dein Verehrer?«, fuhr ich fort, ohne ihr Zeit für eine Antwort zu lassen.

Clara lachte. Ich nahm an, weil dieses Wort etwas Förmliches und Antiquiertes hatte.

»Ist das wichtig?« Sie schaute auf ihr Glas.

»Ja.«

»Freut mich, mir würde es auch etwas ausmachen, wenn du mit einer Verehrerin hier wärst.«

»Vielleicht sollten wir miteinander sprechen«, sagte ich und sah zu den Häusern am Ufer gegenüber, die wie Glühwürmchen aufleuchteten.

»Ich glaube, es ist keine gute Idee, dass du dieses Buch schreibst, Theo«, sagte sie.

»Warum?«

»Weil es unser Leben ist. Darum. Weil das, was du schreibst, zu unserer Geschichte wird, und es gibt nicht nur eine Geschichte zu erzählen.«

»Das denke ich auch. Aber es wird meine Geschichte sein. Ich muss es tun.«

»Muss es tun.« Ihre Worte klangen wie ein Echo. »Das ist egoistisch von dir.«

»Du kannst mir ja deine Version erzählen«, sagte ich, ohne ihrem Urteil zu widersprechen.

»Ich habe Angst, Theo.« Ihre Stimme stockte, jede Möglichkeit eines kleinen Schlagabtauschs war damit zunichte.

»Ich auch«, sagte ich zitternd.

»Und wovor hast du Angst?«, fragte sie.

»Dass du mir den letzten Stoß versetzt.«

Sie nahm eine Zigarette und zündete sie an. Nach dem ersten Zug blickte sie auf.

»Wenn du so entschlossen bist, dieses Buch zu schreiben, wirst du noch vieles erfahren müssen.« Ihre Stimme schwankte, trotz ihrer unmissverständlichen Worte.

»Ich bin bereit. Mehr noch, es ist das Einzige, was ich möchte, was ich mir in all den Jahren gewünscht habe, kannst du dir das vorstellen? Das Buch an sich ist mir egal, es geht um mein Leben, und es hängt fest in …« Ich hörte auf, als ich merkte, wie alles aus mir herausbrach.

»Hängt fest in?«

»In der Zeit und im Ungewissen.«

»Wie Antonio.«

»Wie Antonio?«

»Er hat dir bestimmt nicht erzählt, dass es ihm erst vier Jahre später gelungen ist, nach Chile einzureisen. Als die Demokratie kam.«

»Aber er hat mir gesagt, er sei acht Monate danach zurückgekehrt, du weißt schon, nachdem ich …« Meine Stimme schaffte es kaum aus der Kehle.

»Er hat das Geld nicht zusammengebracht, nicht für ein neues Ticket, nicht für einen neuen Pass, für gar nichts. Er war nicht in der Lage. Das ist die Wahrheit. Er hatte nicht die Kraft. Weißt du noch, als wir ihn bei sich zu Hause fanden?«

Ich nickte.

»So etwas wiederholte sich immer öfter. Jedenfalls hat er in diesen Jahren in London an einer Sprachschule als Spanischlehrer gearbeitet. Ich schloss mich einer Tanzgruppe an und ging nach Frankreich. Wir blieben in Kontakt, bis er nach Chile zurückkehrte. In den ersten Monaten schickte er mir noch Briefe, aber dann habe ich nichts mehr von ihm gehört. Später erfuhr ich, dass es für ihn nicht einfach gewesen war. Er war zu wütend, und er war verletzt. Er konnte nicht begreifen, dass alle weitermachten, als wäre nichts geschehen, während sein Vater und sein Bruder tot waren. Als sein Vater von seiner Krankheit erfuhr, bat er nur darum, in Chile zu sterben, aber sie ließen ihn nicht einreisen. Außerdem war Antonio auf die Demokratie nicht vorbereitet. Er hatte sich auf den Krieg vorbereitet, und Krieg gab es nicht mehr. Es war kein Platz für Heldentaten, wie er sie sich vorstellte.«

»Aber er hat mir erzählt, er hätte einer revolutionären Front angehört, er wäre in den Bergen gewesen.«

»In seinen Träumen.«

»Aber warum hat er mich belogen?«

»Weil er dir die Wahrheit nicht sagen konnte. Dir schon gar nicht«, antwortete sie traurig, fast zärtlich.

»Meine Güte! Was muss Antonio mich gehasst haben.«

Es schlug mir derart auf den Magen, dass mir übel wurde. Ich stand auf und atmete tief durch. Antonio hatte mich angelogen, um seine Niederlage zu verheimlichen.

Ich schaute Clara an. Sie biss sich auf die Lippe, als versuchte sie aufzuhalten, was aus ihrem Mund kommen könnte.

»Er hat dich sehr lange gehasst«, sagte sie.

»Und wann hat er aufgehört, mich zu hassen?« Mir war klar, dass ich mit meiner Frage als gegeben annahm, was ich nicht wissen konnte.

»Er fing an, deinen Schritten zu folgen. Weißt du noch, wie ich dir erzählte, dass er deine Artikel aufhob?«

»Nur um mich noch mehr zu hassen.« Es war der Schluss, zu dem ich gelangt war, aber auch eine Bitte, Clara möchte mich widerlegen.

»Er bewunderte dich. Das ist ein anderes Gefühl.«

»Ich wünschte mir, ich könnte dir glauben, von ganzem Herzen, aber du bist großmütig, und das hilft mir nicht.«

»Glaub mir, Theo.«

Ich bat sie, mir eine Zigarette anzuzünden und weiterzuerzählen. Ihr Gesicht leuchtete über der Flamme auf.

»Er hat eine Zeitlang im Erziehungsministerium gearbeitet. Aber dort passte er nicht hin. Es muss ein Schock für ihn gewesen sein. Antonio hatte immer dieses idealisierte Bild von Chile. Weißt du noch, wie wir über ihn lachten, wenn er Heimweh bekam und von den Anden sprach, von seinem Garten, selbst von den Empanadas?«

Ich sagte ja.

»Und jedes Mal, wenn England ihm feindlich erschien, wenn er es nicht schaffte, sich einzufügen, wenn er sich anders fühlte, unverstanden, dann dachte er, dass dort in der Ferne Chile war, der Ort, der sein Ort war und wo er sich wohl fühlte. Doch als er zurückkehrte, war die Wirklichkeit eine andere. Das mythische Chile aus seinen Erinnerungen gab es nicht. Er hatte alle seine Freunde verloren.

Einige waren gegangen, mit anderen hatte er nichts mehr zu tun, seine Familie war nicht sehr zahlreich und distanziert, und zur Partei hatte er keinen Kontakt mehr. Er fiel in eine tiefe Depression.«

Clara schaute auf, als versuchte sie, nach einer Mitte zu greifen, die ihr entglitt.

»Und da hast du ihn in der Pension gefunden, stimmt's?« Sie nickte.

»Und hast für ihn deine Karriere aufgegeben?«

»Ja und nein. Ich war das Herumtouren leid, ich dachte, ich könnte eine Weile aussetzen, aber Antonio hat die Sache ungewollt beschleunigt. Als ich mit der Tanzgruppe nach Santiago kam, versuchte ich als erstes Kontakt mit ihm aufzunehmen. Es war nicht leicht. Schließlich stieß ich auf einen Onkel, einen Bruder seines Vaters, bei ihm hatte er nach seiner Zeit im Ministerium eine Weile gewohnt.«

»Von seinem Onkel hat er mir erzählt, aber er hat nicht erwähnt, dass er bei ihm gewohnt hat. Er sagte, der Onkel sei sein einziger Kontakt gewesen, als er im Untergrund lebte.«

»Dieses Leben gab es nicht, Theo. Nicht im Untergrund, nicht in den Bergen.«

»Verstehe«, murmelte ich.

»Von seinem Onkel weiß ich, wie schwer es für ihn war, in Chile Fuß zu fassen. Nach dem Ministerium war er lange Zeit arbeitslos, bis er schließlich als Verkäufer von Reinigungsmitteln anfing und von Haus zu Haus zog. Offenbar lief es prächtig, du weißt ja, mit Frauen konnte er gut.« Sie lächelte, ohne mich anzuschauen. »Eines Tages verschwand er, und sein Onkel verlor den Kontakt. Ich bin zu der Vertriebsfirma gegangen, von der er die Produkte bekam, aber sein Name stand nicht auf der Liste der Verkäufer. Mir blieb keine Zeit mehr, ich musste mit der Tanzgruppe weiterziehen und die Tournee durch Lateinamerika zu Ende bringen. Danach kündigte ich und kehrte nach Chile zurück. Ich hatte eine böse Ahnung. Ich wollte ihn finden. Eine Schwester meines Vaters hatte mir ein Haus vererbt, du hast es kennengelernt, dort bin ich eingezogen. Die einzige Spur, die ich hatte, war seine Arbeit als Hausierer und das ungefähre Datum, wann er damit angefangen hatte. Ich ging noch einmal zu der Firma und überredete einen der Chefs, mir die Liste mit den Namen und Adressen der Leute zu geben, die um diese Zeit eingestiegen waren. Es waren Dutzende. Man wechselt dort schnell, niemand macht diesen Job lange. Ich klapperte die Adressen eine nach der anderen ab. Ich klopfte an die Tür und fragte nach einem Mann mit Antonios Merkmalen. Seinen Namen erwähnte ich erst gar nicht, es lag auf der Hand, dass er eine andere Identität angenommen hatte. Zwei Monate ging das so. Eines Tages stand ich am Ende eines Gangs vor einer Tür, und Antonio machte mir auf. Ich freute mich gar nicht. Es machte mich wütend, ihn dort zu sehen, in diesem dunklen Kabuff, eingepfercht …«

»Und dann hast du gegen die Kartons getreten.«

»Das hat er dir also auch erzählt.«

»Nicht so wie du.«

»Es machte mich wütend, dass er sich dort versteckte wie eine Ratte in ihrem Loch. Dass er nichts unternahm, um die Situation zu ändern, dass er nicht aufstand und weiterlebte, wie wir alle es getan hatten. Es machte mich wütend, dass er dazu nicht die Kraft hatte.«

»Also hast du es für ihn getan.«

»Nicht ganz.«

»Warum sagst du das? Du hast ihn aus diesem schäbigen Leben herausgeholt.«

Ihre Miene nahm eine ungewohnte Härte an.

»Einmal sagte er mir, er versuche an den Punkt zu kommen, wo es keinen Ausweg mehr gibt. Als er sich seiner Schwäche bewusst wurde, wollte und konnte er nicht mehr gegen sie ankämpfen. Lieber gab er sich geschlagen und suchte nach einer Möglichkeit, noch schwächer zu werden.«

»Und was war seine Schwäche?«

»Dass er nicht fähig war, sich den Umständen anzupassen. Oder dass er zu viel glaubte. Ich weiß nicht … Ein paar Jahre später hat er versucht, sich das Leben zu nehmen.«

»Selbstmord?« Ich traute meinen Ohren nicht.

»Ich saß genau hier. Er stieg den Hang hinunter, ging ins Wasser und schwamm mit verdächtiger Entschlossenheit auf den See hinaus. Er blieb sonst immer am Ufer, du hast ihn ja gesehen, er steckte kaum den Fuß ins Wasser. Irgendwann verlor ich ihn aus den Augen. Ich rannte hinterher und nahm das kleine Boot, das wir damals hatten, mit einem Motor. Ich fand ihn kilometerweit vom Ufer entfernt, er kämpfte um sein Leben. Es ist wirklich unglaublich. Man kämpft immer um sein Leben, wenn es so weit ist. Ich wusste das nicht. Es ist ein Instinkt, nur wenige können ihm widerstehen. Das war sein erster Versuch.«

»Und der zweite?«

»Den zweiten unternahm er, wenige Tage bevor er dich heimlich anrief, damit du kommst.«

»Aber er sagte, es sei deine Idee gewesen?«

»Den Vorschlag hätte ich ihm nie gemacht.«

»Aber warum hat er es dann getan?«

»Ich weiß es nicht. Mir hat er es erst ein paar Tage vor deiner Ankunft gesagt. Da konnte ich nichts mehr tun.«

»Und wenn du es gekonnt hättest, was hättest du getan?«

»Ich wollte dich auch sehen. Aber ich hätte es wohl vermieden.«

»Warum?«

Warum, warum, Fragen über Fragen, die sich vor den hundert anderen Fragen erhoben, die in der Zeit hängen geblieben waren, zusammen mit meinem Leben und dem von Antonio.

»Mir war klar, dass deine Gegenwart Erinnerungen in ihm wachrufen würde. Und Erinnerungen taten ihm weh. Er war innerlich gebrochen. Und weil er keine Ziele mehr hatte, füllten sich seine Gedanken mit Erinnerungen.«

Sie nippte an ihrem Glas und fuhr fort, ohne mich anzuschauen.

»Er brauchte das Vergessen, auch wenn es für ihn etwas Unmenschliches war. Ihn plagte die Vorstellung, dass er umsonst lebte, wo sein Vater und sein Bruder tot waren. Man hatte ihm die Gelegenheit genommen, etwas Bedeutendes zu tun, etwas, das sich lohnte.«

»Ich hatte ihm die Gelegenheit genommen.«

»Du warst dieser Anrufer, aber es hätte genauso gut jemand anderes sein können. Mit der Zeit begriff er das. Ich nehme an, deshalb hörte er eines Tages auf, dich zu hassen, und fing an, sich selbst zu hassen. Weil er nicht imstande gewesen war, dem Schicksal einen anderen Lauf zu geben.«

»Antonio ist im Hass auf mich gestorben, Clara, ganz bestimmt«, sagte ich und schloss die Augen. Ich versuchte die Tränen zu unterdrücken.

»Du hattest recht«, hörte ich sie sagen.

»Dass du mir den letzten Stoß versetzen würdest«, sagte ich.

Als ich die Augen aufschlug, sah Clara mich an. Sie streichelte meine Wangen, über die ein paar Tränen rannen, die ich nicht hatte zurückhalten können.

»Ich muss wissen, wieso er mich hat herkommen lassen, wieso er wollte, dass ich bei seinem Tod dabei bin.«

»Glaubst du, es war Absicht?«

»Du nicht?«

»Ich weiß nicht. Vielleicht ja, aber wahrscheinlich nicht. Du hast selbst den Bericht gelesen.«

»Der bedeutet nichts. Die Absicht kann sich in der Sekunde ergeben haben, als er sich gehen ließ, als er die Gelegenheit sah, das Schicksal selbst in die Hand zu nehmen. Er konnte nicht wie sein Bruder für eine Sache sterben, aber er konnte sterben, indem er Loreto das Leben rettete«, sagte ich.

»Mag sein, vielleicht brauchte er diesen letzten Schritt, um seinem Leben wieder einen Sinn zu geben, und sei es für eine Sekunde. Das können wir nicht wissen.«

»Aber wir können mit dem Verstand nach einer Antwort suchen.«

»Macht das einen Unterschied?«

»Für mich allerdings. Den entscheidenden. Kannst du dir das nicht vorstellen? Ich möchte wissen, ob Antonio erwartete, dass unsere Begegnung ihn aus seiner Depression riss, oder umgekehrt, ob er wollte, dass ich die Folgen meines verdammten Anrufs sah«, sagte ich, unfähig, meine Verzweiflung zu verbergen.

»Antonio ist tot, Theo. Außerdem hättest du sowieso nur wenig oder nichts tun können.«

»Aber du lebst.«

»Ja, ich lebe«, sagte sie und schüttelte den Kopf und die Hände, als wäre sie das Sinnbild des blühenden Lebens.

»Und du?«

»Und ich was?«

»Hast du mir verziehen?«

»Es liegt mir nicht, anderen die Schuld zu geben für das, was uns passiert. Außerdem wissen wir nicht, was geschehen wäre, wenn er damals das Flugzeug genommen hätte. Antonio war kaputt, viel mehr, als wir wahrhaben wollten. Er war schwach.«

Mich verwunderte ihre Kälte, die Distanziertheit, mit der sie sprach. Vielleicht hatte sie schon gelitten, was sie wegen Antonio zu leiden hatte, und diese nüchterne Art, die Dinge zu sehen, war für sie die einzig mögliche.

»Ich habe dich geliebt, Clara. Ich hätte mit dir zusammengelebt.«

»Warum hast du es dann getan, warum hast du diesen blöden Anruf gemacht, wo du wusstest, dass wir danach nicht mehr zusammensein konnten?«

»Ich dachte, dass es das Richtige wäre. Dass ich alles opfern musste, was mir wichtig war, für dich und für ihn.«

»Ich auch. Ich habe auch gedacht, dass ich das Richtige tat, als ich beschloss, dich nicht mehr zu sehen.«

»Und? Hast du dich geirrt?«

»Du hast mich in eine unmögliche Lage gebracht. Ich hatte keine Wahl.«

Sie schwieg und schloss erschöpft die Augen.

»Das weiß ich«, sagte ich.

»Was weißt du schon.«

»Dass ich dich verloren habe.«

»Du bist rot geworden«, sagte sie und legte die Arme um mich.

Ich drückte sie fest. Wir küssten uns. So lange hatte ich auf diese Berührung gewartet, dass sie mir jetzt, wo es geschah, unwirklich vorkam.

Dann löste sie sich von mir und stand langsam auf.

»Sie setzen sich schon an den Tisch«, sagte sie und deutete auf das Fenster.

Bevor wir hineingingen, schauten wir uns an. Ein Stück des Wegs hatten wir geschafft, aber es fehlte noch ein ebensolches. Ihr Blick gab mir zu verstehen, dass dies der Punkt war, wo wir einen Zwischenhalt einlegen sollten.

Alles andere rückte nun in weite Ferne. Ester, die bezaubernden Silbermans, der Verleger, alles. Selten war mir mein Ausländersein, das mich der Kommunikationspflicht enthob, so nützlich. Ich bekam kein Wort heraus. Der Flug meiner Gedanken war schwindelerregend. Was Clara mir enthüllt hatte, stellte mein Bild von Antonio und meine Einschätzung dessen, was zwischen uns passiert war, auf den Kopf. Ein Stechen in der Brust ließ mich kaum atmen. Der Kuss hatte genau den Schwall von Gefühlen ausgelöst, den ich bisher mit Mühe von mir ferngehalten hatte.

Ich wollte verstehen, was in Clara vor sich ging. Ein paarmal schaute ich zu ihr hin, suchte ihren Blick, irgendeine Geste, die mich lotste. Doch sie hatte ihren Vorhang wieder zugezogen und versteckte sich. Vielleicht, dachte ich, hatten der Schmerz und die Enttäuschung sie innerlich ausgetrocknet. Vielleicht war sie den Schmerz leid. Ich war Teil einer Vergangenheit, die sie verletzt hatte.

»Auf Antonio«, hörte ich Mauricio Silberman prosten, und alle hoben wir unsere Gläser.

Es war der letzte Abend, den wir am See verbrachten. Clara hatte Sophie und mich eingeladen, ein paar Tage in Santiago zu bleiben, bevor wir nach San Francisco flogen, wo wir Silvester mit Rebecca feiern wollten.

Wir versprachen uns, jedes Jahr an diesem Tag hier zusammenzukommen. Die rundum entschlossenen Mienen erweckten den Eindruck, dass wir das Versprechen auch einlösen würden. Zumindest ich fasste, als ich mein Glas hob, den Entschluss, dass es so sein sollte.

Ich erinnerte mich an das Gespräch mit meiner Mutter vor ein paar Monaten. Wie sie sagte, war das, was ich getan hatte, ein Akt der Liebe gewesen, und Antonio würde es, nachdem er sein Ziel erreicht hatte, im Rückblick sicher wohlwollend anerkennen. Aber wie weit war ich damals von der Wahrheit entfernt, und wie weit war ich es immer noch. Ich konnte nicht wissen, ob er mich all die Jahre gehasst hatte, was geschehen wäre, wenn ich ihn nicht aufgehalten hätte, was aus seinem Leben geworden wäre. Eindeutig war allein sein Tod, und ich wollte wenigstens glauben, dass meine Gewissensbisse, ins Leere gerichtet und ohne Ziel, überflüssig waren.

Nach dem Essen sagte ich gute Nacht und ging ins Bett. Es war ein langer Tag gewesen.

Clara begleitete mich zu meinem Zimmer, sie wollte sich vergewissern, dass alles in Ordnung war. Ich öffnete die Tür, Sophies Lampe warf ihre blauen Figuren an die Decke.

»Sophies kleine Welt«, sagte ich.

»Du hast Glück, dass du sie hast, sie ist ein süßes Mädchen«, sagte sie und betrachtete Sophie, die im Schein der Lampe schlief.

»Wir haben uns beide.«

Ich ahnte, dass sie bei Sophies Anblick ihren Verlust noch heftiger spürte, und ich umarmte sie. Zuerst sträubte sie sich ein wenig, dann ließ sie sich fallen. Ich zitterte. Es war nicht nur die Berührung ihres Körpers, es war das Gefühl, dass ich sie noch so lange umarmen, noch so fest an mich drücken konnte, niemals würde ich in diesen einsamen Raum eindringen, den sie bewohnte.

28

Das Erste, was ich in Claras Zimmer in Santiago sah, war die Keramikvase mit einem erstaunlich üppigen Strauß weißer Lilien. Ich erinnerte mich, wie Antonio einmal sagte: »Das ist Claras Art, das Leben festzuhalten, wenn es sich öffnet.« Allerdings war ihr großes Bett verschwunden, stattdessen standen dort ein Kinderbett, ein Fernseher und ein Barbie-Haus. Die leuchtenden Farben eines Posters und die bunten Paradiesvögel auf den Vorhängen verbreiteten eine heitere Stimmung.

Als Clara unsere überraschten Gesichter sah, sagte sie:

»Sophie, wenn du ein paar Tage hierbleibst, dann sollst du dich auch wohl fühlen, nicht?«

Ich fürchtete, ich könnte diese Geste missverstehen, so leicht kam die Phantasie in Gang.

Das Zimmer, in dem ich schlafen sollte, lag am Ende eines langen hellen Flurs. Es war geräumig und ging auf den Garten hinaus. Statt Paradiesvögeln, Fernseher und Barbie-Haus stand dort, vor einem Fenster mit Mattglasscheibe, ein Tisch, auf den das Licht des Nachmittags fiel.

»Du hast an alles gedacht, Clara«, sagte ich gerührt.

»Dann brauche ich mir um euch keine Sorgen zu machen. Sophie spielt, und du schreibst«, sagte sie fröhlich.

Danach spazierten wir durch ihr Viertel. Der Sommerhimmel über Santiago war fast weiß, als schlüge eine See gischtend über die Berge. Wir kamen zu einem von Kolonialbauten umstandenen Platz. Das beschauliche Leben

dort ging einher mit der Lebhaftigkeit einer Gruppe Jugend-
licher, die sich an einer Ecke des Platzes zusammengefun-
den hatten und deren Gelächter wie Geschosse herüber-
hallte. Wir setzten uns auf eine Bank und schauten zu, wie
die Frauen und die Kinder, als es dunkel wurde und die
Laternen angingen, den Platz verließen und die Jugendlichen ihn in Besitz nahmen. Clara saß mit verschränkten
Händen da und betrachtete diese Verwandlung, und ab
und zu schaute sie nicht ohne Stolz zu mir, als wäre all dies
ihr persönlicher Beitrag.

Dann machten wir uns auf den Rückweg. Rosa, die Frau
mit dem grauen Zopf, hatte ein prächtiges Abendessen für
uns gekocht. Sophie sicherte sich mit allen möglichen Geschichten unsere Aufmerksamkeit und verscheuchte mit
ihrem Lachen die Schatten und Erinnerungen. Nach dem
Essen brachte ich sie in ihr neues Zimmer, und während
sie, ihre Plüschtiere fest im Arm, vom Bett aus fernsah, erfasste mich wieder die Unruhe, die ich schon am Nachmittag verspürt hatte. Es war schwer für mich, Claras Gemütszustand zu verstehen. Ich durchschaute auch nicht, was sie
damit beabsichtigte, als sie uns für ein paar Tage zu sich
einlud und uns auf diese offene und herzliche Weise empfing. Mich überkam ein wachsendes Misstrauen. So viele
Dinge hatten sie und Antonio mir verschwiegen. Jeden
Augenblick, fürchtete ich, konnte Clara mich mit einem
neuerlichen Schwenk überraschen, und alles, was sich gerade erst in meinem Bewusstsein abzusetzen begann, ging
in Stücke. Es war nichts Bestimmtes. Clara hatte nichts zu
erkennen gegeben, was mich an ihren Absichten hätte
zweifeln lassen: dass sie liebenswürdig zu einem Freund
sein wollte, der eine Geschichte schrieb, in der sie eine

Hauptperson war. Ob hier die Antwort lag? Bei jedem anderen mochte es plausibel klingen, bei Clara schien es absurd. Vielleicht erwuchs meine Unruhe aus der Angst, ich könnte erneut Sehnsucht nach ihr verspüren. Diese Angst war so groß, dass ich nicht davor zurückschreckte, ihr böse Absichten zu unterstellen.

Im Dunkel des Zimmers flackerte der Bildschirm wie ein lebendiges Wesen. Sophies Augen fielen langsam zu, bis sie eingeschlafen war. Bevor ich hinausging, öffnete ich das Fenster. Es war eine heiße, sepiabraune Nacht. Im Flur hörte ich die Klänge eines Klavichord-Konzertes, die aus dem Wohnzimmer heraufdrangen. Ich ging die Treppe hinunter. Im Bernsteinlicht saß Clara auf der Kante eines Sessels. Sie hatte ein kleines Buch mit rotem Einband auf den Knien. Dasselbe, das ich in ihrem Haus am See gesehen hatte, das sie in jenem Sommer 1986 bei sich trug. Ich schenkte mir ein Glas Wein aus der Flasche ein, die sie auf dem Tisch hatte stehen lassen, und setzte mich zu ihr. Wie vor einem Jahr saßen wir vor dem angelehnten Fenster, das nun nicht auf das abendliche Gartengrün hinausging, sondern unsere Gesichter spiegelte.

Sie sah mich mit munterer und zugleich herausfordernder Miene an, offenbar genoss sie die Wirkung dieses Büchleins auf mich.

»Du hast es ja immer noch«, sagte ich und versuchte meine neidvolle Unruhe zu überspielen.

Sie zog die Brauen hoch, lächelte wortlos und gab mir das Tagebuch.

»Du kannst es behalten. Es steht alles darin«, sagte sie und schlug die Augen nieder.

Ich wusste, dass ein einfaches Dankeschön viel zu gering

wäre für das, was sie mir schenkte. Ich streckte die Hand aus und streichelte ihre Wange, genau so, wie sie es am Abend zuvor bei mir gemacht hatte.

»Du wirst es nicht glauben, Theo, aber manchmal bin ich in das italienische Restaurant in der Nähe deiner Eltern gegangen, weißt du noch? Ich habe mir vorgestellt, es wäre nichts geschehen und ich wartete auf dich.«

»Das hast du wirklich?«

»Es war nicht meine Absicht, mich mit dir zu treffen. Das wäre auch schwer gewesen. Ich wollte mich einfach nur besser fühlen. Antonios Wut war Gift für mich, es machte mich krank. Aber ich musste an seiner Seite bleiben. So war es. Zum Glück hatte ich meinen Tanz. Nie habe ich mit einer solchen Leidenschaft getanzt. Ich dachte daran, dich anzurufen, weißt du? Mit der Zeit sah ich die Dinge im Zusammenhang, und was du getan hast, schien mir nicht mehr so ungeheuerlich. Zigmal hatte ich den Hörer in der Hand. Aber es war zu spät. Was sollte ich dir auch sagen? Hallo, Clara hier, ich verzeihe dir? Ich weiß nicht, es kam mir falsch vor. Ich hatte auch meinen Teil Verantwortung. Aber was rede ich. Alles Ausflüchte. Ich hatte nicht den Mumm dazu, fertig.«

»Ich wollte dich auch anrufen, nicht zigmal, tausendmal. Von überall auf der Welt. Wie oft wir wohl gleichzeitig den Hörer in der Hand hatten?«

Wir lächelten beide.

»Jahrelang dachte ich, dieses Bedürfnis, an seiner Seite zu sein und ihn zu beschützen, sei Liebe. Aber dann wurde mir klar, dass Liebe aus Mitleid keine echte Liebe ist. Du kannst die Liebe nicht erzwingen. Und in all dieser Zeit erinnerte ich mich an Dinge, ich weiß nicht, Dinge eben, die wir zusammen gemacht haben. Als du nach Chile kamst, hatte ich Angst nicht nur um Antonio, sondern auch um mich.«

»Ich auch. Als ich dich sah, wollte ich sterben. Ich dachte, ich sei längst unempfänglich für jede Zuneigung. Aber kaum sah ich dich … Und du hast kaum mit mir gesprochen.«

»Was hätte ich tun sollen? Antonio hatte ein paar Wochen vorher versucht, sich das Leben zu nehmen. Ich musste ihn weiter schützen. Bis zum Ende«, sagte sie und bedeckte ihr Gesicht.

Ich nahm ihre Hand, und sie führte meine an ihren Mund. Sie war bleich geworden in dem schummrigen Licht des Zimmers. Ich fühlte die Wärme und Feuchtigkeit ihrer Lippen. Ihr Blick war ruhig. Ich legte meinen Kopf an ihren Hals und hielt den Atem an, bis ich nicht mehr konnte. Clara hatte sich nicht bewegt. Ich versuchte nicht, sie zu streicheln. Es war nicht der Moment. Ihre Worte bestätigten, was ich schon ahnte:

»Für mich ist es wichtig, dass du es jetzt liest, Theo.« Es war ein sanftes Flehen, und sie deutete auf das rote Tagebuch, das ich noch in der Hand hielt.

Wieder flüchtete sie. Ich war enttäuscht. Aber ich hatte keine andere Wahl, als ihren Wunsch zu respektieren. Irgendetwas wollte sie mir sagen, und ich sollte es herausfinden.

Sie stand auf und ging zur Treppe. Ich sah ihr nach, betrachtete ihren Körper, denselben, der mich vor sechzehn Jahren so fasziniert hatte und mit dem ich die Körper aller Frauen verglich, die ich seither kennengelernt hatte.

Ich blieb noch eine Weile mit dem Tagebuch in Händen

sitzen und konnte mich nicht entschließen, es zu öffnen.
Die Bach'schen Klänge schwebten durch den Raum, das
Fenster spiegelte mein Bild, das Bernsteinlicht ließ jeden
einzelnen der Gegenstände, die Clara auf ihren Reisen gesammelt hatte, in einem besonderen Farbton glänzen. Sie
hatte mich in ihrer großen einsamen Welt zurückgelassen,
damit ich sie einsog. Ich schlug das Tagebuch auf, und
mein erster Gedanke war, die Seiten zu suchen, wo sie jene
letzte Nacht festgehalten hatte. Doch während ich blätterte
und ihre Zeichnungen und Buchstaben vor meinen Augen
dahinfliegen sah, begriff ich, dass ich es nicht konnte. Ich
musste Schritt für Schritt vorgehen, mir ihren Blick zu
eigen machen. Bald schien die ruhige Sommerluft wie von
ihren Worten aufgeladen. Clara enthüllte mir all das, was
allein durch den Umstand, dass wir unterschiedliche Menschen waren, verdeckt gewesen war. Jeden Moment ließ
ich wieder aufleben, doch von einem gegenüberliegenden
Fenster aus, von der anderen Seite der Erfahrung her, mit
ihren Augen. Irgendwann merkte ich, dass ich nicht mehr
zu verstehen suchte. Kein Zeichen würde mich zu ihrer
Seele führen, denn Zeichen ändern sich und sind ohne
Zahl, Vertrautes gibt es nicht, auch nicht diese Vertrautheit
die es einem Menschen erlaubte, den einzigen einsamen
Raum eines anderen zu berühren. Genau das hatte ich erfasst, als ich sie am Abend zuvor, am Bett der schlafenden
Sophie, umarmte. Aber ich war nicht traurig über diese
Erkenntnis, ich freute mich. Ich begriff, dass ich so nah wie
jetzt nie wieder einem anderen Menschen sein würde. In
der Ruhe war mir, als hörte ich die Brise durch den Fens-
terspalt wehen. Ich las langsam und ohne Furcht, bis in den
Fenstern der Morgen schimmerte. Ich ging in mein Zim-

mer hinauf. Die Feuchtigkeit aus dem Garten hing wie ein
Schleier in der Luft. Ich ließ das Tagebuch auf dem Tisch
und legte mich ins Bett. Zwischen den weißen Wänden
schlief ich ein, sie schienen zu wogen und zu atmen.

Vielleicht waren nur ein paar Minuten vergangen, vielleicht auch sehr viel mehr. Sie war leise in mein Bett ge-
schlüpft und hatte sich an mich geschmiegt. Ich streichelte
sanft über ihre Rundungen, ihren ganzen wundervollen
Körper. In dem Moment konnte ich es nicht wissen, aber
ich wollte es glauben. Die ziellosen Zeiten waren zu Ende.

Mein Dank gilt Carlos Altamirano
für seine bedingungslose Unterstützung.
Und meinen Freunden Tere Scott,
Eugenio Cox, Antonio Bascuñán, Sebastian Brett,
Pablo Simonetti, Alejandra Altamirano,
Andrés Velasco, Juan Cruz, Richard Wilkinson.
Ihnen allen danke ich für ihre Ratschläge
und erhellende Lektüre.
Mario Valdovinos für die gemeinsamen
Lektoratssitzungen.
Julio Donoso für seinen
feinen Sinn.

Inhalt